Die Kinder bei der Stiftung «Liekedeler» in Norden scheinen von der Einrichtung begeistert zu sein: Sie lernen dort spannende Dinge und können herumtoben. Das ändert sich, als die junge Klavierspielerin Jolanda stirbt und die auch an der Küste aufgewachsene Okka Leverenz sich Sorgen um die Gesundheit der Schützlinge macht. Um jeden Preis will sie die Kinder schützen, vor den dunklen Machenschaften der Stiftung und vor dem Ehrgeiz einiger Eltern. Dabei setzt sie ihr eigenes Leben aufs Spiel.

Sandra Lüpkes, Jahrgang 1971, lebt mit ihrer Familie auf der Nordseeinsel Juist, wo sie als freie Autorin, Redakteurin und Werbegestalterin arbeitet. «Fischer, wie tief ist das Wasser» ist ihr dritter Kriminalroman.

Sandra Lüpkes

Fischer, wie tief ist das Wasser

Ein Küsten-Krimi

Rowohlt Taschenbuch Verlag

Originalausgabe

Veröffentlicht im Rowohlt Taschenbuch Verlag GmbH,
Reinbek bei Hamburg, Juli 2003
Copyright © 2003 by Rowohlt Taschenbuch Verlag GmbH,
Reinbek bei Hamburg
Umschlaggestaltung any.way, Andreas Pufal
(Foto: Corbis)
Satz aus der Minion PostScript bei
Pinkuin Satz und Datentechnik, Berlin
Druck und Bindung Clausen & Bosse, Leck
Printed in Germany
ISBN 3 499 23416 5

Die Schreibweise entspricht den Regeln
der neuen Rechtschreibung.

Für meine Mutter

Prolog

Seine Mutter rannte voraus. Er versuchte sie einzuholen, doch die Abdrücke ihrer Schuhe im Sand hatten sich bereits mit Wasser gefüllt und die scharfen Konturen verloren, mit denen sie in den feuchten Boden gedrückt worden waren.

Seine kleinen Füße versanken in den schmalen Salzseen, die die Mutter hinterließ, er bemühte sich, den Schritten nachzueifern, wollte keine Spuren zwischen den ihren hinterlassen. Doch meist waren seine Beine zu kurz und er verfehlte sein Ziel, stolperte sogar und rieb seine Jeanshose in den harten Sand, sodass sich an den Knien dunkle Flecken in den blauen Stoff sogen.

Sie waren schon viel zu weit gelaufen. Die roten Dächer hinter der faserigen Mauer aus Dünen waren verschwunden und er musste Acht geben, dass er nicht über irgendein fremdartiges, verwaschenes Stück Treibholz fiel, da man an diesem Ende der Insel nicht jeden Morgen den Spülsaum nach Strandgut absuchte.

Er schaute der wehenden Gestalt seiner Mutter hinterher oder auf die riesigen Abstände zwischen ihren Fußabdrücken, doch als er nun stehen blieb, weil er einfach nicht mehr konnte, weil sein aufgeregtes Herz den trockenen Hals hinaufschlug, da blickte er zu den wild bewachsenen Hügeln zu seiner Rechten. Und er erschrak.

Sie waren nicht nur viel zu weit gerannt, sie hatten sich auch von der Dünenkette entfernt, statt parallel zu ihr zu laufen. Zwischen ihnen und dem sicheren Strand breitete sich ein Wassergraben aus, der so breit war wie eine Straße auf dem Festland und in dem das Wasser nicht ruhig und sinnig dahinfloss.

Nein, der Graben nahm bereitwillig das rasch herbeieilende Meerwasser in sich auf, um sich noch mehr auszudehnen und an Tiefe zu gewinnen.

Sie waren auf einer Sandbank gelandet.

«Gehe nie unachtsam bei auflaufend Wasser an der Meereskante entlang, es könnte sein, dass die Flut dir den Rückweg versperrt», hatte Oma ihm immer als Mahnung mit auf den Weg gegeben, wenn er nach den lästigen Hausaufgaben an den Strand hinunter wollte.

Ihm lief es kalt den Rücken hinunter. Langsam drehte er sich um und als er ein paar hundert Schritte entfernt den plätschernden Priel erkannte, den er eben noch mühelos hätte überspringen können, der nun aber ein unüberwindbarer Strom geworden war, da schrie er.

«Mama.»

Sie hörte sein Rufen nicht, ging weiter in Richtung Osten, wo die Silhouette der Nachbarinsel bereits näher zu sein schien als die letzten Häuser und der breite Wasserturm ihres Dorfes. Dabei hätte sie doch auf ihn aufpassen müssen. Stattdessen lief seine unvernünftige Mutter in ihrem albernen rostroten Umhang rastlos ans Ende ihrer kleinen Welt und schaute nicht einmal zurück, wie es ihm ging. Er wusste, sie rannte sich die Trauer und den Schmerz aus dem Leib, weil sie das erste Mal auf der Insel war, seitdem Oma tot war. Heute Morgen beim Frühstück war sie von einer Sekunde auf die andere in Tränen ausgebrochen, nur weil er gesagt hatte, Omas Tee hätte irgendwie anders geschmeckt.

Aber er wusste ja auch, dass sie Angst hatte. Angst vor der Zukunft.

Wenn die Osterferien vorüber waren, würde er mit ihr weggehen. Sie würden das erste Mal zusammenleben wie Mutter und

Sohn, in einer Wohnung in der Stadt, an demselben Esstisch sitzen, über demselben Waschbecken die Zähne putzen. Von nun an würde *sie* und nicht Oma ihm die Pausenbrote schmieren und ein Pflaster auf die Wunde kleben, wenn er sich geschnitten hatte. Sie war nun keine Sonntagsmutter mehr, die ihren Sohn für besser hielt, als er wirklich war. Sobald sie das erste Mal die Hausaufgaben mit ihm machte, würde sie schnell begreifen, dass er eben überhaupt kein Genie war und die Vier in Mathe tatsächlich verdient hatte.

Er schaute ihr nach. Sie hätte auf ihn aufpassen müssen.

Er wünschte für einen kurzen Moment, Oma hätte ihn heute Morgen mit sorgenvollem Gesicht vor dem auflaufenden Wasser gewarnt. Vielleicht wäre er dann nicht so weit gegangen.

Der Sand unter seinen Füßen brach in sich zusammen, die Flut hatte die Stelle, auf der er eben noch so sicher gestanden hatte, unterspült, wie ein wütendes Tier weggefressen, und in Sekundenschnelle umfasste das eiskalte Seewasser seinen Unterleib.

«Mama», schrie er verzweifelt, «Mama.»

Er konnte sie nicht mehr ausmachen, die feste Sandbank lag einen halben Meter über ihm, er konnte nur hoffen, dass sie ihn gehört hatte und sich endlich, endlich nach ihm umsah.

Die übermächtige Strömung riss den Sand fort, an dem er sich festzukrallen versuchte. Es gab keinen Halt mehr und schließlich musste er schwimmen, der weiche, bewegte Boden unter ihm gab immer wieder unter den heranströmenden Fluten nach. Sein kleiner Körper wirbelte wie von starken Männerhänden geworfen mal über und mal unter die schäumende Wasseroberfläche. Das Salz brannte in seinen Augen, doch er wollte sie nicht schließen, um nicht ganz blind zu sein. Sie musste doch endlich kommen. Er wollte die Hand seiner Mutter nicht übersehen, wenn sie sich ihm rettend entgegenstreckte.

«Mama», schrie er wieder, aber es war nicht mehr als ein Gurgeln.
Das Meer zog ihn immer weiter hinaus, fort von der Sandbank, fort von der Zuversicht, dass sie sein Rufen hören konnte.
Ich ertrinke, schoss es ihm durch den Kopf, und der Schreck lähmte seine inzwischen kraftlosen Arme und Beine noch mehr als die Kälte der Nordsee im frühen April. Ich ertrinke vor den Augen meiner Mutter, sie ist eine schlechte Mutter. Bin ich ihr denn gar nichts wert? Sie werden mit den Fingern auf sie zeigen und untereinander tuscheln, was für ein liebenswerter Kerl ich doch war und dass das nicht passiert wäre, wenn Oma noch lebte.
Seine Gedanken sprudelten mehr und mehr durcheinander, es gab kein Oben und kein Unten, ab und zu griffen seine fast starren Hände in einen Brei aus zermahlenen Muscheln und Sand, es war eine Quälerei, denn jedes Mal, wenn die winzigen Stücke festen Bodens zwischen seinen Fingern hindurchglitten, fühlte er eine Sekunde lang so etwas wie Hoffnung, dass alles gut gehen würde, dass alles gut gehen würde, dass ... Und dann wurde dieser Gedanke von der Kraft mitgerissen, die ihn zum Spielball des Meeres gemacht hatte. Ich ertrinke ...
«Oma!», schrie oder flüsterte er nun, er wusste es selbst nicht, da alles in ihm schrie, doch seine Lippen zusammengepresst waren, damit er nicht noch mehr schlucken musste von dieser dunkelgrünen Masse, die in seine Ohren, seine Nase, seine Augen eindrang. «Oma!» Er hatte immer nach ihr und nicht nach seiner Mutter gerufen. Wo war sie?
Dann umschloss eine feste Hand seinen Arm. Konnte er ihre hellbraunen Altersflecken darauf erkennen? Die durchscheinenden Adern und hervorstechenden Knochen der Hand, die er so gut kannte? Er spürte, wie er quer zur wütenden Strö-

mung fortgezogen wurde, eine zweite Hand packte ihn unter seinem hilflosen Arm. «Oma?»
Der Sand legte sich unter das nass klebende T-Shirt auf seinen Rücken, als er an Land gezogen wurde. Er rührte sich nicht, lag einfach nur da. War er jetzt tot? Ein eisiger Wind streifte über seine nackten Arme, wie kleine Nadeln peitschten sandige Körner in seine Seite, es tat weh, und erst jetzt schluchzte er auf. Als er nun sein eigenes singendes Jammern hörte, wurde ihm bewusst, dass er gar nicht tot war, dass er lebte, dass er nur steif, aber in Sicherheit auf festem Boden lag.
«Alles in Ordnung, mein Junge», sagte eine angenehm dunkle Stimme und im selben Moment wurden seine Arme, sein ganzer Oberkörper von einem warmen Stück weichen Stoffs zugedeckt. Als er die Augen endlich öffnete, erwartete er beinahe, seine Oma über ihn gebeugt zu erblicken, doch den jungen Mann mit fast weißem Haar hatte er noch nie gesehen. «Dir kann jetzt nichts mehr passieren!»
Er schloss die Augen wieder, spürte, wie der Fremde seinen nassen Kopf im Schoß bettete, hörte, wie er mit tiefer, ruhiger Stimme auf ihn einredete.
«Hat dir denn nie jemand gesagt, dass du nicht unachtsam bei auflaufend Wasser an der Meereskante entlanggehen sollst?»

1.

Machen wir uns nichts vor: Es gibt Bessere als mich. Mein Haar ist zu dunkel, um richtig blond zu sein, meine Figur zu kompakt, als dass ich eine zierliche Erscheinung abgeben könnte. Nichts Besonderes, nur die vielen Sommersprossen im Gesicht sind ein wenig spektakulär. Ich bin keine Frau, bei deren Geburtstag die halbe Stadt zu Gast ist und die massenhaft ihr mit eindeutiger Absicht zugesteckte Telefonnummern am Kühlschrank kleben hat.

Genau genommen hängen dort nur fünf Zettel. Zwei aus dem «Ostfriesischen Kurier» ausgerissene Geburtstagsanzeigen von ehemaligen Schulkameradinnen, die ebenfalls die dreißig erreichten, ohne verheiratet zu sein, die aber wenigstens über eine alberne Clique verfügten, die Geld in eine saumäßig gereimte Annonce investierten, um den Rest der Stadt über das Elend aufzuklären: *«Kaum zu glauben, aber wahr, die Petra wird heut' dreißig Jahr, sie ist noch ledig – ohne Mann, drum komm zur Fete, wer ein Kerl ist und kann.»* Ich hatte die Feten nicht besucht, hatte es noch nicht einmal in Erwägung gezogen, dort hinzugehen. Keine Ahnung, warum die fast vergilbten Inserate immer noch in meiner Küche hingen. Manchmal stand ich davor und überlegte, ob wohl etwas los gewesen war auf diesen Partys.

Die anderen drei Zettel waren tatsächlich Telefonnummern. Unspektakuläre Telefonnummern. Bens Nummer, die er mir damals am Anfang unserer Beziehung auf einem Bierdeckel notiert hatte, dann die Nummer meines Pizzataxis in großen roten Ziffern auf der länglichen Speisekarte und die Handynummer meines Vaters, die ich nie auswendig wusste, weil ich sie auch noch nie gebraucht hatte.

Dort, wo er war, ging sein Handy meistens sowieso nicht, weil er sich als Reisejournalist immer in den entlegensten Winkeln der Erde aufhielt, und da auch Ostfriesland einer der entlegensten Winkel der Erde ist, kamen Telefonverbindungen zwischen ihm und mir höchst selten zustande.

Und was immer ich ihm bislang hatte sagen wollen, konnte warten. Nichts in meinem Leben war so dringend gewesen, als dass ich es nicht aufheben konnte, bis er wiederkam, bis er die Tür zu unserer Wohnung aufgeschlossen hatte, mir um den Hals gefallen war und bis er augenzwinkernd seinen Lieblingsspruch aufgesagt hatte: «Ich hatte ganz vergessen, wie groß du schon geworden bist!» Danach legte er mir immer ein kitschigexotisches Souvenir auf den Esstisch. Das war sein Ankunftsritual, das ich so sehr an ihm liebte. Erst danach war für mich die Zeit gewesen, ihm beispielsweise zu sagen, dass es geklappt hatte und ich mein Volontariat bei derselben Hamburger Zeitung machen würde wie er. Oder später: dass ich die Journalistenschule geschmissen hatte und nun in Oldenburg BWL studierte, dann, dass ich von der trockenen Wirtschaftskunde die Nase voll hatte und es einmal mit Psychologie versuchen wollte. Als ich ihm sagte, dass ich wieder in unsere Heimatstadt Norden zurückkehren würde, um dort bei einer Teeimportfirma zu arbeiten, da hat er sich richtig gefreut. «Klar ziehst du wieder bei mir ein!», hatte er damals vor knapp zwei Jahren gejubelt. Ich war ihm dankbar, dass er mir nie Halbherzigkeit und mangelndes Durchhaltevermögen vorgeworfen hat, ich habe es mir selbst oft genug vor Augen geführt, dass ich bislang noch keine wirklichen Erfolge vorzuweisen hatte. Schließlich war ich wieder hier, in Norden, der kleinen, etwas altmodischen Küstenstadt, die den Namen einer Himmelsrichtung trug und wirklich so etwas wie der Rand der Welt zu sein schien. Zwischen den verträumten Backsteinvillen und alten Gutshöfen verlief die einzige Bundesstraße in dieser Gegend und führte die Nordseetouristen auf ihre letzten fünf Kilometer bis zur Küste. Durchgangsverkehr, nur ich war hier hängen geblieben. Ich liebe es, mich selbst zu kritisieren. Oft stehe ich neben mir und ermahne mich mit dem gehobenen Zeigefinger einer aufmerksamen Tante.

Gerade aus diesem Grund dachte ich an diesem Tag, an einem wunderschön warmen Sommertag, als Vater mir die Notiz hingelegt hatte, bevor er wieder für einen Auftrag verschwand, die Welt hielte für einen kurzen Moment inne und unterbrach ihre ewige Drehung um sich selbst.

«Liekedeler» *hat angerufen, du kriegst den Job.* Peng! Große, lebensverändernde Dramatik in sieben Wörter verpackt, auf einen abgerissenen Zettel geschrieben und neben dem Frühstücksgeschirr auf den Küchentisch gelegt.

Unfähig, mich wenigstens ein paar Millimeter zu rühren, blieb ich regungslos am voll gestellten Spültisch stehen und hielt das Blatt Papier in meiner Hand, so behutsam, weil ich dachte, die Buchstaben könnten herunterfallen und auf dem ungefegten Boden zwischen den Krümeln der letzten Woche verloren gehen.

Ich dachte an das erhabene alte, rote Gebäude auf der samtigen Warft am Rand von Norden. *Liekedeler.*

Die Backsteine waren phantasievoll aufeinander gelegt worden und zeichneten wiederkehrende Muster in das Mauerwerk und ganz oben unter dem Giebel war ein kreisrundes Fenster. Efeu rankte an der rechten Seite empor und versteckte fast die mannshohen, dunklen Fenster, sodass das Haus auf den ersten Blick aussah wie ein verwegener Pirat mit Augenklappe.

Ja, ich konnte mir vorstellen, jeden Morgen mit meinem

schwarzen, federnden Hollandrad dort vorzufahren, eine Mappe voller neuer Ideen auf dem Gepäckträger, die den bereits tadellosen Ruf der Firma weiterhin auf Hochglanz polieren sollten. Lachende Kinder spielten zwischen den Bäumen, die rund um das Haus herum standen, und über der einladenden Holztür stand «Liekedeler-Stiftung».
Die ewig feuchten Hände meines alten Chefs auf der Bluse hatten also doch irgendwie ihr Gutes: Ohne diese unerträglichen, stets als Zufall getarnten Berührungen wäre ich vielleicht noch bis ans Ende meiner Tage im Teeimport versauert.
«Liekedeler» ist da eine ganz andere Liga. Ich brauchte nun nicht lang zu suchen, bis ich die Broschüre wieder fand, in der ich mich schon vor meinem Bewerbungsgespräch über die Stiftung informiert hatte. Drei lachende, wilde und glückliche Kinder schienen aus der Titelseite herauslaufen zu wollen. *«Wir sind bereit!»*, stand über ihren fliegenden Haaren. Mir gefiel dieses Bild, ich hatte gleich das Gefühl, mitrennen zu wollen.
«Wir von Liekedeler haben einen Weg gefunden, Ihr Kind zu motivieren. Abenteuer, Zusammenhalt und Spaß sind die Begleiter, wenn Ihr Kind mit uns geht. Gesteigerte schulische Leistungen sind unser Ziel, wir möchten engagierte und interessierte Schüler formen und somit Ihrem Kind die Chance geben, das Beste in sich zu entdecken.»
Klang doch gut, nicht wahr? Natürlich darf man Werbebroschüren nur die Hälfte glauben, jedes Kind weiß, dass solche Versprechungen immer übertrieben sind und man Abstriche machen muss. Wir tragen alle viel zu dick auf. Schade eigentlich. Aber selbst wenn nur die Hälfte bei Liekedeler stimmt, wäre das ein guter Schnitt.
«In vielen Familien geht es drunter und drüber, Eltern können nicht immer da sein, das verstehen wir. Die Kinder sind nach der

Schule oft auf sich allein gestellt und geraten viel zu häufig an ‹automatische› Unterhaltung wie Fernsehen und Computerspiele. Gerade bei Kindern zwischen 8 und 13 Jahren ist eine solche Entwicklung gefährlich, denn in dieser Zeit sind wir am lernfähigsten. Bei eintöniger, passiver Berieselung dauert es nicht lang, und das Gehirn Ihres Kindes stumpft ab, wird nicht mehr aufnahmefähig. Es ist wie ein Schwamm, der danach dürstet, sich mit allem voll zu saugen, was er geboten bekommt. Doch wenn er nichts bekommt, dann trocknet er aus, wird spröde und brüchig.»

Kinder liegen mir, das wusste ich. Oft ertappte ich mich dabei, dass ich vor mich hin sang, mit meinem Fahrrad durch Pfützen fuhr oder vor Begeisterung in die Hände klatschte, weil ich selbst noch wie ein kleines Mädchen war. Manchmal. Natürlich nur, wenn ich mich unbeobachtet fühlte. War ich wirklich schon dreißig? Die Aussicht, in Zukunft mit fröhlichen, albernen, aktiven Kindern oder auch Erwachsenen zu arbeiten, statt für Teebeutel zu werben, war sehr verlockend.

«*Wir bieten Kindern von den Klassen 1 bis 6 einen regelmäßigen Alltag, der sie nach der Schule erwartet: gemeinsamer Mittags- und Abendtisch mit ausgewogenen Speisen, Ausgleichsspiel mit den Schulkameraden und gezielte, individuelle Pädagogik. Die Schule verfügt über ein Team qualifizierter Lehrkräfte, die sich auf schulischen Gebieten wie Naturwissenschaften, Sprachen und Philosophie auskennen und Ihren Kindern erstklassige Hausaufgabenhilfe und Förderunterricht bieten. Doch zusätzlich, und dies ist das Einmalige an Liekedeler, nehmen wir Ihr Kind an die Hand, um ihm zu zeigen, wie aufregend das Leben sein kann: Experimente in der Natur, musikalische und künstlerische Intensivarbeit, Segelkurse und Wandertage, dies alles wird den Horizont Ihres Kindes erweitern.*»

«Ich habe diese Zeilen geschrieben», sagte Dr. Veronika Schewe mit einer sanften, dunklen Stimme, als ich sie bei meinem Bewerbungsgespräch auf die Broschüre ansprach. «Ich erhoffe mir von unserer neuen PR-Frau natürlich etwas Pfiffigeres als dieses Faltblatt. Vor drei Jahren hat es noch genügt, doch nun eröffnen wir in Bremen unsere zwölfte Filiale, da wird es Zeit für qualifizierte Werbefachleute.»
«Und deshalb haben Sie die Anzeige aufgesetzt?»
«Ihre Bewerbung hat mir sehr gefallen. Ihr beruflicher Werdegang ist im Prinzip genau das, was wir suchen: ein wenig Journalismus, etwas Wirtschaftswissen und dann natürlich Psychologie. In unserem Fall ist Ihre Ausbildung ein Volltreffer, liebe Frau Leverenz.» Sie schenkte sich noch eine Tasse schäumendfrischen Kaffee ein und ich bewunderte die langen, weinrot lackierten Fingernägel ihrer erstaunlich jungen Hände. Dr. Veronika Schewe mochte sicher schon fünfzig sein, doch sie war insgesamt so glatt und edel, dass sie mich an ein antikes, wertvolles Möbelstück erinnerte, welches man sorgsam polierte und pflegte, damit es auch neue Schränke immer noch überstrahlen konnte.
«Es ist uns wichtig, dass die Öffentlichkeit mehr über die wichtige Arbeit in unserer Stiftung erfährt», glitten die Worte aus ihren braunrot bemalten Lippen. «Selbst hier vor Ort denken die Menschen, dass das Betreuungsprogramm bei Liekedeler ein Vermögen kostet und wir uns in welcher Form auch immer lediglich am Bildungsboom unseres Landes bereichern wollen. Und dabei ist die Teilnahme an unserem Projekt für jedes Kind kostenlos. Dafür steht schon unser Name. Sie wissen doch, was Liekedeler bedeutet?»
Ich wusste es, jeder hier in Ostfriesland weiß es, da man stolz ist auf die grausig guten Geschichten des großen Seeräubers

Störtebeker, der hier in der Gegend von den Friesen in einem roten, breiten Kirchturm versteckt wurde. Störtebeker war ein Räuber und hatte der Legende nach die blutig erworbene Beute unter seinen Gefolgsleuten gerecht verteilt, er war so etwas wie ein friesischer Robin Hood.
«Ich weiß natürlich, was es heißt. Liekedeler ist, ja, wörtlich übersetzt: Gleichteiler. Für die Stiftung stelle ich mir das so vor: Alle Schüler werden hier aufgenommen, keiner bekommt mehr als der andere, alles wird geteilt. Ich finde, Wörter wie Gerechtigkeit, Mut und Zusammengehörigkeitsgefühl klingen auch mit. Ein schöner Name.»
Dr. Schewe schien diese Bemerkung gefallen zu haben, denn sie lächelte mich an. «Noch einen Kaffee?»
Ich schüttelte den Kopf, obwohl es der beste Kaffee war, den ich je getrunken hatte. Bei einem Bewerbungsgespräch sollte man schließlich nicht zu gierig erscheinen.
«Wir haben in diesem vergleichsweise kleinen Haus angefangen, stellen Sie sich vor, ich habe vor vier Jahren selbst mit dem Kleistereimer und Tapeten hantiert, damit es so aussieht wie heute.»
Ich konnte mir Dr. Schewe beim besten Willen nicht mit verschmierten Händen und Farbe im dunklen, hochgesteckten Haar vorstellen.
«Nun haben wir in jeder größeren norddeutschen Stadt eine Filiale, über dreihundert Kinder im Weser-Ems-Gebiet gehören zu unseren Kunden. In naher Zukunft wollen wir uns bundesweit etablieren. Sinnvolle Bildung und eine zuverlässige Betreuung nach Schulschluss, ohne dass man einen Cent an uns bezahlen muss, alles ermöglicht mit Hilfe von Spenden.»
«Verstehe, zu diesem Zweck brauchen Sie wahrscheinlich eine Frau für die Öffentlichkeitsarbeit», unterbrach ich kurz.

Dr. Schewe nickte. «Wir müssen die Stiftung am Laufen halten, und das bedeutet Spenden, Spenden, Spenden sammeln. Es ist nicht so, dass wir mit dem Geld knapsen müssen, zum Glück nicht. Wir haben hier vor Ort einige Menschen, die uns in regelmäßigen Abständen Geld zukommen lassen. Doch wenn wir expandieren wollen, dann müssen wir auch den Kreis der Geldgeber erweitern.»

«Hmm», ich überlegte kurz und sah mich im hellen Bürozimmer um, an dessen Wänden zwischen den Aktenschränken Bilder von glücklichen Kindern neben offiziell aussehenden Zertifikaten hingen. «Was sind das für Menschen, die sich bislang finanziell am Projekt beteiligen?»

«Oh, das ist unterschiedlich. In erster Linie handelt es sich um wohl situierte Geschäftsleute, die auch einmal ganz klein angefangen haben und die nun durch Liekedeler, wie soll ich sagen ...»

Ich griff den Satz auf. «Die nun durch Ihr Projekt daran erinnert werden, dass sie beim Schicksal, das es gut mit ihnen meinte, noch etwas wettzumachen haben?»

Dr. Schewe nickte lachend.

«Frau Dr. Schewe, was ich jedoch bislang vermisst habe, ist der Name des Stiftungsgründers. Soweit ich weiß, muss man zum Aufbau einer Stiftung ein ziemlich hohes Grundvermögen anlegen, sodass sich die Organisation von den anfallenden Zinsen tragen kann. Und das muss eine Menge Geld sein, wenn ich das mal so indiskret ansprechen darf. Wer hat denn den finanziellen Grundstein für all dies hier gelegt?»

Dr. Schewe lächelte, als wäre ich eine übereifrige Schülerin, die Fragen stellte, die erst im nächsten Schuljahr an der Reihe waren. Aber sollte ich diesen Job bekommen, musste ich schließlich bestimmte Informationen haben.

«Ich kann Ihnen dazu nichts sagen. Es gibt viele kleinere Geldgeber, doch in der Tat gibt es auch einen großen Spender, ohne den hier nicht ein einziger Stuhl im Gebäude stehen würde. Es ist nur so, dass dieser Mann nicht genannt werden möchte.»
«Ein anonymer Stiftungsgeber?»
«Ein sehr guter Mensch, wie Sie sich denken können. Ihm liegt das Wohl und die Bildung der Kinder am Herzen wie kaum einem anderen. Er war bereit, sein gesamtes privates Vermögen in ein beispielloses Experiment zu stecken, und das rechne ich ihm hoch an. Er hat schon ganz am Anfang an Liekedeler geglaubt, verstehen Sie?»
Natürlich verstand ich. Die Idee von Liekedeler war klar und gut, jeder wollte daran glauben und ein paar Leute hatten sich an dieses Projekt oder «Experiment», wie Dr. Schewe es nannte, gewagt. «In jedem Menschen steckt ein unglaubliches Potenzial an Intelligenz und Talent, das denke ich auch, es muss nur gefunden werden. Und jeder Mensch ist es wert, dass in ihm danach gesucht wird. Ich habe gelesen, dass Liekedeler zum Beispiel ein kleines Segelboot hat, auf dem die Schüler lernen, was Zusammenhalt ist, gleichzeitig verstehen sie aber auch die physikalischen Gesetze, die ein Boot vorantreiben und es im Gleichgewicht halten. Frau Dr. Schewe, mir gefällt das Lernen durch praktische Anwendung der theoretischen Formeln, weil die neueste Gehirnforschung ja dafür plädiert, dass Emotionen, das Erleben von Erfolg, eine positive Auswirkung auf das Langzeitgedächtnis haben. Dies ist, soweit ich begriffen habe, der Grundgedanke Ihrer Arbeit.»
Sie nickte erfreut. «Sie haben unsere Sache scheinbar sehr gut begriffen, Frau Leverenz. Das kindliche Gehirn ist noch in der Lage, neue Verbindungen zwischen den einzelnen Nervenzellen aufzubauen. Dazu muss das Kind aber auch auf vielfältige

Weise gefördert werden, eine Kombination von verschiedenen Lernbereichen verstärkt die Vernetzung der Hirnstruktur. Musikalität und logisches Denken können zum Beispiel in unserer hervorragenden Instrumentalgruppe miteinander kombiniert werden. Wir spielen dort nicht nur klassische und populäre Musik, wir bauen auch teilweise die Instrumente selbst, lassen die Schüler eigene Kompositionen machen, analysieren erfolgreiche Stücke aus allen Musikepochen auf wiederkehrende Merkmale. Musiktheorie wie Noten, Taktmaße und Historie werden bei dem praktischen Unterricht beinahe unbewusst von den Kindern aufgenommen. Unsere polnische Schülerin Jolanda Pietrowska hat beispielsweise in nur anderthalb Jahren fast nebenbei das Klavierspielen erlernt.»
Ich zog erstaunt die Augenbrauen hoch, woraufhin sie mir ein eingerahmtes Foto an der Wand zeigte, auf dem ein hübsches, dunkelhaariges Mädchen stolz und gerade vor einem Klavier saß. Das war wirklich ein beachtlicher Erfolg.
«Können Sie sich vorstellen, wie glücklich es mich macht, die Früchte dieser Arbeit so langsam reifen zu sehen? Tatsächlich zeigen unsere Schüler bemerkenswerte Fortschritte, nicht nur in der Schule, sondern auch im gewöhnlichen Alltag, mit den Familien und Freunden kommen sie besser zurecht.» Sie schaute durch ihre feine, silberne Brille erst mich und dann meine Unterlagen an. «Sie haben keine Familie?»
«Nicht direkt. Mein Vater lebt zwar mit mir in einer Wohnung, doch als Journalist ist er ständig unterwegs. Meine Mutter ist früh verstorben und Geschwister habe ich keine.»
«Sie sind mit dem Fahrrad zum Vorstellungstermin gekommen, ich habe es durch das Fenster beobachtet. Haben Sie kein Auto?»
«Ich habe keinen Führerschein.»

Dr. Schewe lachte hell und klar. «Sehr sympathisch, sehr sympathisch! Wenn ich an das typische Wind und Wetter in Ostfriesland denke, an einen zünftigen Sturm aus Nordwest zum Beispiel, da würden mich keine zehn Pferde auf ein Fahrrad bringen. Ich liebe mein trockenes, warmes Auto! Aber ich bewundere Sie für Ihr Durchhaltevermögen, liebe Frau Leverenz.»
Ich nickte nur. Natürlich wäre es toll, wenn die Gründe für meine Abstinenz etwas mit Durchhaltevermögen zu tun hätten. Hatten sie aber nicht. Ich hatte nie genug Geld für einen Führerschein, geschweige denn für ein Auto. Ich liebte mein schwarzes Hollandrad, es hatte über dreißig Jahre auf seinem Buckel und die Einzige, die außer mir je auf seinem Ledersattel gesessen hatte, war meine Mutter.
«Falls Sie die Stelle bekommen, könnten Sie auch gern bei uns einziehen», sagte Dr. Schewe in einem so selbstverständlichen Plauderton, dass ich es fast überhört hätte. «Wir renovieren gerade das Dachgeschoss, dort wird in ein paar Wochen eine Zweizimmerwohnung frei, nichts Großes, versteht sich, doch für eine Person wirklich ausreichend, meine ich.»
Ich rückte mich auf dem Stuhl zurecht und starrte aus dem Fenster hinter ihrem Schreibtisch. Durch die Scheiben war viel Grün zu sehen, dazwischen ein nahtlos blauer Himmel. Das Fenster war gekippt und ich konnte das entfernte Tuckern eines Traktors hören, sonst nichts. Die Kinder waren noch nicht im Haus, es war später Vormittag und sie waren wohl noch in ihren Schulen. Doch ich war mir sicher, dass ihr Rufen und Lachen sich zu einer wunderbaren Geräuschkulisse zusammenfinden würde. Ich konnte mir sehr gut vorstellen, dass mein Name auf dem Klingelknopf neben der alten Haustür stand und wie ich abends im Sommer schulterfrei und mit einem

Glas Wein in der Hand im Garten sitzen und ein Buch lesen würde.

«Was ist denn nun, Frau Leverenz?»

«Es klingt gut … das mit der Wohnung unter dem Dach.» Eigentlich fand ich sogar, dass es wunderbar klang.

Vielleicht hatte ich in diesem kurzen Moment schon daran geglaubt, mit Sicherheit aber innig gehofft, dass ich den Job bekommen würde. Und als ich wieder auf dem Sattel meines Fahrrads saß, den Schotterweg hinabfuhr und einen Blick über die Schulter wagte, da hatte ich das Gefühl, der einäugige Pirat aus Backstein zwinkerte mir mit seinen Fensteraugen zu.

«Wir werden uns kennen lernen, Liekedeler», flüsterte ich mir auf dem Heimweg immer wieder zu.

Auch wenn es zu schön schien, um wahr zu werden. Ich wollte mir nichts vormachen, es gab Bessere als mich. Doch ich freute mich auf den Tag, an dem mein Leben bei Liekedeler beginnen sollte.

Die leeren Spiel- und Aufenthaltsräume gleich am Eingang warteten auf das Eintreffen der Kinder und durch die große, offene Tür ganz hinten konnte ich sehen, dass die Tische im Speisesaal bereits gedeckt waren. Eine Köchin kam gerade die Kellertreppe hinauf und trug einen Korb mit Brot unter dem Arm.

«Mahlzeit», grüßte sie. Ich eilte ein paar Schritte voraus und hielt ihr die Tür rechts vom Speisesaal auf, aus der Küche dahinter drangen geschäftige Geräusche und der Geruch von gegartem Gemüse.

«Vielen Dank, junge Frau», sagte die Köchin. «Und herzlich willkommen bei Liekedeler. Heute gibt es Gemüsesuppe.»

«Riecht gut», lobte ich lächelnd, dann ging ich in mein neues

Büro, welches der Küche gegenüberlag. Dort roch es auch gut, nach frischer Farbe. Der Raum war so sauber und unpersönlich wie die Zimmer in den Fotografien eines Möbelhauses, doch er war sonnig und nur die Scheiben des Fensters trennten mich von einem grenzenlosen Blick über das flache, grüne, offene Land. Ich stellte meine Tasche auf die gläserne Schreibtischplatte, sie wirkte wie ein gerade zugefrorener See an einem Wintermorgen, wenn noch keine Schlittschuhkufen die Oberfläche zerkratzt hatten. Dann öffnete ich das Fenster, nahm einen tiefen Atemzug voller Sommerluft in meinen Körper auf und war glücklich und gespannt zugleich.

Schon johlten die ersten Kinderstimmen von draußen herein. Die Schule war vorbei und gleich würden die fünfzehn Liekedeler-Kinder das Haus mit ihrem Leben füllen. Die meisten kamen mit dem Rad, es waren nur zwei Kilometer von der Stadt bis hierher, nur die Kleineren wurden vom Schulbus ausgespuckt, der schwer und breit durch die grauen Landstraßen kroch.

Ein bunter Gummiball flog durch das offene Fenster in mein Büro, sprang dort ungezogen auf den leeren Regalen herum und blieb wie ein verschreckter Vogel auf meinem gepolsterten Bürostuhl liegen.

Ich griff nach dem farbenfrohen Eindringling und hörte eine aufgeregt flüsternde Stimme ein paar Meter von meinem Fenster entfernt.

«O Scheiße, das gibt Ärger.»

Ich beugte mich hinaus und erkannte das dunkelhaarige Mädchen sofort. Sie hatte auf der Fotografie in Dr. Schewes Zimmer so brav und beherrscht am Klavier gesessen. Nun kauerte sie mit den Knien im Kies und biss sich auf der Unterlippe herum, konnte sich ein Schmunzeln aber nicht verkneifen. Daneben saß ein dünner Junge mit ausgestreckten Beinen, er blinzelte und hob seine rechte Hand an die Stirn, als er zu mir hochsah und von der Sonne geblendet wurde.

«Wer von euch beiden war das?», fragte ich mit bemüht strenger Miene. Ich konnte mir den Spaß nicht verkneifen, ihnen einen süßen kleinen Schrecken einzujagen. «Wer von euch beiden glaubt, dass es wegen dieses harmlos herumspringenden Flummis Ärger gibt?»

«Ich», sagte der Junge. Ich konnte sehen, dass sein linker Fuß so dick und rund war wie ein Pferdehuf und in einem dunkelbraunen, merkwürdigen Schnürschuh steckte.

«Und wie heißt du?» Noch immer legte ich ein wenig gespielten Zorn in meine Stimme, doch der Junge schien den Spaß verstanden zu haben, denn er sprang fröhlich auf und salutierte.

«Melde mich gehorsamst: Ingo Palmer. Ich bitte vielmals um Entschuldigung, mein Angriff mit dem Gummiball war keine Absicht!»

Ich musste laut lachen, erstaunlich, wie redegewandt der Kleine war, und auch das Mädchen stand nun auf und blickte mich mit fröhlicher Neugierde an. «Und ich bin Jolanda Pietrowska.»

«Du bist die Pianistin, oder?», sagte ich. «Frau Dr. Schewe hat mir von dir erzählt. Ich verstehe zwar nicht viel von Musik, aber ich freue mich schon darauf, dich spielen zu hören.»

Sie schien sich über meine Worte zu freuen, verlegen strich sie mit dem Fuß durch die feinen Steine. «Da sollten Sie erst mal Ingo hören.»

«Spielst du auch Klavier, Ingo?»

«Nein, ich bin unmusikalisch. Aber ich kann dichten», sagte er stolz.

Jolanda sah bei diesen Worten genauso stolz aus wie er.

Ich setzte mich auf die Fensterbank, lehnte mich gegen den

Holzrahmen und fühlte die Wärme des Sommertages auf meinem Gesicht. Liekedeler würde mir viel Spaß machen. «Ein Dichter und eine Musikerin. Alle Achtung. Da habe ich aber einen schweren Stand. Ich bin hier nämlich nur für die Werbung zuständig. Nichts Besonderes also. Mein Name ist Okka Leverenz.» Dann warf ich ihnen den Gummiball entgegen, den ich unauffällig in meiner Hand verborgen hatte. Prompt sprang er gegen einen Stein, prallte in einem flachen Winkel ab und flog unaufhaltsam direkt in den sumpfigen Graben, der zehn Meter weiter das Ende des Grundstückes markierte. «Oh», rief ich und schlug mir die Hand vor den Mund.

«Lassen Sie mal, den holen wir raus!», sagte Ingo Palmer eifrig und rannte humpelnd los.

«Kommt gar nicht infrage. Ich hab's vermasselt, dann bin ich auch dafür zuständig, das Ding vor dem Ertrinken zu retten», sagte ich, schaute mich schnell um, und als ich mir sicher war, dass keiner meiner neuen Kollegen in der Nähe stand und mich beobachtete, sprang ich aus dem Fenster.

Jolanda sah mich mit großen Augen an, folgte mir dann aber hüpfend zum Graben. Ingo hatte bereits einen langen Ast gefunden, der sich an der Spitze gabelte und ideal war, um im trüben dunklen Wasser nach einem kleinen Ball zu fischen.

«Ich glaube, er ist weiter links reingefallen», sagte Jolanda und stemmte dabei ihre schlanken Hände in die Hüfte. Wichtig und gebannt verfolgte sie meine stochernde Suche. Ich schritt ein Stück weiter nach vorn, der Grabenrand war ein wenig schlammig, also zog ich mit die Lederschuhe von den Füßen, warf sie im hohen Bogen ins trockene Gras und stieg dem dunklen Wasser entgegen.

«Fallen Sie da bloß nicht rein, die Suppe stinkt nach Furz», warnte Ingo.

«Das war aber eben nicht sehr poetisch», kicherte ich und rutschte vorsichtig noch etwas tiefer. Der Junge ergriff von hinten meine Bluse und der dünne Sommerstoff spannte eng über meinem Busen.
«Ich halte Sie schon fest, keine Panik!»
Endlich tauchte ein regenbogenfarbenes Etwas zwischen den zwei Zweigen auf. «Ich hab ihn!», johlte ich und balancierte den Stock mit der Beute hinauf, bis alles sicher auf dem kleinen Rasenstück landete. Ich wischte mir den Schweiß von der Stirn und entdeckte erst danach, viel zu spät, dass meine Hände vom moosigen Holz ganz grün waren. «Na prima! Und, wie sehe ich aus?», fragte ich die beiden Kinder, die mich bewundernd und ehrfürchtig anstarrten.
«Wie eine Außerirdische, ganz grün im Gesicht!», lachte Jolanda.
«Ich finde Sie wunderschön!», sagte Ingo und ich musste mich anstrengen, damit er mir nicht anmerkte, wie sehr mich seine ernste, feierliche Miene in diesem Moment amüsierte.
Alles war in Ordnung, dachte ich. Der Flummi war gerettet, die Kinder waren wie aus Zucker und das Leben hier begann mit einem wilden, schönen Lachen. Doch dann ertönte der Gong und die Kinder sagten: «Au Backe, Mittagessen!» Und ich stand da, mit klumpiger Erde bis zum Schienbein und einem grün gestreiften Gesicht.
«Ab, marsch, Händewaschen!», sagte ich und die beiden Kinder liefen davon.

«Ein Fallbeispiel, eine Erfolgsstory, das ist es, was wir bringen müssen. Glückliche Eltern mit erfolgreichen Kindern in einer Fernsehshow, das wäre es. Oder ein Buch, natürlich von einem Ghostwriter geschrieben, in dem eine Mutter die Entwicklung

ihres mäßig begabten Kindes zum kleinen Genie bei uns beschreibt. Was glauben Sie, Frau Leverenz?» Jochen Redenius, einer der Pädagogen, die seit der ersten Stunde dabei waren, saß mir gegenüber und unterstützte seine Rede mit einer bestimmenden Geste, die besagte: «Natürlich habe ich Recht!» Soll ich sagen, dass er mir von Anfang an unsympathisch war? Seine Idee war gut, ich konnte mich sofort dafür begeistern, doch die Art, wie er nun Beifall heischend in die Runde schaute und mich dabei geflissentlich übersah, machte mich wütend.
Ich schaute ihm direkt in die Augen, er sollte wissen, dass ich mich nicht ignorieren ließ, besonders nicht, wenn ich es war, die angesprochen wurde. «Sie kennen die Schüler besser als ich, Herr Redenius.» Nun musste er zu mir hinüberschauen. «Meinen Sie, dass wir ein Kind dabeihaben, welches sich für diesen Zweck eignen würde?» Ich stolperte kurz über meine eigenen Worte. «Das hört sich seltsam an: Kinder, die sich für einen Zweck eignen, finden Sie nicht?» Lächelnd schaute ich die anderen Anwesenden an. «Ich werde mich wohl daran gewöhnen müssen, die Kinder als Produkt zu sehen. Es ist schon komisch, in meiner vorherigen Firma habe ich Teemischungen beworben, Ceylon und Darjeeling und Earl Grey. Nun sind die Objekte meiner Arbeit eben Kinder.»
«Das geht uns allen manchmal so», beruhigte mich Dr. Schewe freundlich.
Jochen Redenius hatte sich allem Anschein nach diese Betrachtungsweise bereits vollständig zu Eigen gemacht. «Ich denke an einen bestimmten Jungen. Er ist noch nicht lange bei uns, genau genommen seit Mitte April.»
«Mitte April? Das sind lediglich drei Monate. Kann man in einem Vierteljahr schon derartige Fortschritte machen, dass sich darüber in einer Talkshow reden lässt?»

Redenius blätterte kurz mit seinen blassen Fingern in einer penibel geführten Mappe und zog ein Blatt hervor. «In allen Fächern um ein bis zwei Noten rauf. Und das trotz Schulwechsels. Ich halte es für erstaunlich.»

«Vielleicht liegt es auch an der Schule?», unterbrach ich.

Doch mein Gegenüber schüttelte den Kopf. « Nein, das ist es nicht. Er kommt von Juist und auf der Insel gibt es keine wirklichen Weiterbildungsmöglichkeiten für Kinder, trotzdem haben wir ihn eine Klasse höher einschulen lassen. Wir haben den Klassenwechsel angeregt, obwohl der Intelligenztest, den wir bei allen neuen Schülern vor Beginn der Förderung durchführen, einen eher durchschnittlichen Wert von 112 ergab.»

«Sie führen IQ-Tests durch? Bei allen Kindern?» Das war mir neu und ich war mir nicht sicher, ob mir diese Tests gefielen.

Redenius schien über meine heftige Reaktion erstaunt zu sein. «Nichts geschieht hier ohne Einwilligung der Eltern, und Sie glauben gar nicht, wie erpicht die meisten darauf sind, die Werte ihrer Sprösslinge zu erfahren. Haben Sie sich etwa noch nie testen lassen?»

«Um Himmels willen, nein!», entfuhr es mir. Manchmal hielt ich mich zwar selbst für unglaublich schlau, doch genauso oft überkam mich die Gewissheit, dass sich mein IQ locker mit dem kleinen Einmaleins ausrechnen ließ. «Ich möchte lieber gar nicht wissen, wie es wirklich um mich steht.»

«Sie müssen noch eine Menge lernen, wenn Sie in unserem Hause Fuß fassen möchten», sagte Redenius. Zwei seiner Kollegen nickten, doch Dr. Schewe – sie saß eher etwas abseits am Ende des Konferenztisches – räusperte sich.

«Jochen, du solltest wissen, dass Liekedeler von neuen, anderen Sichtweisen nur profitieren kann, und wenn Frau Leverenz eine kritische Einstellung zu unseren Methoden hat, so ist sie in meinen Augen umso qualifizierter für ihren Job in der PR-Abteilung.»

Redenius klappte seinen Ordner zu und lehnte sich auf seinem Stuhl zurück, aus der Hosentasche zog er ein Taschentuch und reinigte damit seine Brille, die wahrscheinlich gar nicht beschmiert gewesen war. Er sah aus, als erwarte er einen doppelten Salto oder etwas ähnlich Beeindruckendes von mir, um die Worte seiner und meiner Vorgesetzten zu rechtfertigen.

«Lassen Sie mich bitte erst einmal mit meiner Arbeit und vor allem Einarbeitung beginnen, liebe Kollegen», sagte ich entschuldigend. «Ich bin gerade mal einen halben Tag hier und ich verspreche Ihnen, mein Bestes zu geben. Ob das ausreicht, können Sie gern in ein paar Wochen entscheiden.» Ich blickte mich um, sah ein ermutigendes Lächeln auf Dr. Schewes Gesicht und fühlte mich ein wenig wohler.

«Wir sollten uns vielleicht nicht auf ein Kind festlegen», schlug ich vor. «Mit Kindern kann man nicht hundertprozentig sicher planen. Es können zu viele Dinge dazwischenkommen, die eine ganze Kampagne über den Haufen werfen: Krankheit, Unzuverlässigkeit oder auch nur einfache Unlust. Wir brauchen auf jeden Fall ein Ersatzkind.»

Redenius schnellte nach vorn und schob seine Ellenbogen weit auf die Tischplatte, so als hätte er mich bei einer Dummheit ertappt und fühlte sich wieder auf dem richtigen Platz. «Da kennen Sie unsere Kinder aber schlecht, werte Kollegin. Sie kennen nicht eines von ihnen. Wenn Sie sich schon einmal mit unseren Schülern beschäftigt hätten, dann wüssten Sie, dass wir uns mit keinem dieser aufgezählten Probleme herumärgern müssen.»

Er stand auf, lief durch den hellen, hohen Raum und stellte sich äußerst aufrecht, fast steif, vor das Fenster. «Schauen Sie sich die Kinder hier draußen an, Sie werden sehen, jedes von ihnen ist auf seine einzigartige Weise ein Mitglied in einer wunderbar funktionierenden Gemeinschaft geworden.» Er sagte eine Weile nichts, auch alle anderen im Raum schwiegen.

Ich wusste nicht, ob dieser Vortrag nun eine Maßregelung für mich sein sollte, und vor allem, warum er etwas gegen mich hatte, oder ob sich dieser Jochen Redenius einfach nur gern selbst reden hörte. Ich stand trotzdem auf, wenn auch mit wackeligen Beinen, wagte mich ans Fenster, stellte mich direkt an seine Seite und blickte hinaus in den Garten, der hinter dem Haus lag.

Die beiden Jungen, die einen Fußball wild, aber geschickt zwischen den Beinen tanzen ließen, sahen weder nach IQ-Tests noch nach irgendetwas anderem aus, was nicht durch und durch «Kind» war. Sie schienen mit ihren Gedanken in einem riesigen Fußballstadion zu sein, wo die Menge ihnen zujubelte.

«Ist einer von den beiden der Junge, den Sie meinten?», unterbrach ich das Schweigen im Raum.

Jochen Redenius schüttelte den Kopf. «Henk Andreesen ist nicht da, er ist mit unserem Prokuristen in der Stadt, beim Kinderpsychologen. Er geht regelmäßig dorthin, wir müssen seine Entwicklung sorgfältig beobachten, schließlich hat sich für ihn eine Menge verändert in letzter Zeit. Der Kleine ist so etwas wie der besondere Schützling unseres Vizechefs Sjard Dieken.»

«Und wer ist dieses Mädchen?» Ich zeigte mit dem Finger auf ein blondes Kind. Sie trug einen etwas zu kurzen Minirock und hatte feine Schrammen an den Waden, so, als wäre sie in unwegsamem Gelände unterwegs gewesen. Sie spielte allein, aber eigentlich spielte sie nicht, sie schien sich mit irgendetwas zu beschäftigen, irgendetwas zu untersuchen. Ihre hellen Haare fielen zerzaust auf das T-Shirt. Eine kleine Abenteurerin, dachte ich. Plötzlich drehte sie sich um, als habe sie im Rücken gefühlt, dass wir sie beobachteten, ich hielt meinen Zeigefinger noch immer auf sie gerichtet. Sie hob ihre breiten Lippen an zu dem typischen Lächeln eines Mädchens, deren Zähne noch etwas zu groß für den Mund waren. Dann winkte sie uns eifrig zu, zeigte auf den Gegenstand, den sie untersucht hatte, und erst jetzt konnte ich sehen, dass es eine Möwenfeder war und ein Mikroskop daneben stand.

«Es ist Gesa Boomgarden, auch ein kleines Wunderkind», sagte Dr. Schewe hinter mir, sie war fast unbemerkt zu uns ans Fenster getreten. «Es ist das Mädchen, welches bis zu seinem achten Lebensjahr nur bei den Eltern gelebt hat. Jetzt ist sie zwölf.»

Ich hatte von diesem faszinierenden Fall vor Jahren gehört. Doch ich hatte etwas anderes erwartet, ein verwirrtes Kind mit Kaspar-Hauser-Blick und einer ängstlichen, zusammengekrümmten Gestalt. Stattdessen lachte mich ein offenes, vollkommen normal wirkendes Mädchen an, eines von der Art, wie man sie morgens zu Dutzenden auf den Schulbus warten sieht.

«Es ist fast nicht zu glauben, dass so etwas heutzutage noch möglich ist», sagte ich, ohne den Blick von dem Mädchen zu wenden.

«Nun, der Hof liegt ziemlich weit abseits von allem, im Umkreis von zwei Kilometern wohnt außer ihnen niemand und die Familie hielt sich von den wenigen Nachbarn fern. Gesa war das siebte Kind der Bauernfamilie und keiner im Dorf wusste, dass sie überhaupt geboren worden war. Die Mutter hat das Mädchen allein in der Küche zur Welt gebracht. Bei sieben Kindern kann es passieren, da kann so ein Nesthäkchen auch mal etwas unbeachtet so nebenbei groß werden. Irgendwie hatten die Eltern vergessen, die Kleine bei den Behörden anzumelden, und niemand hatte daran gedacht, dass sie inzwischen im schulpflichtigen Alter war.»

«Und die anderen Geschwister?»
«Die Großen gehen alle zur Schule, die beiden Ältesten sind bereits über sechzehn und arbeiten auf dem Hof der Eltern. In gewisser Weise hat Gesa großes Glück, dass sie bei uns gelandet ist. Die anderen Geschwister haben meines Wissens kaum Kontakt zu Menschen außerhalb ihrer Familie. Für sie gibt es nur die Schule und die harte Arbeit zu Hause. Die Zustände dort sind beinahe vorsintflutlich: Sie produzieren alles von Hand, haben Vieh und Ackerbau, Obst und sogar einen alten Webstuhl.»
«Wie bei den Amish», sagte Redenius mit ironischem Lächeln.
«Nur dass sie dieses Leben nicht aus religiösen Gründen führen, sondern einfach, weil sie den Fortschritt verpasst haben. Soweit ich weiß, besitzt Familie Boomgarden noch nicht einmal einen Traktor.»
Gesa Boomgarden zwinkerte noch einmal zu uns herüber, dann wandte sie sich wieder ihrer Feder und ihrem Mikroskop zu.
«Wir haben sie bei uns aufgenommen, weil wir ihr eine Chance geben wollten. Sie war damals schon ein eigenartiges Kind», erzählte Dr. Schewe weiter. «Gesa kam mit knapp achteinhalb in die erste Klasse, war unfähig, dem Unterricht zu folgen, und konnte auch mit ihren Mitschülern nicht viel anfangen. Sie stand zwischen den Abc-Schützen da wie eine Vogelscheuche, entschuldigen Sie den Ausdruck. Erst die Mutter einer Klassenkameradin hat uns auf sie aufmerksam gemacht. Sjard Dieken hat sie noch am selben Tag zu uns gebracht. Zum Glück, sie wäre sonst gescheitert. Nicht nur in der Schule.»
«Wie lange ist es her?», fragte ich, den Blick immer noch mit einer Mischung aus Mitleid und Faszination in die Richtung des Mädchens gerichtet.
«Gut drei Jahre», antwortete Jochen Redenius neben mir und

seine Stimme klang mit einem Mal weich und liebevoll. «Gesa war eines unserer ersten Kinder bei Liekedeler, sie ist uns allen sehr wichtig, verstehen Sie?»
«Und warum nehmen wir nicht Gesa Boomgarden für unser Vorhaben?» Mir gefiel dieses Schicksal, es war tragisch und kurios zugleich, es war perfekt, auch wenn es für das Mädchen sicher eine fürchterliche Erfahrung gewesen sein musste, plötzlich in die Welt da draußen geworfen worden zu sein. Kurz überdachte ich meinen Eifer, doch diese Gesa Boomgarden sah stark aus, stark und glücklich. Sie würde keinen Schaden nehmen, wenn man sich ihr Leben für einen guten Zweck ausborgte. Vielleicht war es sogar so etwas wie eine Entschädigung, wenn sich alle für sie interessierten, schließlich hatten die Eltern sie einfach vergessen. «Sie ist ein Fall, nach dem sich die Öffentlichkeit die Finger lecken wird. Mit dieser Geschichte werden wir bei jeder Fernsehsendung mit Handkuss genommen.»
«Es gefällt mir, wie Sie sich engagieren, Frau Leverenz, jedoch kommt Gesa für diese Geschichte nicht infrage», sagte Dr. Schewe.
«Und warum nicht?», hakte ich nach, doch bevor ich eine Antwort bekam, wurde die Tür geöffnet. Der Mann, der mit kurzem «Hallo» eintrat, war groß und füllte mit seinem zufriedenen Strahlen den ganzen Raum.
«Henk hat unglaublich gut mitgemacht, der Kinderpsychologe ist aus dem Staunen gar nicht mehr herausgekommen», sagte der Mann und strich sich dabei mit der einen Hand durch die kurzen, hellblonden Haare. Die andere Hand war vertrauensvoll umschlossen von fünf Kinderfingern. Henk Andreesen war ein blasser Junge mit einem Ausdruck des Widerwillens im Gesicht, als müsse er zu einem Kaffeekränzchen der Tante erschei-

nen, statt mit den Freunden Fußball spielen zu dürfen. Trotzdem gab er mir beinahe schon zu artig die Rechte, die Handfläche war noch feuchter als meine.

«Sind Sie die neue Sekretärin?», fragte er leise.

Alle lachten und er schaute erschrocken in die Runde, als hätte er etwas Falsches gesagt. Dann blickte er zu seinem großen Beschützer hinauf. Ich bemerkte erfreut, dass der Mann, der Sjard Dieken sein musste, nicht lachte, sondern den Jungen ruhig ansah und ihm den sicheren Boden unter den Füßen zurückgab.

«Es ist die neue Frau für die Öffentlichkeitsarbeit. Ihr beide werdet bestimmt noch viel miteinander zu tun haben. Sie sieht doch nett aus», sagte Dieken, doch ich wusste, dass er mich eigentlich noch keines Blickes gewürdigt hatte. Ich hätte es gespürt, denn nun schaute er mich an und ich fühlte seinen klaren, blauen Blick bis in die Zehenspitzen. «Ihr Name ist Okka Leverenz.»

«Hallo, Henk», sagte ich und lächelte. «Ich freue mich, dich kennen zu lernen. Du kommst von der Insel Juist, nicht wahr? Ich war noch nie dort, aber es soll wunderschön sein, habe ich gehört.»

Sofort sprang ein lebendiger Funke in seine Augen und er nickte fröhlich. «Die schönste Sandbank der Welt! Sie können mich ja mal besuchen, vielleicht fahren Mama und ich ein paar Tage dorthin.»

«Sehr nett», lachte ich. «Danke für deine Einladung. Vielleicht sollten wir aber erst deine Mutter fragen, ob es ihr recht ist.» Ich zwinkerte ihm zu und fand, dass er genauso liebenswert und freundlich war wie die anderen Kinder, die ich in den ersten Stunden im Haus kennen gelernt hatte.

Dann wandte ich mich Sjard Dieken zu. Ich musste den Kopf fast ganz in den Nacken legen, denn mein Gegenüber war groß, sicher beinahe zwei Meter. Es lag ein ganzer Kopf zwischen uns. Und trotzdem gab es da einen Funken, ein ganz bestimmtes, kaum wahrnehmbares Gefühl, etwas, das zwischen uns übersprang, als wir uns die Hand gaben. «Und Sie sind dann wohl Sjard Dieken?»

Sie beobachtete. Es war das Erste gewesen, was sie konnte, und auch jetzt, wo sich ihr Leben von Grund auf verändert hatte, brannten ihre Augen von all dem, was sie in sich hineinsog. Würmer, die sie aus dem teigigen Boden am kleinen Kanal hinter dem Haus herausgezogen hatte, drehten und schlängelten sich unter ihrem Skalpell, das eigentlich eine stumpfe Bastelschere war. Und die Federn der toten Möwe in ihrem geheimen Versteck wurden unter dem Vergrößerungsglas zu einem kleinen Dschungel.
Und in den letzten fünf Tagen hatte sie die Neue beobachtet.
Gesa fand, dass diese Okka Leverenz nicht hierher passte. Fast eine Woche war sie nun schon bei Liekedeler und Gesa wollte sich nicht an sie gewöhnen. Vielleicht war sie ja ganz hübsch, ihr kleines, etwas rundes Gesicht mit den großen Augen sah aus wie gemalt, es waren keine Ecken und Kanten darin, Okka Leverenz sah aus wie ein junges Mädchen. Außerdem war sie nicht groß. Sie war eine kleine Frau mit schneckenförmig hochgesteckter Frisur und dickem Hintern, sicher trug sie nach Feierabend die blonden Haare offen und dazu enge Jeans, bei der nach dem Abendessen der oberste Knopf geöffnet werden musste. Doch was man sah, war meist nicht das Wichtigste. Was man hörte, konnte einem mehr über die Menschen erzählen.
Gesa hatte Redenius belauscht, als er Dr. Schewe zur Seite genommen hatte, um sich über die neue Kollegin zu erkundigen. «Sie scheint mir keine Ahnung zu haben, wenn ich das so sagen

darf. Haben Sie mal ihren Lebenslauf gesehen? Nichts Konkretes, keine Linie. Und sie wirkt so naiv wie eine Kindergärtnerin! Was haben Sie sich dabei gedacht?» Doch Dr. Schewe hatte nichts dazu gesagt, was Gesa sehr bedauert hatte. Sie hätte auch gern gewusst, was diese Frau mit dem lauten Lachen hier zu suchen hatte. Auf den ersten Blick war Okka Leverenz sicher eine tolle Frau, Ingo Palmer mit seinem Klumpfuß schwärmte jedenfalls von ihr, seit sie irgend so einen albernen Flummi aus dem Graben gefischt hatte.
Wenn sie spürte, dass die Blicke der Neuen auf ihr ruhten, dann lächelte sie und wippte mit den Füßen, wie sie es bei anderen zwölfjährigen Mädchen gesehen hatte. Als Dr. Schewe sie der Neuen vorgestellt hatte, hatte Gesa ganz die Schüchterne spielend in ihre Faust gekichert und mit den Augen gerollt. Doch sie hatte etwas anderes gedacht, etwas, das in keiner Weise albern oder kindisch war:
Ich gebe dir nicht mehr als sechs Wochen, Okka Leverenz, du Kröte!
Dieses Haus gehörte Gesa.
Es war so etwas wie eine Burg, in die ein mutiger Ritter sie damals geführt und endlich in Sicherheit gebracht hatte. Der Blick aus dem dritten Stock, wenn man auf dem Dachboden saß und die Holzbretter vom kreisrunden Fenster entfernte, er gehörte ihr allein, dieser Blick auf den glatten Landteppich, der mal grasgrün, mal rapsgelb und im Winter matschgrau war und an dessen Ende sich der Deich vor dem Meer erhob.
Vielleicht war es Henk Andreesen, der Gesa das Gefühl gab, nicht mehr Herrin im Hause zu sein. Seit er bei seiner Ankunft im April mit seinen Stiefeln die letzten Osterglocken auf dem Rasen zertreten hatte, galt ihm das ganze Interesse. Dr. Schewe und Redenius sprachen nur noch über ihn. Doch am meisten

schmerzte sie der Verlust von Sjard Dieken, ihrem Lebensretter, er hatte diesen langweiligen Inseljungen mitgebracht und wich seitdem nicht von seiner Seite.
Die Eifersucht brannte auf der Haut wie das Feuer der Brennnesseln in ihrem geheimen Versteck. Henk machte beinahe alle zwei Wochen einen Test, ihr letzter lag nun schon ein Vierteljahr zurück. Genau genommen hatte sich keine Menschenseele für ihren IQ interessiert, seit der Neue bei Liekedeler war. Waren seine Ergebnisse denn so überwältigend? Gesa glaubte es nicht, sie hatte ein paar Mal mit Henk gesprochen und ihn absolut nicht gemocht, sein Kopf war leer, wie eine Plastiktüte, die vom Wind aufgebläht ein paar Meter durch die Luft wirbelte und sonst nichts Großartiges an sich hatte. Doch wenn es so war, dass er zurzeit noch dümmer war als sie, dann konnte es für das ganze Aufhebens um Henk nur einen Grund geben: Es war seine Entwicklung, für die sich alle so wahnsinnig interessierten. Sein Kopf begann sich zu füllen, aus einem Hohlraum wurde nach und nach eine Denkmaschine, er kam von ganz unten und sollte ganz nach oben.
Gesa wusste, dass ihr IQ schon von Anfang an weit über der Norm gelegen hatte, auch wenn alle aus ihrer Familie dumm zu sein schienen. Warum konnte sie nicht mehr aufhören, immer zu denken? Manchmal wünschte Gesa sich, so wie die anderen Mädchen zu sein, einfach mal zu schmollen und ein paar Tränen zu vergießen, wenn keiner da war, der sich um sie kümmern wollte. Doch Gesa wusste, dass in ihrem Kopf alles anders funktionierte, dass sie immer nachdachte und dass sich diese eine Tatsache nicht von ein wenig Heulerei fortspülen ließ: Henk Andreesen war der neue Star bei Liekedeler. Und sie war ein Experiment, das man fallen gelassen hatte.
Es gab zu viele neue Gesichter in ihrer Burg.

Gesa verkroch sich tiefer in ihr Versteck. Sie behielt ihr Haus im Auge. Sie hasste jeden, der auch nur einen Stein umdrehte oder etwas verrückte. Sie wollte jeden bekämpfen, der dies tat. Sie wollte alles hier bestimmen.
Die Neue stand auf ihrer Abschussliste, die Neue und der verfluchte Henk Andreesen.
Gesa schnappte mit ihrer Hand eine schillernde Libelle, die ahnungslos an ihr vorbeigeflogen war. Die seidigen Flügel kitzelten fast zärtlich die Innenseite ihrer Handflächen. Gesa freute sich darauf, das zarte Gewebe unter dem Mikroskop zu betrachten. Sie freute sich auf den kleinen Ruck, mit dem sie das Insekt von seinem Flügel trennen würde. Sie gönnte sich noch ein paar stille Minuten der Vorfreude.
Das schmerzhafte Klopfen hinter den Schläfen hatte wieder begonnen.

2.

Vier Wochen waren vergangen, schnell und sonnig hatten sich die ersten Tage bei Liekedeler aneinander gereiht, ich konnte kaum glauben, dass der erste Monat schon vorüber war. Der August hatte begonnen und es waren nur noch wenige Tage bis zum Beginn der Sommerferien. Die freudige Ungeduld der Kinder auf eine schulfreie Zeit steckte mich an: In den Ferien kamen die Kinder den ganzen Tag zu Liekedeler, also würde mir endlich etwas mehr Zeit bleiben, sie alle nach und nach kennen zu lernen. Bislang hatten stapelweise zu schreibende Pressemitteilungen und das ständig klingelnde Telefon mich daran gehindert.

Ich sortierte gerade meine Gesprächsnotizen, die ich bei einem Telefonat mit einem privaten Fernsehsender recht wirr zu Papier gebracht hatte, da klopfte es leise an meiner Tür und nachdem ich «Herein» gesagt hatte, öffnete sich ein Spalt und eine Zimmerpflanze schob sich hinein.

«Nanu», sagte ich lächelnd, stand auf und griff nach der kleinen Palme, da ging die Tür auf und ich sah sie alle mit lachenden Gesichtern vor mir stehen: Dr. Schewe, ihre Assistentin Silvia Mühring, Sjard Dieken und all die anderen neuen Kollegen.

«Herzlich willkommen bei Liekedeler!», sangen sie im Chor und ich merkte, dass ich tatsächlich ein wenig rot wurde, was mir nur noch sehr selten passierte. Um meine Verlegenheit zu kaschieren, drehte ich mich zum Fenster und stellte den Blumentopf auf die Fensterbank.

«Nein, nicht ins Büro stellen. Wir dachten eigentlich, dass dieses Geschenk ein kleiner Beitrag für Ihre neue Wohnung sein sollte», sagte Sjard Dieken.

«Und wir hätten nichts dagegen, dass Sie sich heute einen Tag freinehmen, um mit dem Umzug zu beginnen», ergänzte Dr. Schewe, trat auf mich zu und legte die Hände auf meine Schultern. «Ihre Wohnung unter dem Dach ist fertig, sie wartet quasi nur noch darauf, dass Sie einziehen. Und wir wollen Ihnen alles Liebe und Gute dazu wünschen!»
Ich erwiderte ihr strahlendes Lächeln, blieb aber wie angewurzelt stehen.
«Jetzt aber los!», sagte sie.
«Und wenn Sie möchten, dann lade ich Sie heute Abend noch auf einen Schluck Wein bei mir ein», sagte Silvia Mühring und trat auf mich zu, um mich kurz zu umarmen und mir einen kaum fühlbaren Kuss auf die Wange zu hauchen.
«Vielen Dank», brachte ich hervor, «aber ich kann doch nicht Knall auf Fall die Arbeit liegen lassen und umziehen!» Die anderen duldeten meinen Protest jedoch nicht und schließlich nahm ich die Pflanze unter den Arm und stieg die Holztreppen hinauf. Im ersten Stock waren die Schulzimmer untergebracht, das sonnige Atelier, ein kleines Labor. Eine Etage höher wohnte Sjard Dieken und ihm gegenüber Silvia Mühring, im hinteren Teil des Hauses hatte auch Jochen Redenius eine Wohnung.
Das Dachgeschoss hatte ich für mich allein. Der Schlüssel steckte, ich trat ein und stellte mich vor das große, runde Fenster in dem Raum, der einmal mein Wohnzimmer werden sollte. Und dann atmete ich durch. Ganz tief. Es war ein tolles Gefühl.
Ich war fast einunddreißig Jahre alt und stand zum ersten Mal in meinen eigenen vier Wänden. Während meiner Studienzeit hatte ich mich von WG zu WG gehangelt, bis ich wieder bei meinem Vater wohnte. Mein Freund Ben hatte mich mehr als nur einmal gefragt, ob ich nicht zu ihm ziehen wollte, und ich hatte mir diese Idee mehr als nur einmal ernsthaft durch den

Kopf gehen lassen. Und sie jedes Mal verworfen. Ich konnte nicht genau ausmachen, weshalb ich nicht mit ihm zusammenleben wollte. Vielleicht, weil ich befürchtete, dass Ben nicht «jener welcher» war.

Und erst in diesem erhebenden Moment, als ich unter den schrägen Wänden meiner neuen, meiner eigenen Wohnung stand, war mir klar, dass es höchste Zeit war, neu zu beginnen. Ein guter Job, ein Haufen netter Kollegen, eine Wohnung, die dazu bestimmt war, dass ich mich in ihr wohl fühlen sollte. Ich fühlte, dass ich angekommen war. Dass ich hierhin gehörte.

Und dieses Gefühl hatte ich noch nie zuvor gehabt.

«Sie wohnen jetzt auch hier», sagte Henk Andreesen zu mir, und es war keine Frage, sondern eine Feststellung, die er freudig lächelnd, aber auch etwas schüchtern in den Raum stellte.

Er saß über seinen Hausaufgaben, die dunkelblonden Haare waren ein wenig zu lang über den Augen und er musste sie ständig aus dem Gesicht streichen.

Seit drei Wochen beobachtete ich den kleinen, blassen Jungen, führte unauffällig Protokoll über sein Verhalten und war ihm so etwas wie eine erwachsene Freundin geworden. Jedenfalls hoffte ich, dass auch er es so sah, ich zumindest hatte Henk in mein Herz geschlossen. Seine kindliche Offenheit, sein Vertrauen und diese nimmersatte Wissbegierde machten ihn in meinen Augen zu einem der liebenswertesten Kinder bei Liekedeler. Und auch zu einem der geeignetsten. Er war unser Projekt, mit dem wir in gut einem Monat an die ganz große Öffentlichkeit gehen wollten. Henk Andreesen war es, dem in einigen Wochen ein ganzer Fernsehbeitrag gewidmet werden sollte. Ich war stolz auf meine Arbeit, die hartnäckigen Anrufe bei zahlreichen Sendern hatten etwas gebracht, es gab immer mehr Interesse an der

Stiftung. Und mir war klar, dass man dieses Interesse mit lebendigen Geschichten füttern musste, nichts lief besser als ein herzergreifendes Schicksal, nichts weckte die Neugierde der Öffentlichkeit mehr als die betroffenen Kinder. Mein Konzept war aufgegangen und ich wollte die Sache gründlich machen.
Henks Noten in Mathematik waren auf der Inselschule eher durchschnittlich gewesen, doch nun flossen ihm die Zahlen beinahe spielerisch auf das Papier. Liekedeler war erfolgreich mit seiner speziellen Methode, Henk hatte innerhalb eines Tages mit seinen elf Jahren das Wurzelziehen begriffen, da er im Spiel neue Kinder kennen lernte, die wiederum Freunde hatten, sodass er sich schnell in einer großen Gruppe befand, obwohl er nur von drei Kindern die Namen kannte. Freundschaft im Quadrat. Und er war die Wurzel.
«Wohnen Sie bei Sjard?» Dies war nun eine Frage. Und ich wusste auch, warum er sie stellte: Sjard Dieken war sein Held, seine Vaterfigur. Jeder Schritt, den Sjard unternahm, wurde von Henks wachem Blick registriert.
Ich streichelte über den nachdenklichen Kopf. «Ich wohne hier im Haus, ja, aber nicht bei Sjard Dieken. Er hat ein eigenes Appartement, es liegt einen Stockwerk tiefer als meines.»
«Wohnen Sie da unter dem Dach?»
«Ja, genau. Im dritten Stock, ganz schön hoch, nicht wahr? Das runde Fenster in der Spitze des Giebels ist mein Wohnzimmerfenster. Es ist sehr hübsch dort, man kann bis zum Deich schauen, soll ich es dir mal zeigen?»
Henk schüttelte den Kopf. «Ich kenne es schon.»
«Aha, woher denn?», fragte ich erstaunt.
«Gesa war einmal mit mir dort oben. Bevor es umgebaut wurde. Sie war immer dort.»
«Gesa?» Das lebendige, fröhliche Mädchen ging meistens ei-

gene Wege. Es wunderte mich nicht, dass sie bereits das ganze Haus und jeden unbekannten Winkel des Gartens durchstöbert haben könnte.
«Ja, sie hatte dort oben ihren Lieblingsplatz. Jetzt ist sie sehr böse, weil Sie ihn ihr weggenommen haben.»
Ich stutzte. Mir war bislang keinerlei Bösartigkeit an Gesa aufgefallen. Sie grüßte stets nett, manchmal etwas überschwänglich, sicher hätte ich es bemerkt, wenn sie wütend auf mich war.
«Sie glauben mir nicht, stimmt's?», fragte Henk. Er hatte den Stift beiseite gelegt und sich mit verschränkten Armen in seinem Schreibtischstuhl zurückgelehnt. «Niemand glaubt mir, wenn ich von Gesa erzähle.»
«Was erzählst du denn von ihr?» Ich war hellhörig geworden.
Er zögerte kurz, doch dann begann er mit fast flüsternder Stimme zu sprechen. «Gesa ist böse. Sie hasst mich und sie hasst Sie.»
«Warum sollte sie das tun?»
«Sie hat gesagt, dass wir ihr alles stehlen würden. Als sie mich damals mit auf den Dachboden genommen hat, da wollte sie mich …» Henk verstummte. Er hatte anscheinend bereits mehr gesagt, als er wollte.
Doch ich bohrte weiter. «Was wollte sie mit dir machen?»
Er schüttelte den Kopf und presste die Lippen fest aufeinander.
«Wollte sie dir wehtun? Dich ärgern?»
Er nickte fast unmerklich.
«Was hat sie getan?» Ich ließ nicht locker und setzte mich neben ihn auf den Stuhl. Man musste keine Pädagogin sein, um zu spüren, wie sehr er sich jemanden zum Zuhören wünschte.
«Sie wollte mich hinausstoßen.»
Ich hätte fast den Kopf geschüttelt und «Nein, das glaube ich nicht» gesagt, doch ich riss mich zusammen, weil ich wusste,

dass sich Henk Andreesen keine Geschichten ausdachte. Also entschied ich mich, zu schweigen und ihn lediglich mit meinem Blick zum Erzählen zu ermuntern.

«Eigentlich hatte Gesa mir ein Geheimnis versprochen, auf dem Dachboden sollten wir es finden und es würde nur zwischen uns beiden bleiben. Deshalb bin ich ja auch mitgegangen, nur aus Neugierde, verstehen Sie? Gesa sagte, ich solle mich aus dem Fenster beugen, wenn ich mich nur ein wenig hinauslehne, dann könnte ich die Kirchturmspitze der Ludgeri-Kirche und die Mühlen in der Stadt sehen. Und das habe ich ihr nicht so recht geglaubt, dass man von hier aus so weit sehen konnte, also lehnte ich mich vor, und sie sagte immer: ‹Weiter ... weiter ... gleich siehst du es.› Und als ich mich schon bis zum Bauch hinausgelehnt hatte, nahm sie meine Füße in die Hand und schob mich immer weiter über den Fenstersims. Und ich ...» Henk musste Luft holen, er rührte sich sonst kaum, nur seine Lippen und die Augen bewegten sich zitternd. Ich wusste, dass er nicht log.

«Ich konnte mich nur retten, weil ich ganz laut geschrien habe und Herr Redenius zufällig gerade vor dem Haus stand und mich hörte. ‹Halt die Klappe, halt die Klappe›, rief Gesa immer wieder. ‹Du wolltest doch ein kleines Geheimnis mit mir teilen, hier hast du es›, sagte sie immer wieder. Dabei war ich nur auf einen bösen Trick hereingefallen. Ich hatte eine Sterbensangst, wirklich, weil sie so superwütend war, richtig böse. Und dann brüllte der Redenius zu uns hinauf, das heißt zu mir, er konnte Gesa ja nicht sehen, und er sagte, ich soll sofort mit dem Mist aufhören, und das hat Gesa dann mitgekriegt. Sie ließ einfach meine Beine los und ich wäre beinahe wirklich runtergestürzt, weil ich das Gleichgewicht verloren hatte. Erst ganz zum Schluss griff Gesa mich an den Schultern und zog mich hinein.»

«Sie hat dich gerettet? Henk, vielleicht wollte sie dich gar nicht hinausstoßen, sondern dir nur Angst einjagen.» Ich wusste selbst, wie fadenscheinig dieser Satz wirkte, und es tat mir Leid, dass ich dem Jungen das Gefühl gegeben hatte, ihn nicht ernst zu nehmen.
«Sie hat mich hineingezogen, das stimmt, aber dann rief sie zu Redenius runter, dass sie mich schon von unten beim Herauslehnen beobachtet hätte und so schnell wie möglich die Stufen hinauf zum Dachboden gerannt wäre, um mich zu retten.»
Ich glaubte Henk, und erst jetzt, nachdem er die ganze Geschichte erzählt hatte, kämpften sich ein paar nasse Tränen über sein verkrampftes Gesicht. Ich rückte den Stuhl ein wenig näher und streichelte ihm sanft über den Rücken. Sein Weinen war merkwürdig leise und sein Körper war wie erstarrt. Er litt still und bewegungslos und gerade das tat mir unendlich Leid.
«Was hat denn Herr Redenius später zu dir gesagt, als du wieder in Sicherheit warst?», fragte ich, ohne das Streicheln zu unterbrechen.
«Nichts», sagte Henk nur.
«Hat er nicht mit dir geschimpft oder Gesa für ihre zweifelhafte ‹Hilfe› besonders gelobt?» Ich sah, wie Henk ein paar bittere Worte herunterschluckte. Warum wollte er nichts mehr sagen?
«Und die anderen Kinder? Du hast doch sicher Freunde hier im Haus, hast du denen nichts erzählt?»
Er sah mich traurig an. «Freunde? Niemand hat hier Freunde. Hier will jeder nur der Beste sein, sonst nichts!»
«Ach, Quatsch», beruhigte ich ihn, obwohl mich seine letzten Worte aufgewühlt hatten. «Hier gibt es fünfzehn Kinder, alle sind ungefähr in deinem Alter, alle haben irgendetwas, was sie besonders gut können und was sie absolut nicht draufhaben.

Nicht alle sind wie Gesa, es ist bestimmt jemand dabei, der dich mag und der dich gern zum Freund hätte.»

«Aber doch nicht, seitdem meine Tests so gut sind.» Er schluchzte und ich konnte ihn kaum verstehen. «Herr Dieken und Frau Dr. Schewe und all die anderen machen so eine Riesensache aus meinen Ergebnissen, da will keiner mehr mit mir spielen.»

Der Junge schüttelte den Kopf und ein paar Tränen lösten sich von seinem Kinn und tropften auf das Drachenmonster auf dem Shirt. Es sah aus, als liefe dem Monster die Nase, und in meiner Hilflosigkeit zeigte ich mit dem Finger darauf: «Schau, dein Pokémon hat Schnupfen.»

Und Gott sei Dank lächelte er, zwar sehr schief, aber schließlich wischte er sich die Nässe mit dem kurzen Ärmel aus dem Gesicht und nahm den Stift wieder in die Hand.

Er war tapfer, der kleine Henk. Ich wusste, dass er in den letzten Monaten sein ganzes Leben hatte umkrempeln müssen. Seine Großmutter war gestorben, sie war die Einzige, die sich bislang für ihn interessiert hatte. Nun lebte er bei seiner Mutter, ich kannte Frau Andreesen nicht, sie brachte ihn nach der Schule nicht zu uns und holte ihn auch am Abend nie ab. Voll berufstätig, irgendetwas Esoterisches, sagte Dr. Schewe einmal zu mir, und dass sie noch sehr jung sei und den Eindruck mache, mit der Erziehung des Kindes überfordert zu sein. Natürlich war es nicht meine Aufgabe, denn ich war für die Öffentlichkeitsarbeit von Liekedeler zuständig und nicht für das Seelenleben der Kinder. Doch ich wollte Henk Andreesen zeigen, dass er mir sein Geheimnis nicht umsonst anvertraut hatte. Er sollte wissen, dass ich ihm beistand. Bei der nächsten Gelegenheit wollte ich Jochen Redenius zu diesem Thema befragen. Ich konnte nicht so tun, als hätte dieses Gespräch nie stattgefunden. Dazu

konnte ich viel zu gut nachempfinden, wie es ihm ging. Dazu erinnerte er mich viel zu sehr an das kleine, verlorene Mädchen von acht Jahren mit butterblumengelbem Haar und Unmengen von Sommersprossen im Gesicht.
«Es war gut, dass du mir davon erzählt hast», sagte ich ruhig, als er sich bereits wieder seinem Aufgabenheft zugewandt hatte.
«Das wird mir leider nicht viel nützen», murmelte er, ohne aufzublicken. «Wen Gesa im Visier hat, den beschießt sie auch.»

Das kleine, verlorene Mädchen mit butterblumengelbem Haar war ich gewesen. In dem Sommer, als ich acht Jahre alt war, hatte meine Mutter in irgendeiner Spezialklinik, ganz weit entfernt von mir, ihren Kampf gegen den Krebs verloren. Ein achtjähriges Mädchen versteht noch nicht viel von Tumoren und Metastasen, deshalb war ich eigentlich nur auf meine Mutter wütend und enttäuscht, dass ich den Rest meines Lebens allein mit meinem Vater verbringen sollte.
Und so hatte das kleine Mädchen zwar immer noch dieselben Unmengen von Sommersprossen im Gesicht, doch es war ein wenig vorsichtiger geworden, immer auf der Hut, schließlich konnte sich von einem auf den anderen Tag die ganze Welt ändern. Eine Halbwaise mit einem Vater, der zwar liebevoll und zuverlässig, aber eben ständig auf Reisen war. Ich bemitleidete mich nicht selbst, auch wenn es vielleicht so klingen mag. Ich analysierte nur gern die Zusammenhänge, die mich zu einer Frau werden ließen, die einem Mann wie Ben einfach den Laufpass gab.

Ben war eigentlich ein Netter. Als er damals nach Norden zog, nahm er sich eine wirklich hübsche Dreizimmerwohnung in einer Gegend, die grüner, friedlicher und besser war, als ich es gewohnt war. Neubausiedlung in Tidofeld, eine Doppelhaushälfte mit winzigem Garten und eine Badewanne, die groß genug für uns beide war.

Kein Zweifel, Ben hatte damit gerechnet, dass ich zu ihm zog. Schließlich hatte er seinen ziemlich aussichtsreichen Job im Institut für Gerichtsmedizin in Oldenburg aufgegeben, um in meiner Nähe zu sein.

Wir lernten uns vor zwei Jahren kurz vor Ende meines Studiums in Oldenburg kennen, nichts Spektakuläres, eine Studentenparty mit fünf verschiedenen Sorten Nudelsalat, Aufbackbaguettes und Bier aus der Flasche, im Hintergrund lief Achtzigerjahre-Musik und jeder erzählte jedem, was für ein mächtig interessantes Leben man hatte und welche rosigen Berufsaussichten einen erwarteten. Da ich nicht mitreden wollte bei solchen Themen, stand ich stumm abseits und langweilte mich. Ben arbeitete zu dieser Zeit bereits als Assistent in der Gerichtsmedizin und hasste das Gerede über seinen Job, weil immer alle so neugierig und angewidert darauf reagierten. Also rückte er ein Stück auf mich zu und sprach mich an, ich glaube, er fragte direkt, ob wir nicht nach draußen gehen wollten.

Er war von Anfang an immer etwas verliebter in mich gewesen als ich in ihn. Dabei war Ben hübsch, vielleicht ein wenig zu hübsch, mit den glänzenden Locken eines Barockengels und einem Blick, der sich hell und freundlich einen Weg in jedes noch so komplizierte Seelenleben ebnen konnte.

Als er sich damals vom Großstadtleben und dem Assistentenjob in der Gerichtsmedizin beurlauben ließ, hatten mich seine zweisamen Zukunftspläne zugegebenermaßen überrumpelt. Er hatte gesagt, dass er das Meer liebe und die ostfriesische Gemütlichkeit, doch am meisten liebe er mich.

Wenn er dann das Thema Zusammenleben anschnitt, erzählte

ich meistens, dass Vater mich brauchte, weil er doch Witwer war und irgendwie immer knapp bei Kasse. Manchmal rückte ich auch ein wenig mit der Wahrheit heraus: Mir war nicht nach zwei Zahnbürsten, die einträchtig nebeneinander über dem gemeinsamen Waschbecken standen.

Vielleicht hätte ich ihm schon viel eher sagen müssen, dass ich ihn nicht liebte. Dass es keine gemeinsame Zukunft geben würde. Dass er umsonst auf etwas in dieser Art hoffte. Doch ich hatte anscheinend diesen kurzen Augenblick in einer eigenen Wohnung gebraucht, um das zu begreifen.

Wir trafen uns am selben Abend im «Mittelhaus», saßen an einem Holztisch in der Ecke und er sah mich mit erwartungsvollem Blick an, weil ich ihm gesagt hatte, dass es eine ziemlich wichtige Neuigkeit gebe.

«Ich bin heute umgezogen», sagte ich zwischen zwei Matjesheringen.

Ben stieß sein Bierglas um und das Bier landete auf seinem Teller. Erst rettete er sich mit dem Gedanken, es sei nur ein Scherz, und vermutete, dass ich endlich zu ihm zöge. Ich sah es an seinen fein gebogenen, leicht erhobenen Augenbrauen, dass er das dachte.

«Du hast endlich die Koffer gepackt. Hey, was sagt denn dein Vater dazu? Der war perplex, stimmt's?»

Doch Vater war ja noch in Bulgarien und wusste nicht, dass er allein leben musste, sobald er zurückkam. Und Ben freute sich, gluckste über seinem Teller, in dem sich die gelbe Flüssigkeit mit seiner Bohnensuppe vermischte, ich konnte es riechen, Bier mit Bohnen, und mir war ein wenig übel. Nicht nur wegen des unappetitlichen Anblicks, sondern in erster Linie, weil ich ihm noch nicht gesagt hatte, dass ich die Koffer nicht bei ihm, sondern bei Liekedeler wieder auspacken wollte. Das tat ich nun.

«Du willst was?», fragte er barsch und rührte wütend mit dem Löffel in der sämigen Masse aus Hausmannskost und Bier.
«Sie haben den Dachboden ausgebaut und da ist eine gemütliche Wohnung frei geworden, mit unendlichem Blick über Wiesen bis hin zum Deich. Traumhaft! Und das Beste ist: Ich kann dort beinahe umsonst wohnen, nur die Nebenkosten werden berechnet. Ich wäre schön blöd, wenn ich das Angebot nicht annehmen würde. Verstehst du?»
Ben schaute mich nicht an, ein sicheres Zeichen, dass er nicht verstand. «Seit wann arbeitest du dort, Okka?»
Ich tat gleichgültig, zuckte mürrisch die Schultern und schaute mir intensiv die Bilder von friesischen Landschaften an den hellen Wänden an, die ich schon Tausende Male zuvor gesehen hatte. Ich wusste, worauf er hinauswollte.
«Soll ich es dir sagen? Seit vier Wochen! Mensch, wie kannst du so … so beschränkt sein und an deinem Arbeitsplatz wohnen wollen, noch dazu, wenn du weder die Menschen noch den Job so richtig kennst?» Es kam selten vor, dass Ben mit mir schimpfte.
Ich faselte etwas von Radfahren und schlechtem Wetter und Zwischenlösung.
«Vielleicht habe ich es dir noch nie richtig deutlich gesagt, Okka, aber ich würde mich sehr freuen, wenn du und ich zusammenleben würden.»
«Ich weiß», sagte ich.
«Und warum würde dich das nicht freuen? Wir sind jetzt seit zwei Jahren zusammen, und du ziehst lieber mit einem Haufen fremder Pädagogenfuzzis unter ein Dach als mit mir.»
«Das ist es nicht, Ben», begann ich. Doch er war zu wütend, um mich ausreden zu lassen.
«Ich weiß jedenfalls, dass es nichts mit einer Zwischenlösung

zu tun hat.» Er knallte mit der flachen Hand auf den Holztisch, der zwischen uns stand mit seinem flackernden Windlicht und den Tellern. «Du hast dich bislang nie durchringen können, bei mir einzuziehen oder sonst irgendetwas in unsere Beziehung zu investieren. Eine Zwischenlösung gibt es bei dir doch gar nicht, du hast dich längst entschieden, und zwar *gegen mich*.»
«Du siehst es vielleicht so. Du denkst, es geht nur für oder gegen dich. Aber es ist anders, ich habe mich nämlich zum ersten Mal für mich selbst entschieden.»
«Pah! Du jonglierst doch nur wieder mit den Worten. Typisch! Du glaubst, dass ... dass ein wenig Rumlaberei und ein Paar aufgerissene Augen das Schlimmste verhindern können. Aber ich hab den Kuchen auf!» Er blickte mich wütend an, wütend, verbittert und todernst. «Für mich bedeutet es nämlich, dass ich besser wieder nach Oldenburg gehe, statt hier in einem windigen Kaff zu versauern. Mein ehemaliger Chef hat mir mehr als nur einmal gesagt, dass ich sofort wieder in der Pathologie anfangen kann, und ein Zimmer im Ärztewohnheim ist auch immer frei. Ist nicht so schön wie die Wohnung hier, die ich ja eigentlich für uns beide ...» Ben schnaubte wütend. «Ach Scheiße! Alles ist besser, als weiterhin meine Karriere in der Unfallstation eines sterbenslangweiligen Kreiskrankenhauses den Bach hinuntergehen zu lassen und zu guter Letzt von meiner Freundin verarscht zu werden. Für mich bedeutet es das Ende, verstehst du?»
Natürlich tat es ihm weh, natürlich hatte er es nicht verdient, doch ich musste ihm den wahren Grund sagen. «Für dich ist es das Ende, Ben. Aber ich sehe zum ersten Mal so etwas wie einen Anfang vor mir. Ich habe endlich kapiert, dass ich nur allein auf den richtigen Weg komme. Es tut mir Leid, aber ich ...», ich zögerte kurz, «... ich möchte allein weitergehen.»

«Na, dann verlauf dich aber nicht!» Er erhob sich mit einem wütenden Ruck, das Bierglas fiel zum zweiten Mal um, doch er stellte es nicht wieder hin. Ich starrte auf den Fisch auf meinem Teller und schaute nur einmal kurz auf, gerade in dem Moment, als er sich hastig zwischen die runden, voll besetzten Tische zwängte und sich den wutroten Kopf an einer Schiefertafel stieß, auf der hausgemachter Obstkuchen von geklauten Äpfeln angepriesen wurde. Dann blickte ich wieder nach unten, auf meine Hände, auf meine Arme, so, als sähe ich sie zum ersten Mal. Und falls er von der Fußgängerzone aus von draußen noch einmal zu mir hineinschaute, so schenkte ich ihm keinen Abschiedsblick, denn ich war mir sicher, dass mir seine traurigen Augen nicht einmal wehtun würden, und das machte mir ein wenig Angst. Und Angst war nicht das Gefühl, welches ich in diesem Moment haben wollte.

Es war nicht schwer gewesen, sich zu trennen, nur ein wenig unangenehm, wie das Stechen einer Nadel. Nur kurz umnebelte mich ein dumpfer Hauch von Mitleid, dann schaute ich endlich hinaus und freute mich über die vielen unbeteiligten Menschen, die mit der Abendsonne auf der Haut über den Neuen Weg spazierten und keine Ahnung hatten, dass genau in diesem Moment für mich ein neues Kapitel angefangen hatte. Sie überlegten vielleicht, ob sie sich ein paar Schritte weiter ein Eis beim Italiener gönnen sollten, und interessierten sich nicht eine Sekunde lang dafür, dass ich heute zwei der besten Entscheidungen meines Lebens getroffen hatte.

Kurz fingerte ich an der Speisekarte herum, war versucht, aus lauter Gier am Neuen noch ein Glas Wein zu bestellen, doch es kam mir irgendwie unschicklich vor; Ben war gerade aus meinem Leben verschwunden und ich zelebrierte den Abend.

Also verließ ich das Lokal, setzte mich, eins mit mir, fast glück-

lich, auf mein Fahrrad, es quietschte vergnügt wie ein albernes Baby, als ich nach rechts abbog. Wäre ich nach links zu Ben gefahren, so hätte ich Gegenwind gehabt. Nun aber schob mich ein weicher Sommerwind von hinten an und ich rollte beinahe von selbst in die richtige Richtung.
Die stämmigen Baumriesen, die Reihe für Reihe das Kopfsteinpflaster des alten Marktplatzes wie Pflöcke zusammenhielten, ließen kaum einen Blick durch die Blätter zu. Doch kurz konnte ich in die kleine Straße in der Nähe des mächtigen Glockenturmes hineinschauen, und ich erschrak ein wenig, denn es brannte Licht in meiner alten Wohnung über dem Friseursalon. Vater war also zurück, eher als erwartet. Ich überlegte einen flüchtigen Moment, ob ich nicht ein Stück zurückfahren und ihm einen Besuch abstatten sollte, doch ich konnte mir nicht so recht vorstellen, wie er auf die neue Situation reagieren würde. Und ich hatte überhaupt keine Lust auf ein weiteres beleidigtes Männergesicht, das mir meine neue Freiheit nicht gönnte.
Nach einem tiefen Atemzug spürte ich eine ruhige Freude darüber, dass ich aus der einfallenden Dunkelheit die Meeresluft und das grüne Gras des nassen Sommers herausriechen konnte. Es gab um diese Zeit noch frische Waffeln in der Teestube an der alten Mühle, ein paar Jungs in blauen Hemden spielten Akkordeon und Geige und deren Lachen begleitete mich noch, als ich das Ortsschild bereits passiert hatte.
Außerhalb der Kleinstadt gab es keine abendlichen Gespräche fremder Menschen von der Straße, die zum Fenster hinaufwehten, kein Glockenspiel vom breiten, grob gemauerten Kirchturm um Mitternacht.
Ich freute mich auf die neuen, fremden Geräusche, die mich bei Liekedeler begrüßen würden.

Eigentlich geschah nichts wirklich Weltbewegendes an diesem Abend, als ich mit einem feierlichen Gefühl im Bauch den Weg hinauffuhr und das steinerne Seeräubergesicht mir guten Abend wünschte.

Eher beiläufig wanderte mein Blick in die zweite Etage, ich fragte mich, ob in Sjard Diekens Wohnung noch Licht brannte und ob irgendein fremdes Auto darauf hinwies, dass er Besuch haben könnte.

Seit einigen Tagen schon ertappte ich mich dabei, dass ich meinen Kollegen beobachtete. Ich wusste genau, wie er die Arme nach oben riss, wenn er beim Fußballspiel mit den Kindern ein Tor geschossen hatte. Ich kannte die kleine, beinahe unsichtbare Narbe neben dem linken Auge, die beim Lachen in einer geschwungenen Falte verschwand. Er mochte keine Salatgurken. Seine Stimme wurde tiefer, wenn er laut sprach. Wir sprachen nicht viel miteinander, doch er lächelte, wenn wir uns im Haus trafen. Und ich merkte mir jede Begegnung.

Mit gerötetem, verschwitztem Gesicht stieg ich die Treppen hinauf, und Sjard stand in der Tür, als habe er auf mich gewartet.

«Ich sollte auch öfter Rad fahren», sagte er statt einer Begrüßung. «Wenn man immer dabei so glücklich aussieht!»

Mein Herz machte einen Salto und ich lächelte nur. Ich hätte kein Wort herausgebracht, das wusste ich. Und so nickte ich nur kurz, zwinkerte ihm schüchtern zu und ging die Stufen bis zu meiner Wohnungstür ein wenig langsamer. Er hatte Recht. Ich war so glücklich.

3.

Redenius' Augen waren so hell wie die eines erblindeten Tieres. Die dünnen, blonden Wimpern rahmten beinahe unsichtbar die schweren Lider. Der Blick, den er mir durch die Gläser seiner sicherlich genauso schlichten wie teuren Brille zuwarf, ließ mir das Gefühl, wieder einmal etwas sehr Dummes gesagt zu haben, zäh den Rücken hinunterlaufen.

«Meinen Sie nicht, es ist etwas albern, sich in Ihrem Job in unsere pädagogische Arbeit einzumischen? Soweit ich mich erinnern kann, haben wir Sie lediglich als Pressesprecherin und Frau für die Öffentlichkeitsarbeit eingestellt.»

Ich konnte sehen, dass in seinem sehnigen Körper jeder Muskel angespannt war. Unwillkürlich duckte ich mich ein wenig.

«Jochen, halte dich bitte etwas zurück.» Dr. Schewe saß zwischen uns, sie hatte ihren Oberkörper leicht nach vorne gebeugt und fasste mit der einen Hand nach Redenius' Schulter, die andere lag beruhigend und merkwürdig vertraut auf meinem Oberschenkel. Sie musste sich fühlen wie eine Mutter, die ihre zankenden Kinder auseinander hielt. Und irgendwie erwartete ich sogar, dass sie mit Jochen Redenius schimpfte und ihm sagte, dass ich im Recht war. Ich hatte doch nur berichtet, was Henk mir erzählt hatte. Die Geschichte von einem kleinen, eifersüchtigen Mädchen, das den Kopf des vermeintlichen Konkurrenten unter Drohungen aus einem Fenster im Dachgeschoss hielt.

«Es ist nicht Frau Leverenz' Aufgabe, sich in die Arbeit der Erziehungsfachleute einzumischen», rechtfertigte sich Redenius. «Ich halte es sogar für ziemlich riskant, wenn sie eine Beziehung zu den Kindern aufbaut, die nicht mit uns abgesprochen ist.»

«Jochen hat nicht ganz Unrecht», sagte Sjard Dieken mit leiser, aber fester Stimme. Er rührte sich kaum in seinem schwarzen Stuhl, wirbelte lediglich einen Stift zwischen seinen schlanken Fingern und betrachtete konzentriert die verschiedenen Personen in unserer Runde: die ewig beherrschte Dr. Veronika Schewe, begleitet von ihrer Protokoll führenden Assistentin Silvia Mühring, der aufgebrachte Jochen Redenius und in der hinteren Ecke der eher schweigsame Pädagoge Robert Lindkrug. Ja, und mich, mich betrachtete er am längsten, am intensivsten und ohne Zweifel auch mit einer nicht zu übersehenden Skepsis. Nicht unfreundlich, nicht abweisend, aber skeptisch.

«Besonders wenn es um aggressives Verhalten der Kinder geht, müssen wir an einem durchdachten Konzept festhalten, sonst verlieren wir die Kontrolle. Ich bitte Sie, sich daran zu halten.»

Es war wie ein Tritt in meine Eingeweide. Ich wusste, dass Sjard Dieken nie ein Wort unüberlegt aussprach, deshalb traf mich seine Aussage umso härter.

«Es kann doch nicht verboten sein, sich Gedanken um die Kinder zu machen. Schließlich habe ich den ganzen Tag mit ihnen zu tun», setzte ich mich zur Wehr. «Ich habe das Gefühl, dass bei Vorkommnissen wie diesem so etwas wie feindseliges Konkurrenzdenken zutage tritt. Und ich denke schon, dass ich solche Beobachtungen an Sie weitergeben sollte.»

«Trotzdem sollten Sie bis hierher gehen und nicht weiter», sagte Redenius laut und schneidend wie ein Lehrer, der keinen Widerspruch duldete. «Beobachten Sie meinetwegen diesen Henk, schließlich ist er so etwas wie unser Vorzeigekind. Wir sind alle sehr stolz auf ihn und seine Ergebnisse. Sie können sicher sein, wir werden uns um ihn kümmern. Er braucht keine Angst mehr vor irgendeinem anderen Kind zu haben, wenn er diese wirklich hat. Doch bitte reden Sie nie wieder mit ihm über ... über Gefühle.» Die letzten Worte hörten sich an, als spucke er sie direkt auf den Tisch.

Jochen Redenius' Aufforderung war mir ein Rätsel, sie kam mir unmenschlich vor. Ich merkte, wie heiße Wut sich in mir ausbreitete.

«Sie können ja meinetwegen ein begnadeter Pädagoge sein, Redenius. Doch wie können Sie allen Ernstes von mir verlangen, dass ich ein Kind zurückweisen soll, dass sich mir anvertrauen will?»

«Wir können es verlangen, es ist Ihr Job», antwortete Redenius ruhig und in keiner Weise aus der Bahn geworfen.

«Ja, Sie haben Recht, es ist meine Aufgabe, ein Präsentationskonzept für Liekedeler zu entwerfen, und nicht, die Kinder in diesem Haus zu erziehen.» Ich lehnte mich vor, saß genauso forsch und aufdringlich am Tisch wie Redenius. «Soweit ich mich entsinne, habe ich meine Aufgabe bislang ziemlich gut gemacht. Zwei ausführliche Artikel in Fachzeitschriften, eine kurze, aber gelungene Reportage im Radio ...»

«Niemand zweifelt an Ihren Fähigkeiten, Frau Leverenz!», warf Dr. Schewe ein.

Doch ich wollte mich nicht unterbrechen lassen, auch nicht von ihr. «Wer will mir verbieten, über meine eigentliche Arbeit hinauszugehen? Für mich sind Gesa und Henk und all die anderen Schüler etwas anderes als nur Objekte, an denen mehr oder weniger erfolgreich eine neue Form der Pädagogik angewandt wird. Ich interessiere mich für sie, sie sind mir ans Herz gewachsen.»

Redenius verdrehte die Augen. «Kommen Sie uns nicht mit diesem Rührstück. Meinen Sie wirklich, es ginge uns nicht um die Kinder? Wir gehen die Sache nur etwas professioneller an als Sie. Also pfuschen Sie uns nicht ins Handwerk.»

Doch ich war noch nicht fertig. Ich schlug fest mit der flachen Hand auf den Tisch und spürte, wie die Wucht meine Haut unter den Fingern brennen ließ. Dr. Schewe wich zurück.
«Trösten Sie sie?», entfuhr es mir wütend. «Nehmen Sie die Kinder in den Arm, wenn sie sich ängstlich oder allein fühlen? Hören Sie sich die Sorgen an, auch wenn sie uns Erwachsenen lächerlich und naiv erscheinen?»
Redenius' Lippen verzogen sich zu einem ironischen, einseitigen Lächeln.
Ich hörte das Ticken der Holzuhr, die auf dem Aktenschrank stand, von draußen vernahm man das gedämpfte Lachen der Kinder, doch im Grunde waren es meine atemlosen Fragen, die den Raum füllten.
Es ging mir besser. Auch wenn die Stille mit ihrer ganzen unangenehmen Leere zwischen uns stand. Zum Glück ergriff Sjard Dieken endlich das Wort. «Vielleicht sollten wir die Gelegenheit nutzen und unserer neuen Kollegin noch ein wenig mehr über unsere Arbeit erzählen.»
Dr. Schewe nickte, doch die anderen im Raum zeigten mir ihre Abneigung, es war unmöglich, die demonstrativen Gesten zu übersehen: Silvia Mühring, die als Assistentin eigentlich nur das Protokoll zu führen hatte, legte den Stift zur Seite und lehnte sich mit verschränkten Armen zurück. Robert Lindkrug, eigentlich ein freundlicher, geduldiger Naturwissenschaftler um die sechzig, schaute intensiv auf seine Armbanduhr und zog breit und ausladend seine Mundwinkel nach unten.
Jochen Redenius aber sprang auf, lachte kurz und bissig und öffnete die Tür zum Flur.
«Was machst du?», fragte Dr. Schewe.
«Ich schaue, ob unsere Putzfrau in der Nähe ist, wir können sie dann ja auch gleich in unser pädagogisches Konzept einweisen,

für alle Fälle. Falls sie zwischen Fensterputzen und Bodenwischen auch ein wenig Lust verspürt, an unseren Schülern herumzubasteln.»
Silvia Mühring zuckte leise lachend mit den Schultern, bis ein wütender Blick ihrer Vorgesetzten sie zum Aufhören zwang.
Redenius, sichtlich zufrieden mit seiner überzogenen Reaktion, schloss die Tür und nahm grinsend auf seinem Stuhl Platz, diesmal rittlings.
«Ich weiß nicht, aus welchem Grund Sie mich dermaßen bloßstellen wollen, Redenius.» Es gelang mir, das Zittern in meiner Stimme zu unterdrücken, obwohl sich in meinen Augen bereits Tränen der Wut sammelten. «Sie können mir gar nicht verbieten, dass ich mich auch über meine so genannten Kompetenzen hinaus mit den Kindern beschäftigen werde. Und eines können Sie mir glauben: Bevor ich Ihnen noch einmal davon berichten sollte, beiße ich mir lieber die Zunge ab.»
Alle starrten mich an und ich brachte zum Glück ein relativ überzeugendes Lächeln auf die Lippen. «Und jetzt wartet meine Arbeit auf mich. Die Einführung in die Arbeit von Liekedeler können Sie sich für die Putzfrau aufsparen. Schönen Tag noch!»
Ich war wirklich froh, als meine Hände den Türgriff fanden und ich, nicht zu hektisch, beinahe beherrscht, den Raum verließ. Fast hätte ich Henk Andreesen übersehen, der mir fröhlich hüpfend auf dem Flur entgegenkam.
»Hallo, Frau Leverenz, geht es Ihnen nicht gut?», fragte er so harmlos und unverkrampft, wie nur Kinder es können.
«Hey, es ist alles in Ordnung», sagte ich, doch bereits beim ersten Wort lösten sich die heißen Tropfen in meinen Augen und liefen unaufhaltsam die Wangen herunter.

Sie hatte geheult.

Kein Zweifel, als sie im Flur Henk Andreesen beinahe über den Haufen gerannt hätte, da hatte Gesa es genau gesehen, da hatte die Neue geheult.

Später hatte Gesa noch auf dem Fußboden nach Tränentropfen gesucht, doch nichts gefunden. Henk hatte ihr dabei ziemlich verwundert zugesehen. Sie war sich sicher: Hätte er nicht so eine schreckliche Angst vor ihr seit dem Vorfall auf dem Dachboden, dann hätte er ihr ein paar gehauen oder sie zumindest beschimpft. Weil sie Okka Leverenz nachstellte, weil sie ihr gern ein paar Stolpersteine in den Weg legte. Sie hatte Herrn Lindkrug im Biologieunterricht ganz beiläufig erzählt, dass diese neue Frau Leverenz sie ständig nerve mit ihren Fragen, wo sie ja gar keine Lehrerin sei, sondern nur im Büro tätig, und Lindkrug hatte so getan, als wäre es ihm egal, doch sie wusste, dass die Lehrer es hassten, wenn man sich in ihre Arbeit einmischte. Und dann hatte sie Silvia Mühring gefragt, ob die Neue Dr. Schewes neue rechte Hand werden könnte, so oft, wie man die beiden gemeinsam Kaffee trinken sah. Nichts davon stimmte, die Erwachsenen waren nur zu dumm, es zu merken. Und die blöde Okka Leverenz ahnte nichts davon. Gesa wusste, dass sie mit ihrem Lächeln noch jeden täuschen konnte. Sie stellte sich manchmal vor, dass in ihrem Schädel ein kleiner Hebel war, den sie nur umzulegen brauchte, von «Gesa Boomgarden» auf «liebes kleines Mädchen». Klack.

Der Hebel ging nicht mehr wie mit Butter geschmiert, so leicht wie in den Anfangstagen in diesem Haus. Oft meinte Gesa, er wäre festgerostet, sie konnte sich nur noch schwer verstellen. Das rasende Dröhnen in ihrem Schädel machte ihr ein Lächeln beinahe unmöglich. Wenn es ganz schlimm wurde, dann setzte Gesa sich in ihr geheimes Versteck im Abwasserrohr hinter den

Brennnesseln, drückte die Hände mit aller Gewalt gegen die Stirn und summte monoton in sich hinein. Erst dann, und auch erst nach ganz langen Minuten, konnte sie wieder ihre Arme und Beine und den Rest ihres Körpers spüren und nicht nur den Kopf, den Kopf, den Kopf.
Heute war es nicht so schlimm. Vor dem Haus war der Boden matschig, da es die ganze Nacht geregnet hatte, doch dafür war die Luft wie gewaschen. Vielleicht hatte frische Luft die Kopfschmerzen weggepustet.
«Hast du heute gute Laune?», fragte Dirk van Looden, als sie wieder zu den anderen in den Garten gekommen war und sich, ohne eine Miene zu verziehen, am Spiel beteiligte. Dirk war groß und kräftig, seine roten Haare standen borstig zu Berge und er begann schon bei der kleinsten Anstrengung ganz schlimm zu schwitzen. Sein Schädel glänzte dann ebenso rot wie sein Haar und sein Gesicht hatte den Ausdruck eines friesischen Zuchtbullen.
Henk Andreesen stand mit dem Rücken an der Hauswand, die anderen versammelten sich gut fünfzig Meter weiter am Ende des Gartenweges.
«Fischer, wie tief ist das Wasser?», riefen sie im Chor.
Normalerweise beobachtete sie die anderen nur dabei. Gesa machte sich nichts aus Kinderspielen. Was machte es für einen Sinn, wenn einer der Fischer war und allein einer großen Horde Kinder gegenüberstand? Dann wurde er von denen gefragt, wie tief denn das Wasser sei, und er musste sich irgendeine witzige Zahl ausdenken. Neunundneunzig Komma neun Meter oder etwas ähnlich Schwachsinniges. Und wenn die anderen dann fragten, wie man über das Wasser kommen könne, dann musste er wieder witzig sein, der Fischer. Haha, macht mal alle Roboter nach oder Krokodile oder Kängurus. Und alle

machten es. Sie liefen oder krochen oder hüpften ihrem Fischer entgegen und der musste sie alle fangen, wen er berührt hatte, der war bei der nächsten Runde mit in seinem Team. Und so weiter. Bis einer übrig blieb. Und der war dann beim nächsten Spiel der Fischer. Und musste witzig sein.
Gesa war nicht gern witzig. Trotzdem spielte sie heute mit. Schließlich war sie ein Kind und Kinder mussten spielen, wenn sie den Erwachsenen gefallen wollten. Und das wollte Gesa. Das war wichtig. Vielleicht das Wichtigste auf der Welt.
«Fischer, wie tief ist das Wasser?»
Heute und in diesem Moment war Henk der Fischer, er rief mit seiner dünnen Stimme: «Acht Kilometer tief!»
«Wie kommen wir rüber?», fragten die Beutetiere, die Herde, die von Mal zu Mal kleiner werden würde.
«Ihr seid ... ihr seid Riesenkraken!», antwortete Henk und Gesa merkte, wie gespannt und aufmerksam er die Gruppe gegenüber anschaute. Er wollte sie kriegen. Er wollte ein guter Fischer sein und mit einer großen Beute in die nächste Runde starten.
Ein lächerliches, ein sterbenslangweiliges Spiel, fand Gesa, außerdem gab es am Ende immer Streit.
Dirk war eine Riesenkrake, er wirbelte seine ohnehin viel zu langen Arme hin und her und glotzte groß und idiotisch vor sich hin, aber er rannte, als ginge es um Leben oder Tod. Henk wollte ihn kriegen und erst sah es aus, als hätte er keine Chance dazu, doch dann berührte er Dirks Schulter nur leicht mit den Fingerspitzen, und das genügte. Der Fisch zappelte im Netz. Henk war verbissen, ein Beutetier reichte ihm nicht, kurz peilte er Gesa an, die sich keine Mühe gab, eine Riesenkrake zu sein, sondern behände und flink wie ein Stichling vom einen zum anderen Ufer wechselte. Henk traute sich nicht, sie zu verfolgen, er nahm sich die Langsamen vor, die lahmen Tiere sollten

ihm ins Netz gehen. Ingo Palmer mit seinem hässlichen Klumpfuß, es war keine Kunst, ihn zu bekommen. Doch alle anderen hatten es geschafft, standen am sicheren Ufer, berührten die warme Hausmauer.

Henk war nicht ganz zufrieden, er blickte schlecht gelaunt auf Ingo Palmer, der sich seinen Arm mit schmerzverzerrtem Gesicht rieb, da er auf dem aufgeweichten Boden ausgerutscht war. Er war nur eine halbe Portion, ein Genie im Deutschunterricht und der Liebling von Jochen Redenius, aber kein ernst zu nehmender Gegner.

Dirk war für Henks Mannschaft schon eher ein Gewinn. Denn auch wenn Dirk grob und ein wenig schlicht zwischen den anderen Kindern wirkte, wenn einer hier bei Liekedeler das Sagen hatte, dann war er es. Nicht zuletzt, weil seine Eltern stinkreich waren und in der Gegend hier einen großen Einfluss hatten. Den van Loodens gehörte eine große Baumarktkette, es war eine dieser Erfolgsgeschichten, die jeder kannte. Dirks Großvater hatte mit einem winzigen Eisenwarenhandel begonnen, inzwischen stand in jeder größeren Stadt ein «LoodenBau-Markt» und täglich waren in der Zeitung große Werbebroschüren mit Sonderangeboten von «LoodenBau». Gartenlauben und Autoreifen und so ein Kram. Dirks Vater, der inzwischen Geschäftsführer war, hatte beim Aufbau von Liekedeler ziemlich viel spendiert. Und nun dachten alle, er wäre ein klasse Typ, er war ein hilfreicher Mensch in den Köpfen der Leute in dieser Stadt. Dass es ihm bei seiner Großzügigkeit wohl lediglich darum ging, dass Dirks Dummkopf ein bisschen trainiert wurde, wussten die wenigsten. Doch Gesa dachte sich ihren Teil; sie war ja nicht blöd.

Dirk war nicht viel anders als die anderen Liekedeler-Kinder, die einzigen Unterschiede bestanden darin, dass bei ihm zu

Hause Geld wie Heu vorhanden war und dass Dirk wirklich dumm war. Normalerweise wäre er gar nicht das passende Kind für die Stiftung gewesen. Gesa hatte viele Kinder kommen und gehen sehen, sie wusste genau, wie man sein musste, um bleiben zu können. Und mangelnde Intelligenz war ein Grund, dass einem die Türen zu diesem wunderbaren Haus für immer verschlossen blieben. Doch Dirk war noch nicht einmal schlau genug, das zu erkennen: Seine Eltern hatten sich seinen Platz in dieser Gruppe erkauft, damit sie ihre Ruhe hatten. Sollte Dr. Schewe sich doch darum kümmern. Es hieß doch, dass man bei Liekedeler die Intelligenz eimerweise kaufen konnte.
«Fischer, wie tief ist das Wasser?»
«Fünf Zentimeter», brüllte Henk und hielt sich die Hand vor seinen lachenden Mund.
«Wie kommen wir rüber?»
Henk, Dirk und Ingo steckten ihre Köpfe zusammen, überlegten sich etwas, dann lachte Henk auf und antwortete: «Ihr seid Seifenblasen.»
Gesa rannte schnell und wütend zur anderen Seite, beinahe wäre sie in den Graben gerutscht, der sich nur ein paar Zentimeter hinter dem Wegende unter langen, dürren Brennnesseln verbarg. Sie schaute zurück, beobachtete das Rennen und Fangen der anderen und lachte über diesen albernen Ernst, mit dem die Kinder spielten. Alle anderen dachten natürlich, es mache ihr Spaß!
Jolanda war wirklich eine Seifenblase, sie schien den runden, hauchdünnen Film aus schimmerndem Seifenwasser um sich herum zu fühlen und schwebte ganz kitschig über den Rasen. Sie war neben Gesa das einzige Mädchen hier, war vor drei Jahren aus Polen gekommen und konnte innerhalb von vier Monaten fließend Deutsch und spielte Klavier wie ein Engel. Gesa

konnte Jolanda neben sich dulden, ohne Probleme. Jolanda war zwar beliebt und hatte wirklich was auf dem Kasten, doch im Prinzip war sie nur Mittelmaß. Jolanda wandelte noch immer auf dem Rasen, sie war eine leichte Beute, jeder Fischer konnte sie einfangen, mit einer flüchtigen Bewegung wäre sie in der Falle gewesen, sie schien das Spiel vergessen zu haben. Eine Seifenblase ...

«Jolanda Pietrowska, pass bloß auf!», schnaufte Dirk, und seine Rübe sah aus, als könne sie jederzeit explodieren.

Sie schien ihn nicht zu hören.

Henk lachte sein lautes, eifriges Lachen. «Ich bin hier der Oberfischer, Dirk. Dieses Vieh gehört mir.» Und er rannte Jolanda entgegen, nahm Anlauf, sprang beinahe.

«Komm endlich zu mir rüber, Jolanda», schrie nun auch Gesa, denn mit einem Mal schien es ihr wirklich wichtig zu sein, dass Henk sein Ziel nicht erreichte, dass Jolanda schneller war und verschwand. Henk sollte nicht immer der strahlende Sieger sein. «Wach auf, Jolanda! Nur ein paar Schritte und du bist bei mir!»

Henk rannte weiter, er war schnell und wollte nun unbedingt gewinnen. Nur ein paar Schritte. Jolanda schien noch immer in einer anderen Welt zu sein, sie drehte sich zwar nicht mehr um sich selbst, sondern hielt kurz inne, aber sie rührte sich kaum und glotzte nur dümmlich vor sich hin, als verstehe sie gar nicht, was die anderen von ihr wollten.

«Jolanda!», schrie Gesa.

Und dann sprang Henk sie an wie ein Tiger, riss sie um, sie knallte mit dem Kopf auf einen dieser harten, grauen Steine, die zu schwer zum Hochheben waren. Henk hatte sich ein Stück ihres hellblauen Kleids gekrallt, hielt es fest, jauchzte und schrie.

«Ich hab sie, ich hab sie!» Er saß auf Jolandas Körper, schien auf ihm zu reiten, und er strahlte über das ganze Gesicht. Henk Andreesen war wie verrückt vor Glück.
So ein Idiot, dachte Gesa. So ein kindischer Idiot. Sieht das Kleid in seiner Hand, sieht den Sieg über die anderen Kinder, sieht die Lehrer ihn noch ein lächerliches bisschen mehr lieben. Doch er sieht nicht, dass eine zähe, dunkelrote Masse aus Jolandas Ohr läuft und auf den rauen Stein tropft.

Dr. Veronika Schewe irrte sich nie. Sie hatte in ihrem Leben schon viele Entscheidungen getroffen und noch niemals eine davon bereut. Sie war unverheiratet, hatte auf Kinder verzichtet, hatte ihr ganzes Leben in die Stiftung investiert. Und sie wusste jeden Morgen, wenn sie aufstand und ihr die Jahre der Vergangenheit im Spiegelbild erschienen, dass es genau das richtige Leben war, welches sie an diesem Tag erwartete. Alles stimmte. Nichts wurde infrage gestellt.
Doch an diesem Nachmittag lernte sie das unangenehme Gefühl der Selbstzweifel kennen, das man so leicht nicht abschütteln konnte. Vielleicht war es ein Fehler gewesen, Okka Leverenz einzustellen.
Nach der Besprechung war sie ins Auto gestiegen, sie hatte einen wichtigen Termin bei Familie van Looden, doch die wenigen Kilometer bis zu deren stattlichem Anwesen zogen sich heute hin. Sie wusste, weshalb. Hier im Wageninneren war sie allein mit ihrem Ärger, den sie nicht rauslassen konnte.
Sie bog auf die käsige Landstraße, die nach Norden führte, und dachte an Okka Leverenz.
Es war noch keine Katastrophe, dass sich diese Frau als couragiert und vorlaut erwiesen hatte. Es war noch nicht wirklich schlimm, dass Okka Leverenz sich mehr zu den Kindern hinge-

zogen fühlte als nötig. Doch Veronika Schewe hatte einfach nicht damit gerechnet. Sie hatte sich nach den Bewerbungsgesprächen ganz bewusst für eine ziellos und verschlossen wirkende Kandidatin entschieden. Fachliche Qualitäten waren das eine, persönliches Profil das andere, vielleicht sogar relevantere Kriterium gewesen. Und wenn diese neue Mitarbeiterin nicht gemaßregelt wurde, wenn sie nicht behutsam, aber bestimmt davon abgehalten wurde, mit den Kindern zu arbeiten, dann könnte es wirklich zu einer Katastrophe kommen, zu einer schlimmen Katastrophe.
Über eines war Veronika Schewe froh: Bislang schien ihr Okka Leverenz bedingungslos zu vertrauen. Jochen Redenius und Sjard Dieken hatten heute das Unangenehme für sie übernommen. Sie hatten klipp und klar erklärt, wie die Verantwortlichkeiten bei Liekedeler verteilt waren und was es bedeutete, wenn man Grenzen überschritt. Veronika Schewe selbst hatte dabei lächeln und zuhören und schlichten können, sodass das gute Verhältnis zu Okka Leverenz nicht gefährdet gewesen war.
Vor den beiden alten Mühlen, die wie ein Tor die Häuser der Innenstadt umrahmten, bog sie rechts ab. Familie van Looden wohnte außerhalb von Norden in einem alten Gutsherrenhaus. Zwei Löwen aus Stein saßen links und rechts auf den eckigen Pfeilern, die den Eingang zum weitläufigen Grundstück markierten. Eine lange, von Bäumen gesäumte Allee führte direkt auf das fast quadratische, hellgelb getünchte Haus. Veronika ließ das Auto im Schatten der Bäume stehen, und während sie die letzten Schritte lief und ihre Absätze knirschend in den kreideweißen Kies stießen, holte sie das Telefon aus der Handtasche. «Sjard?»
«Veronika, hmm, das ist jetzt schlecht! Ich habe nicht viel Zeit, es gibt irgendein Problem im Garten. Worum geht's?»

Sie seufzte. Eigentlich brauchte sie mehr als nur ein hektisches Telefonat zwischen zwei wichtigen Terminen. Was sie Sjard zu sagen hatte, musste ausführlich und unter vier Augen besprochen werden. Doch es ging nicht anders. Ulfert van Looden, der Vater von ihrem Schützling Dirk, war mehr als wichtig für die Stiftung und sein Terminkalender war mit Sicherheit sehr eng gesteckt. «Es geht um Okka Leverenz.»
Sie hörte Sjards trockenes Lachen, welches ihr seit Jahren vertraut war. «Es hat dir nicht gepasst, dass sie die Nase in Angelegenheiten steckt, die sie deiner Meinung nach nichts angehen. Ich habe es nicht übersehen, Veronika!»
«Mach dich nicht lustig über mich. War es so offensichtlich?»
«Nein, keine Angst. Ich kenne dich nur schon seit Ewigkeiten, mir kannst du nicht mehr die sanfte Mutter Barmherzigkeit vorspielen. Doch ich glaube nicht, dass Okka Leverenz ...»
«Hör zu, ich habe nicht viel Zeit», unterbrach sie hektisch. «Sei so nett und rücke ihr mal ganz unaufdringlich und charmant auf die Pelle, so wie es deine Art ist.»
«Mache ich gern, wirklich. Ich finde unsere neue Mitarbeiterin übrigens sehr anziehend.»
Sie zögerte kurz. Er ahnte ja nicht, wie sehr sie sein letzter Satz störte. «Ist mir auch recht. Wenn du ihr bei deinen Annäherungsversuchen dann gleich plausibel machen könntest, dass ...»
«Dass in unserer Schule alles bestens läuft und sie die Energie lieber in ihren eigentlichen Job stecken soll?», ergänzte er lachend. «Wird erledigt, Veronika, mach dir keinen Kopf deswegen. Aber ich muss wirklich mal nachsehen, was da im Garten los ist, die schreien ja, als ginge es um Leben und Tod. Mach's gut!»
Dr. Schewe war am Fuß der Eingangstreppe angelangt. Sie fühl-

te sich schon besser, Erleichterung beflügelte ihre Schritte, als sie die ersten Stufen hinauflief.

«Danke», sagte sie noch leise ins Handy, doch Sjard Dieken hatte bereits aufgelegt.

Am Abend, nachdem wir die unscheinbare Jolanda Pietrowska wegen des Verdachts auf Gehirnerschütterung ins Krankenhaus bringen mussten, kam ich endlich dazu, die blau karierten Vorhänge vor das runde Fenster zu hängen. Bevor ich sie zum ersten Mal zuzog, schaute ich lange hinaus. Die abtauchende Sonne hatte dem Deich in der Ferne eine flammend rote Krone aufgesetzt und schickte noch ein paar Strahlen tief und ausufernd über das flache Land.

Ich hatte das Mädchen nach dem Unfall nicht gesehen, doch Silvia Mühring erzählte völlig aufgelöst, dass Jolanda bewusstlos auf dem Boden gelegen hatte und ihr das Blut aus den Ohren gelaufen war. Ich dachte an die erste Begegnung mit dem zarten, beinahe zerbrechlich wirkenden Kind, als wir gemeinsam den Gummiball aus dem Graben gefischt hatten. Es war mehr als vier Wochen her, doch ich erinnerte mich noch ganz genau an ihr leises, singendes Lachen. Es klang genauso schön wie ihr atemberaubendes Klavierspiel. Jolanda Pietrowska war ein Wunderkind, ein erstaunlich liebenswertes Wunderkind. Ich schickte ihr die besten Wünsche in den Abendhimmel hinaus. Dann drehte ich mich um, um mir mein neues Reich anzusehen.

Es wurde langsam gemütlich in meinen eigenen vier Wänden, die schrägen Raufaserwände in meinem Zimmer schimmerten in sanftem Sonnenuntergangsrot, obwohl sie bei Tageslicht weiß und noch immer ein wenig nichtssagend waren. Vielleicht fehlten die Bilder von Freunden, Pinnwände voller Souvenirs aus einem vergangenen Leben vor Liekedeler, Kalender mit eingetragenen Terminen, die schon seit Monaten feststanden. Ich besaß nichts dergleichen, das einzig Persönliche, mit einer Stecknadel an die Tapete geheftet, waren ein Foto von meiner Mutter auf dem Hollandrad, mit dem ich jetzt fuhr, und die letzte Ansichtskarte von meinem Vater aus Bulgarien, adressiert an meine alte Adresse in der Stadt. Sie war per Nachsendeantrag hierher geschickt worden.

Bussi aus Bulgarien, meine liebe Okka! Du willst sicher gar nicht wissen, wie das Wetter, das Essen und die Arbeit hier sind. Wie gefällt dir denn dein neuer Job? Ich hoffe, gut, bis bald, dein Papa! PS: Grüße Ben von mir!

Ich hatte einen ganzen Karton dieser Kartengrüße meines Vaters, er stand noch unausgepackt im Flur und ich überlegte seit meinem Umzug, diese Reliquien meiner Kindheit zum Altpapier zu stellen. Eine fröhlich-bunte Karte aus Brasilien, auf der er sein Bedauern ausdrückte, nicht zu meiner Konfirmation kommen zu können. Ein idyllisches Grün aus Irland mit Gratulationen zum bestandenen Abitur. Immer an unsere gemeinsame Adresse in der Stadt, wo ich während seiner Reisen von den kinderlosen Nachbarn liebevoll betreut wurde.

Und immer wieder: *Ich vermisse dich, dein Papa!*

Ich vermisste ihn auch.

Mir war nicht wohl bei dem Gedanken, dass er sich immer noch nicht bei mir gemeldet hatte, obwohl schon vor zwei Tagen Licht in der Wohnung brannte und ich ihm meine neue Anschrift und Telefonnummer aufgeschrieben hatte. Mein Vater war mir wichtig, wichtiger als alles andere im Leben, da er das einzig Stetige war, was mich seit meiner Geburt begleitete. Oder besser gesagt: Seine ständige Abwesenheit war das einzig Stetige und die Wiedersehensfreude zwischen seinen Reisen.

Die Vorhänge zog ich zu, die Briefe blieben im Karton und ich warf mir ein leichtes Sweatshirt über, um meinen ersten Abendspaziergang auf der unbekannten Straße, die meine Adresszeile jetzt schmückte, zu machen.

Es war frischer, als ich dachte, so legte ich die Arme um meinen Körper und lief ein wenig schneller, es sah wahrscheinlich eher wie ein hastiges Verlassen des Grundstückes aus als nach einem gemütlichen Schlendern. Die Dämmerung warnte mich bereits vor der nahenden Dunkelheit und die Beleuchtung außerhalb des Grundstückes war spärlich. Die Straße verlief parallel zur stark befahrenen Bundesstraße und wurde deshalb nur von Anliegern oder verirrten Touristen genutzt. Links und rechts der Fahrbahn senkten sich tiefe Gräben in das wuchernde Gras, und da es keinen Gehweg gab, balancierte ich geradezu auf dem schmalen Streifen zwischen Asphalt und sumpfigem Gestrüpp. Ab und zu blieb ich stehen und wartete auf ein herannahendes Fahrzeug, dessen Scheinwerferlicht mir flüchtig ein bisschen mehr von der Umgebung zeigen konnte.
Es gab nicht viel zu sehen, ein paar Weidezäune, hinter denen satte schwarzbunte Kühe dösten, eine Bushaltestelle mit einem Plakat, von dem die eine Hälfte bereits abgerissen war. Hinter der Handywerbung lachte ein fröhlich-friesischer Teetrinker im Fischerhemd. Es war ein Werbeplakat meiner alten Firma, ich hatte es selbst entworfen, obwohl ich wusste, dass es keine solchen Menschen mehr in dieser Gegend gibt. Wer hat schon Zeit für einen Tee mit Kluntje und Sahne, drei winzige, feine Tassen sind Ostfriesenrecht und umgerührt wird nicht? Der erste Schluck sahnig-bitter und der letzte süß wie Karamell. Ich kannte nur Menschen, die Teebeutel benutzten und aus großen Kaffeepötten tranken, weil es praktischer war. Doch trotzdem

wollte man hier auf dem Land, wo die Fernsicht zum Deich nur von stattlichen Bäumen und einigen Windkraftanlagen behindert wurde, dem ostfriesischen Klischee der Gemütlichkeit noch Glauben schenken. Hier erwartete man vollbärtige Krabbenkutterkapitäne und blonde Frauen in Holzpantoffeln. Ich trug Turnschuhe und Jeans, konnte kein Plattdeutsch und fühlte mich doch am richtigen Platz. Schon immer, und auch hier auf dem holperigen, dunklen Weg, der nur die einzeln verstreuten Höfe miteinander verband, war ich nur unterwegs ohne ein bestimmtes Ziel vor Augen und wusste doch, dass ich angekommen war. Dann wollte ich umkehren, weil es zu dunkel wurde und ich Angst bekam, in den Graben zu fallen. Ich drehte mich um und wäre beinahe den Abhang hinabgerutscht, weil mein Herz für einen Schlag aussetzte und die plötzlich weichen Beine ihren Dienst quittierten: Sjard Dieken stand vor mir, keine drei Schritte entfernt, wie ein Baum, der in Sekundenschnelle aus dem Boden gewachsen war.

«Ein Abendspaziergang», sagte er nur.

«Ich mache einen, ja. Aber wissen Sie, wie sehr Sie mich erschreckt haben? Sie sind mir doch nicht zufällig um Armesbreite durch die Dunkelheit gefolgt, oder?»

Er lächelte. Es war das erste Mal, dass ich ihn außerhalb der Geschäftsräume traf, und auch bei Liekedeler war ich ihm in den letzten fünf Wochen nur ein Dutzend Male über den Weg gelaufen. Doch wenn wir uns trafen, dann lächelte er und sagte meinen Namen, ich fand es schön, wie er ihn aussprach. Wenn die Kinder von ihm schwärmten, weil er ein Abenteurer war oder vielleicht so etwas wie der Störtebeker im Liekedeler-Haus. Wenn sie Geschichten erzählten, wie er mit ihnen gesegelt war oder sie gemeinsam ein Baumhaus im Wald gezimmert hatten, dann hörte ich liebend gern zu. Er mochte die

Schüler genauso wie ich, in ihm steckte noch viel von einem kleinen Jungen, und das konnte ich so gut verstehen, weil auch ich oft am liebsten aus dem Fenster gesprungen wäre, wenn die Kinder draußen spielten und ich sie vom Schreibtisch aus durch die Scheibe beobachtete. Ich hatte inzwischen fast das Gefühl, dass wir uns nahe standen, Sjard Dieken und ich.
«Sagen wir, es ist ein halber Zufall. Ich war noch im Garten und als ich ins Haus gehen wollte, sah ich Sie in Richtung Straße hetzen. Da dachte ich schon, Sie wollten uns verlassen. Also bin ich Ihnen gefolgt.»
«Um mich aufzuhalten oder um mich zu Tode zu erschrecken?»
«Um ehrlich zu sein: Ich dachte, nach heute Morgen hätten Sie Lust, Reißaus zu nehmen. Sie könnten zu weit laufen und dann mitten auf dem Land bei stockfinsterer Nacht den Weg nach Hause nicht mehr finden.» Er hielt mir seine Hand hin, ich packte zu und zog mich wieder in die Senkrechte.
«Sie denken, ich bin ein dummes Rotkäppchen, das vom Weg abkommt und in sein Verderben rennt. Spricht nicht gerade für mich, dass Sie mich so einschätzen.»
«Gehen wir», sagte er nur, dann drehte er sich um und ging wortlos davon. Ich lief hinter ihm her und blickte auf seinen geraden, festen Rücken, der sich so nah vor mir ausbreitete, dass ich die Haut unter dem Shirt riechen konnte. Der Weg war zu schmal, als dass wir nebeneinander hätten gehen können. Doch ich genoss es, ihm ungestört auf die Schultern, die Wirbelsäule und das, was darunter lag, starren zu können.
Erst als wir die Einfahrt zum Haus erreicht hatten, gingen wir nebeneinander wie zwei erwachsene Menschen. Er schaute mich von der Seite an, machte kurz den Mund auf, schien etwas sagen zu wollen, doch die Lippen schlossen sich wieder, ohne dass ein Wort herausgekommen war.

Also war es an mir, uns von der drückenden Stille zu erlösen. «Nun, wahrscheinlich hätte ich den Weg auch ohne Sie gefunden, ich danke Ihnen aber trotzdem für die fürsorgliche Begleitung.»
Sjard Dieken war ein großer Mann und seine kurzen, hellen Haare schienen im Dunkeln zu leuchten. Kein Zweifel, er sah aus wie ein Held, wie ein Mann, der auf einem mickrigen Segelboot allein um die ganze Welt gesegelt ist. Seine Haut schien rau und glatt zugleich zu sein und erinnerte mich an Sand in der Sonne. Mir wurde zum ersten Mal bewusst, dass sich mein Herzschlag beschleunigte, wenn ich ihm gegenüberstand.
«Setzen wir uns noch auf die Stufen», schlug er vor und ich saß bereits, bevor er den Satz zu Ende gesprochen hatte. «Mir ist schon klar, dass eine Frau wie Sie keinen Wachmann an ihrer Seite wünscht. Es ist nur so, dass es, um bei Rotkäppchen zu bleiben, tatsächlich ein paar Wölfe in der Gegend gibt.»
Ich war froh, dass ich bereits saß, denn ein ungutes Gefühl beschlich mich. Ich hoffte für einen Moment, der Weg eben wäre endlos gewesen und ich hätte ihm bis in alle Ewigkeiten wortlos auf den Hintern schielen können.
«Möchten Sie mehr darüber wissen?», fragte er nach einer Weile.
Ich nickte und hoffte, dass er mir meine Unruhe nicht anmerkte.
«Wir haben Feinde hier. Es gibt Leute, denen die Arbeit von Liekedeler nicht passt, und die greifen gern auch zu recht merkwürdigen Methoden, um ihre Meinung kundzutun.»
«Wer sollte etwas gegen die Förderung von Kindern und Jugendlichen haben, noch dazu, wenn sie kostenlos ist?»
Er zuckte die Schultern. «Wir holen die Kinder von den verschiedenen Schulen ab, wir essen gemeinsam und verbringen

den Nachmittag mit ihnen. Lehrer, die nicht nur am Pult sitzen und Noten verteilen, sondern die mit den Kindern segeln und Baumhäuser bauen, mit ihnen die Mahlzeiten einnehmen und Geburtstage feiern. Nicht jeder hier im, sagen wir es freundlich, ‹traditionsbewussten› Ostfriesland beobachtet eine Arbeit wie diese ohne Skepsis.»

«Merkwürdig», sagte ich nur.

«Es gibt Gerüchte, wir seien so etwas wie eine Sekte, und ich bin mir sicher, es gibt auch einige zusammengereimte Geschichten, die noch weit mehr unter die Gürtellinie zielen.»

Ich schüttelte ungläubig den Kopf. «Diese Schule leistet eine wunderbare Arbeit und jeder, der die Kinder sieht, wird wissen, dass sich nichts … wie soll ich sagen … nichts Finsteres dahinter verbirgt.»

Sjard lachte, doch es war kein besonders fröhliches Lachen. «Sind Sie sich da sicher?»

Natürlich war ich mir nicht sicher. Es gab einige Momente, in denen ich die Arbeit bei Liekedeler nicht ganz verstand. Einerseits fand man viel Spaß und viel Freude, auf den ersten Blick war es das Paradies auf Erden. Doch mir gingen Szenen durch den Kopf, das ärgerliche Gespräch am Vormittag war *eine* Sache gewesen, die *andere* Sache war dieser seltsame Streit zwischen Gesa und Henk. Vielleicht lag etwas hinter der fröhlichen Fassade.

Er bemerkte mein Zögern. «Sie sind sich nicht sicher, stimmt's? Geben Sie es doch zu, heute Morgen hätten Sie uns allen auch ganz gern eine Predigt gehalten, weil Sie ein Problem damit haben, wenn wir die Kinder als Objekte oder, schlimmer noch, als Werkstücke betrachten.»

Ich musste lächeln, weil er seine Schulter an meine drückte und mich herausfordernd ansah. «Es gibt vielleicht ein paar Dinge, an die ich mich hier noch gewöhnen muss. Eine davon ist die Sache mit der Distanz zu den Kindern. Aber vielleicht haben Sie Recht und es ist Ihr Job, einen gewissen Abstand zu den Schülern zu wahren.»

«*Mein* Job?», fragte er.

«Nein, natürlich unser Job. Vielleicht sogar in erster Linie meiner. Aber ich habe so meine Probleme damit. Wenn ich nur daran denke, wie heute der Krankenwagen mit der kleinen Jolanda davongefahren ist … So etwas geht mir schon unter die Haut!»

Er strich fest und kameradschaftlich über meinen Arm, den ich wegen der Abendkälte dicht an meinen Körper gepresst hielt. Ein warmes Schaudern fuhr mir bis in die Zehen. «Meine liebe Okka Leverenz, ich hatte auch einen mächtigen Kloß in meinem Magen, als es passierte. Und so ging es wahrscheinlich jedem hier im Haus.»

«Vielleicht haben Sie Recht, vielleicht ist es so. Ich bin noch nicht lang genug hier, um die Kollegen einschätzen zu können.» Ich seufzte. «Nehmen Sie es mir bitte nicht übel, aber manchmal habe ich das Gefühl, dass mir einige im Haus, vor allem Jochen Redenius, mit offensichtlich feindseliger Distanz begegnen.»

«Haben Sie das? Ich kann nur von mir sprechen, und da kann ich Ihnen versichern, dass ich Sie ausgesprochen nett finde.» Er überlegte kurz. «Nun, was Redenius angeht, der ist nun mal ein kalter Fisch, das müssen Sie nicht persönlich nehmen. Ich weiß aber, dass Robert Lindkrug sich ärgerte, weil Sie einige Kinder angeblich ständig über ihn und seine Arbeit befragen würden.»

Er unterbrach die angenehme Berührung, leider, mir wurde im selben Augenblick wieder kalt.

«Wie bitte? Wer hat das denn behauptet?»

«Soweit ich weiß, war es Gesa Boomgarden, die ...»
«Halt! Stopp mal!», unterbrach ich. «Gesa Boomgarden? Ich habe doch heute Morgen im Sitzungsraum erzählt, dass dieses Mädchen wütend auf mich ist. Wegen der Dachwohnung. Könnte es nicht sein, dass sie absichtlich unwahre Dinge über mich erzählt, um mir zu schaden?»
«Das wäre unter Umständen denkbar.»
«Na also», sagte ich und war fast erleichtert, dass ich endlich eine Erklärung gefunden hatte, warum mir einige Kollegen aus dem Weg zu gehen schienen. «Wer weiß, wem Gesa noch solche Märchen über mich aufgetischt hat.»
«Ich schlage vor, dass wir die Sache gleich morgen klären. Ich werde es in die Hand nehmen, wenn es Ihnen recht ist.» Sjard Dieken erhob sich. «Möchten Sie zu unserem Gespräch vielleicht einen Schluck Wein? Ich habe mir vorhin eine Flasche mit in den Garten genommen, sie steht hinter dem Treppengeländer. Ich könnte Ihnen aus den Büroräumen schnell ein Glas holen.»
«Gern», sagte ich. Die Aussicht auf ein Glas Wein an der Seite von Sjard Dieken auf den Stufen in einer himmlisch kühlen Sommernacht war verlockend.
Er erhob sich, holte die halb volle Flasche hinter einem Mauervorsprung hervor und ging ins Haus. «Bin gleich wieder da!», sagte er, bevor die Tür zufiel. Im Hintergrund läutete ein Telefon. Es war spät, halb elf bereits. Zu spät für einen gewöhnlichen Anruf im Schulbüro, dachte ich.
Zehn Minuten vergingen und ich harrte aus, obwohl mir von Sekunde zu Sekunde kälter wurde. Als er schließlich wiederkam, hatte er keine Gläser in der Hand. Er ließ sich schwer neben mich auf die Stufen fallen und trank einen hastigen Schluck aus der Flasche.

«Es war das Krankenhaus, nicht?», fragte ich mit zitternder Stimme.
Er rieb sich mit den Fingern die Augen, es war eine müde, eine traurige Geste. «Ja.»
Ich sagte nichts, ich hatte Angst vor den nächsten Worten.
«Es war Frau Pietrowska, Jolandas Mutter. Sie rief aus dem Krankenhaus an. Jolanda ist seit einer halben Stunde tot.»

4.

Henk war am Ende. Er rastete völlig aus. Es war das erste Mal, dass Gesa seine Mutter zu Gesicht bekam, denn sie musste ihn abholen, weil er um sich schlug, kratzte und biss. Er verletzte niemanden außer sich selbst und Gesa hatte den Verdacht, dass er auch genau dies vorhatte.
«Ich habe sie umgerissen, weil ich sie fangen wollte. Nur wegen diesem beschissenen Spiel ist sie auf den Stein geknallt. Ich habe es getan, ich bin schuld, ich habe es getan!»
Sjard Dieken kniete neben dem schreienden Henk, hielt ihn richtig fest, und Frau Andreesen stand mit geschocktem Blick daneben und war so hilflos, dass es fast schon wieder lustig war.
Gesa fand die Situation spannend und amüsierte sich sogar ein wenig. Alle standen sie irgendwo in kleinen Grüppchen im Garten hinter dem Haus herum und machten traurige Gesichter. Natürlich waren sie alle ziemlich durch den Wind, dass Jolanda im Krankenhaus gestorben war. Einfach so, mir nichts, dir nichts. Gestern war es noch ein Verdacht auf Gehirnerschütterung, heute tot.
Dirk van Looden heulte gleich los, die anderen Jungs versuchten krampfhaft, es nicht zu tun, und Gesa schaffte mit Luftanhalten, dass ein paar Tränen aus ihren Augen traten.
Gesa war selbst überrascht, als sie ein wenig Traurigkeit verspürte. So schnell konnte es gehen, dachte sie. Nicht nur das mit dem Sterben, sondern vor allem, dass Henk Andreesen in Ungnade gefallen war.
«Es war nur ein Unfall, Kinder, so etwas passiert nun mal überall auf der Welt, also auch hier bei uns», versuchte es Silvia

Mühring mit ihrer Singsang-Stimme. Doch Henk kreischte weiter.

«Ich bin schuld, ich bin schuld, ich bin schuld!»

«Bist du nicht», sagte Sjard Dieken und strich über Henks hin- und herzuckenden Kopf.

«Bist du doch», flüsterte Gesa in sich hinein.

«Nun tun Sie doch etwas», jammerte Frau Andreesen. Sie war mager und genauso grau im Gesicht wie ihr Sohn, versuchte es aber mit einem blutroten Kleid zu überspielen. Sie sah gruselig aus.

Okka Leverenz hatte heute noch gar nichts gesagt, starrte nur von einem Kind zum anderen und sah aus, als würde sie auch gleich flennen. Vorhin hatte sie Gesas Blick eingefangen und ihr tröstend zugelächelt, da war es Gesa gelungen, gleich einen ganzen Strom heißer Tränen über ihr Gesicht laufen zu lassen, und sie hatte kurz gejammert. «Ich will nicht das einzige Mädchen sein ...» Eine gelungene Vorstellung für die blöde Leverenz, die nichts von dem verstand, was hier im Haus vor sich ging.

Es gab nur eine Frau, von der sie sich wirklich trösten lassen wollte: Dr. Veronika Schewe. Sie trug immer Kleidung aus festem, teurem Stoff, der nicht verrutschte oder in Falten fiel, und sie roch wunderbar nach nichts. Kein billiges Deodorant, kein teures Parfüm, kein Waschpulver. Einfach nur geruchslose, kühle Haut und dazu ein funktionierender Kopf. Es wäre toll, wenn diese Frau Gesas Mutter hätte sein können. Manchmal vergoss Gesa ein paar Tränen um ein Insekt, das sie selbst vorher getötet hatte, nur damit Dr. Schewe ihr über den Kopf strich und sagte, dass alles nicht so schlimm sei.

Doch heute kam sie nicht zu Gesa. Sie stand auf den Treppenstufen vor dem Haus und blickte auf die Kinder hinunter, sagte ab und zu ein paar milde Worte, doch sie kam nicht hinunter, um den einen oder anderen oder am liebsten Gesa mit den schlanken, trockenen Händen zu berühren.

Gesa war gekränkt. Jolandas Tod wäre ein guter Grund für eine kurze Umarmung gewesen, doch Dr. Schewe rührte sich nicht. Schließlich ging sie selbst die Stufen hinauf, schob sich an Dr. Schewes Seite, griff nach dem Arm im wunderbaren hellgrauen Kostüm und legte ihn sich um die Schultern. Ein leiser Druck zeigte ihr, dass Dr. Schewe sie wahrgenommen hatte. Gesa schloss die Augen und roch.

«Es ist zwar kein passender Augenblick, aber ich habe gerade einen wichtigen Anruf erhalten», sagte die etwas unsichere Stimme, die zu Okka Leverenz gehörte. «Es war der Fernsehsender, den ich kontaktiert hatte. Sie wollen nicht nur einen kurzen Bericht bringen, sondern planen eine eigene Sendung für uns ein.»

Gesa spürte, wie sich der Körper neben ihr zu der Richtung wandte, aus der die Neuigkeit gekommen war. «Das ist ja sehr erfreulich!»

«Wir sollten uns nur überlegen, ob wir ...» Okka Leverenz zögerte.

«Ja?», hakte Dr. Schewe nach.

«Ob wir unter diesen Umständen nicht lieber doch ein anderes Kind für die Fallstudie auswählen sollten.»

Gesa hatte beinahe Sorge, dass Dr. Schewe das wilde Pochen ihres Herzens spüren konnte, doch sie konnte ihre Aufregung nicht verbergen: Henk Andreesen war aus dem Spiel! Er sollte nicht mehr der Sonnenschein, der Musterjunge in diesem Haus bleiben, und dann standen die Türen endlich wieder offen für sie. Es wäre wunderbar, wenn Sjard Dieken wieder mit ihr nach Norden zum Psychologen fahren würde und Dr. Schewe kleine Rätselaufgaben für sie bereithielt. Gesa kniff die Augen noch

fester zusammen, als könne sie so all die wunderbaren Bilder, die vor ihrem inneren Auge auftauchten, wahr werden lassen.
Dr. Schewe drehte sich nun ganz zur Seite. Sie zog den Arm fort und Gesa stand hinter ihrem Rücken, als sie hörte, wie ihre Dr. Veronika Schewe die Sache sah: «Auf keinen Fall werden wir Henk aufgeben, verstehen Sie? Jolanda Pietrowska wäre mit ihrem musikalischen Talent eine Alternative gewesen. Doch diese Möglichkeit haben wir ja leider nicht mehr. Sie müssen so bald wie möglich mit Henks Mutter reden, am besten heute noch!»
Dr. Schewe machte keinen Hehl daraus, dass sie sich über Okka Leverenz' Vorschlag ärgerte.
Doch sie bekam Widerworte. «Ich denke nicht, dass es gut ist, heute oder in den nächsten Tagen mit Frau Andreesen zu sprechen. Sie ist ganz außer sich wegen des Unfalls. Das sind sicher keine guten Voraussetzungen für ein Gespräch.»
Dr. Schewe holte tief Luft und Gesa konnte das wütende Zittern im Inneren der Frau spüren. «Entweder Henk Andreesen oder gar keiner. Alle anderen Kinder taugen nichts. Haben wir uns verstanden?»

«O nein, auf gar keinen Fall.» Malin Andreesens schneidende Stimme ließ mir keine Möglichkeit, darauf zu hoffen, dass sie sich umstimmen ließ.
Ich hatte es mir gedacht. Ich hatte Dr. Schewe gestern mit Nachdruck darum gebeten, dieses Gespräch zu vertagen, besser noch: Ich hatte gehofft, dass sie Henk und seine Mutter nach dem Unfall ganz in Ruhe ließ. Es wäre nicht einfach gewesen, sich so kurz vor Drehbeginn noch auf ein anderes Kind einzustellen, doch ich hätte es geschafft. Auf meinem Schreibtisch lag ein Ordner voller wunderbarer Gedichte, die der zehnjährige Ingo Palmer mit seiner kindlichen Schrift in ein Schul-

heft geschrieben hatte. Es hätte funktioniert, wir hätten auch mit ihm arbeiten können. Doch Dr. Schewe hatte nicht für den Bruchteil einer Sekunde mit sich reden lassen.
Ich fragte mich die halbe Nacht, warum es unbedingt nur Henk Andreesen sein musste, und ging an diesem Morgen gleich zuallererst in Dr. Schewes Büro, hakte nach und argumentierte sehr überzeugend, wie ich fand.
Wütend und unnachgiebig hatte sie jedoch schließlich selbst den Termin mit Malin Andreesen vereinbart und mich so vor vollendete Tatsachen gestellt. Und diese vollendeten Tatsachen sahen so aus, dass ich mich beschimpfen lassen musste.
Henks Mutter war Ende zwanzig, jünger als ich, doch sie sah mitgenommen aus: glanzlose Augen, müde Haut, vernachlässigte Haare. Ihre Lippen waren voll und mochten vor Jahren vielleicht einmal sinnlich gewesen sein, nun war das Dunkelrosa von feinen senkrechten Linien durchzogen und ihr Mund wirkte herb und verbissen. Sie rauchte eine Zigarette nach der anderen, obwohl ich sie beim Betreten meines Büros bereits darauf aufmerksam gemacht hatte, dass auf dem gesamten Schulgelände Rauchverbot herrsche und sich eigentlich auch jeder mit Rücksicht auf die Kinder daran halte.
«Ihr Sohn hat uns mit seinen Fortschritten alle sehr beeindruckt, er ist auf dem steilen Weg nach oben, bedeutet Ihnen das denn gar nichts?»
«Mir ist mein Sohn genauso lieb wie vor seinem Höhenflug», sagte sie monoton.
«Aber Sie gönnen Henk doch die Chancen, die sich ihm nun dank Liekedeler auftun. Freuen Sie sich denn nicht darüber?»
Sie lehnte sich zurück, verschränkte die Arme vor ihrem weiten, umhangähnlichen Kleid. «Klar ist es schön mit den Schulnoten, doch mein Junge ist nicht mehr der, den ich auf Juist ge-

kannt habe. Er ist so ernst und so verschwiegen. Für eine Mutter ist es nicht schön, wenn sich das Kind zurückzieht, und wenn es noch so gute Arbeiten schreibt.»
Ich bekam sie mit meinen Argumenten nicht zu packen, das spürte ich.
«Es ist mir gelinde gesagt scheißegal, ob Ihre Institution auf Spendengelder angewiesen ist und Sie ausgerechnet meinen Sohn als Werbeträger benutzen wollen. Ich habe mir Liekedeler nicht ausgesucht, sondern Sie haben mich gefunden, das wollen wir mal klarstellen.» Sie saß mir gegenüber, ich konnte sehen, wie sie trotz ihrer zur Schau gestellten Gleichgültigkeit innerlich kochte. «Herr Dieken rettet heldenhaft meinen Sohn und erzählt ihm etwas von einer großen Familie in einem verwunschenen Haus. Mein Sohn springt darauf an, na klar, seine geliebte Oma war gerade gestorben und er hatte Angst vor dem Leben weg von der Insel, dazu noch mit einer unbekannten Mutter. Ich gebe ja zu, Ihre Schule erleichtert mir meinen Alltag mit dem Kind auf angenehme Weise, doch wir sind nicht darauf angewiesen, weder Henk noch ich. Ich sage nein. Und jetzt wünsche ich Ihnen noch einen guten Tag!»
Sie erhob sich vom Stuhl und schritt entschlossen zur Bürotür. Ich blieb sitzen, lehnte mich nach vorn, legte den Kopf schräg.
«Frau Andreesen, Henk ist ein wunderbares Kind, ob wir die Kampagne nun mit ihm machen oder nicht. Ich kann nur nicht verstehen, warum Sie so ungehalten reagieren. Ich habe Sie doch lediglich gefragt, ob Sie mit einem Filmauftritt Ihres Sohnes einverstanden sind.»
Die schlaksige Gestalt blieb stehen, den Türgriff bereits in der Hand. Es war ein bemerkenswerter Kontrast zwischen ihrer äußeren Erscheinung, die mehr wie ein lässiges Versehen, eine Laune der Natur aussah, und ihrer resoluten Reaktion.

«Damit eins klar ist: Ich will nicht, dass mein Sohn für irgendetwas benutzt wird. Es geht ihm hundeelend seit dem Unfall, bei dem Jolanda ums Leben gekommen ist. Zwei Tage ist es jetzt her und er leidet immer noch unbeschreiblich. Können Sie sich das überhaupt im Entferntesten vorstellen?» Sie holte kurz Luft und dabei erinnerte sie mich ein wenig an Henk, als ihm das Herz übergelaufen war und ich mir seinen Kummer angehört hatte. «Ich glaube nicht, denn hier im Haus hat ihn noch nicht ein einziger Mensch in den Arm genommen und getröstet. Er steht allein da mit Schuldgefühlen, die viel, viel größer sind, als es für ein Kind seines Alters gesund sein könnte. Und Ihr einziger Gedanke ist, ob er in einem kleinen Rollenspielchen den glücklichen Jungen von der Insel mimt. Sie sollten sich schämen!»

«Das tue ich auch», sagte ich leise. Frau Andreesen sollte es eigentlich überhören, doch sie ließ den Türgriff wieder los und trat dicht an mich heran.

«Was sagen Sie da?»

Ich flüsterte weiter, denn ich hatte Angst, die Wände könnten unser Gespräch in eines der Nebenzimmer übertragen. «Ich weiß genau, was Sie meinen. Und wenn es nach mir gegangen wäre, dann würden wir Henk erst einmal eine Weile zur Ruhe kommen lassen.» Es war verdammt unprofessionell, was ich in diesem Moment von mir gab, doch ich hatte ein grauenhaftes Gefühl im Bauch und ich wollte irgendwie klarstellen, dass ich nicht der Mensch war, der ein Kind auf Teufel komm raus vermarkten wollte. «Ich habe genau diesen Punkt bereits in einer Mitarbeiterkonferenz angesprochen und habe mir auf diese Weise einen rüden Dämpfer eingehandelt.»

Malin Andreesen war nicht die Frau, der ich mich unbedingt anvertrauen wollte, sie war mir ja noch nicht einmal sympathisch. Doch wir hatten dieselben Gedanken, sie hatte mit ihren Vorwürfen genau den Punkt getroffen, der seit einigen Tagen mein Idealbild von Liekedeler entstellte.

«Henk hatte Probleme mit einer Mitschülerin, er fühlte sich bedroht, und wenn Sie mich fragen, auch zu Recht. Als ich vor zwei Tagen das Gespräch auf diesen Punkt brachte, wurde ich in meine Grenzen verwiesen. Kompetenzüberschreitung wurde mir vorgeworfen.»

Malin Andreesen schüttelte ungläubig den Kopf. «Weil Sie sich die Sorgen eines Kindes zu Herzen genommen haben?»

«Ja», sagte ich und suchte in meinem Kopf nach Gründen, die man mir genannt hatte, um die Kritik an meinem Vorgehen zu untermauern. Mir fiel auf, dass es keine wirklichen Erklärungen gab, es sei denn, man gab sich mit Wörtern wie Konzept, Psychologie und Pädagogik zufrieden.

«Wie war doch gleich Ihr Name?», fragte Malin Andreesen kalt.

«Okka Leverenz, ich bin keine Pädagogin, wissen Sie, ich arbeite seit gut vier Wochen in der PR-Abteilung, mehr nicht.»

Natürlich war es lachhaft, wie ich ganz hilflos die Hände in die Höhe streckte, um überzeugend meine Unschuld zu beteuern.

Henks Mutter lachte auf und ich starrte auf die dünnen Raucherzähne. «Und ich dachte schon, *ich* wäre eine Versagerin, was den Umgang mit Kindern angeht. Aber *Sie*, liebe Frau Leverenz, setzen der Feigheit noch die Krone auf. Mein Sohn kommt zu Ihnen, weil er Ihnen vertraut, und Sie stoßen ihn fort, weil Sie sonst Ihre Kompetenzen überschreiten könnten.»

Sie drehte sich um und ihr violettes Kleid schwang um die mageren Beine, als sie das Büro nun endgültig verließ und mich mit einem Vakuum im Kopf zurückließ.

Alles, was überhaupt noch in mir lebendig zu sein schien, war die Gewissheit: Ich hatte versagt.
Es war überhaupt nicht schlimm, dass sie dem Fernsehteam die kalte Schulter zeigte und ich mich nun nach einem anderen Kind umschauen musste, nein, das war es nicht. Denn ich fand es mehr als richtig, den armen, verwirrten Henk nicht mit dieser Aktion zu belasten.
Ich hatte woanders versagt: Sie hatte Recht, wenn sie sagte, dass ich feige und unfähig war. Was hatte mich in Gottes Namen dazu gebracht, eine kleine, Hilfe suchende Hand abzuschütteln?
Die Antwort war erbärmlich.
Ich ging hinaus, um Henk zu suchen. Ich wollte etwas wieder gutmachen. Von nun an würde ich mich sicher an seine Seite stellen, egal, was Redenius, Dr. Schewe und auch Sjard Dieken dazu sagten.
Doch Henk war nicht mehr da.

Es gab viele Gründe für mich, am nächsten Vormittag in die Stadt zu fahren. In meinem Kühlschrank herrschte noch immer gähnende Leere und auch sonst fehlte es in meinen eigenen vier Wänden noch an vielen Dingen, die ich zum Wohlfühlen brauchte. Doch in erster Linie wollte ich endlich meinen Vater besuchen. Soweit ich wusste, stand schon Anfang nächster Woche seine nächste Reise auf dem Terminkalender, und ich wollte, nein, ich musste vorher ein paar Worte mit ihm wechseln.
Der Duft nach Haarspray aus dem Friseursalon im unteren Stockwerk des Hauses stieg mir vertraut in die Nase, konnte jedoch meinem Herzklopfen, das mich schon auf dem Weg dorthin überrumpelt hatte, keine Abhilfe schaffen. Ich war nervös.

Zwar war er schon so oft weg gewesen und es waren eigentlich immer die schönsten Momente zwischen ihm und mir, wenn wir uns endlich wieder sahen. Aber ich war ausgezogen. Und obwohl er wusste, wo er mich finden konnte, hatte er sich nicht bei mir gemeldet.

Ich stieg die Treppenstufen langsam hinauf und hielt meinen Schlüssel zögernd in der Hand. Er würde mich sicher fragen, wie es mir ging. Was sollte ich ihm sagen?

«Alles bestens, Papa. Tolle Kinder, ein Superjob, gemütliche Wohnung.»

Er würde schon bei den ersten Silben erkennen, dass ich nicht ganz die Wahrheit sagte. So etwas merkte mein Vater sehr schnell, auch wenn er mich selten sah. Er sagte, dass mich eine steile Falte zwischen den Augen verraten würde, wenn ich log. Bei meiner Mutter wäre es genauso gewesen.

«Es ist ganz o.k., Papa. Die Kinder sind toll, der Job ist super und die Wohnung gemütlich, aber ich habe irgendwie das Gefühl, dass etwas verkehrt läuft bei Liekedeler.»

So etwas in der Art würde ich sagen müssen. Und dann kämen Fragen. Ich kannte meinen Vater, er war Journalist und er war wissbegierig. Er würde nachbohren, nach den Ursachen für mein ungutes Gefühl fahnden. Und dann müsste ich ihm erzählen, dass ein kleines Mädchen beim Spielen zu Tode gekommen war. Und dass man mich merkwürdig scharf in meine Grenzen verwiesen hatte, als ich mir Sorgen um einen verängstigten Jungen machte. Mein erstes Projekt mit dem Filmteam schien wegen mangelnder Hauptdarsteller den Bach runterzugehen. Und dass die zwölfjährige Gesa Boomgarden mich vermutlich hasste und mir das Leben schwer machte, indem sie den Kollegen intriganten Unsinn erzählte.

Genau das würde ich ihm erzählen müssen. Es waren keine tol-

len Geschichten über meinen grandiosen Neuanfang, wegen dem ich ihn und Ben so Hals über Kopf verlassen hatte.
Ich war schon fast an der Wohnungstür angelangt, hörte bereits die Musik aus dem Küchenradio dudeln, da drehte ich um.
Nicht heute. Nicht jetzt.
Er sollte nicht merken, dass es mir nicht gut ging. Ich würde wiederkommen, wenn sich alles zum Guten gewandt hatte.
In ein paar Tagen. Heute war Mittwoch. Vielleicht am Sonntag. Ja, am Sonntag war sicher wieder alles in Ordnung.

Als Veronika Schewe an diesem Abend endlich die Bürotür hinter sich schloss und in die schmeichelnd warme Dämmerung trat, da tat es ihr Leid, dass es schon so spät war und sie nichts von dem herrlichen Tag heute gehabt hatte. Sie trank eigentlich nie Alkohol, weil sie ihren klaren Verstand liebte. Trotzdem hatte sie vorhin an ihrem Schreibtisch einen Schluck von dem Cognac getrunken, den sie eigentlich für Besuch gedacht und weit hinten im Vitrinenschrank verstaut hatte. Das ungewohnt satte Flackern im Hals hatte ihr gut getan. Es hatte ein wenig von dem Unbehagen fortgespült, das ihr seit dem Tod der kleinen Jolanda Pietrowska auf den Magen geschlagen war und ihr das Durchatmen unmöglich gemacht hatte.
Auch jetzt, wo sie einen kurzen Moment vor dem roten Schulgebäude stehen blieb und die Milde des Abends in sich aufnehmen wollte, war ihr Hals wie zugeschnürt.
Sie hatte gehofft, dass man die Kinderleiche lediglich hübsch anziehen und frisieren würde. Alle Zeichen standen auf Unfalltod, dachte Veronika Schewe. Es gab Zeugen, es gab eine sichtbare Wunde am Hinterkopf, sie hatte wirklich gehofft, dass diese Indizien für einen reibungslosen Ablauf genügten. Doch heute Morgen hatte sie erfahren, dass die Leiche in die Ge-

richtsmedizin nach Oldenburg überstellt worden war. Und das war schlimm.

Es bestand natürlich die Möglichkeit, dass die Pathologen nicht gründlich waren, dass sie sich vom zerschmetterten Schädel des Mädchens beeindrucken ließen und nicht weiter suchten, ob auch eine andere Todesursache infrage kam. Doch es war kein wirklicher Grund zur Hoffnung. Dr. Schewe wusste, dass insbesondere bei kleinen Kindern nur sehr selten geschlampt wurde. Es konnte also passieren, dass sie etwas anderes fanden. Etwas, das im Gehirn eines elfjährigen Mädchens nichts zu suchen hatte. Etwas, das ungewöhnlich, für Neurologen wahrscheinlich sogar ungewöhnlich faszinierend war. Und dann würden Fragen laut werden, die dieses Phänomen zu erklären versuchten.

Dr. Schewe seufzte und ging die wenigen Steinstufen hinunter bis zu ihrem Wagen. Heute würde ich gern einmal davonfahren, dachte sie.

Sie war allein. Sie könnte es tun. Ihr Wagen war schnell und in ihrer Handtasche lag die EC-Karte, mit der sie genug Geld holen konnte, um sich ein einfaches Flugticket ans andere Ende der Welt zu lösen. Was würde sie hier denn schon zurücklassen?

Natürlich war es eine alberne Gedankenspielerei, natürlich würde sie hier bleiben.

Sie wusste, dass sie fast jede Frage beantworten konnte, da sie noch nie in ihrem Leben gedankenlos und fahrlässig gehandelt hatte. Alles, was sie aufgebaut, was sie vorangetrieben hatte, war Teil eines Plans und das Ziel, das zu erreichen gar nicht mehr lange dauern würde, war das Beste an diesem Plan. All die Kinder bei Liekedeler würden ihr eines Tages dankbar sein, dass sie ihnen die Welt geschenkt hatte. Heute besuchten dreihundertzwölf Kinder die Einrichtung, Veronika Schewe kannte diese Zahl genau. Hier in Norden war eines der kleineren Häuser, in Emden und Leer besuchten bereits über dreißig Kinder die Einrichtung. Es würden immer mehr werden. Immer mehr Kinder, die die Möglichkeit bekamen, über ihre Grenzen hinauszuwachsen. War das nicht ein wunderbares Ziel? Sie wünschte, ihr hätte man damals eine solche Chance gegeben.

Sie öffnete die Autotür, doch bevor sie einstieg, zögerte sie kurz. Es waren nicht dreihundertzwölf Kinder. Es waren nur dreihundertelf. Jolanda Pietrowska war gestorben. Sie war ein Opfer, das hingenommen werden musste auf dem geraden Weg zum Ziel.

Es würde Fragen geben. Sie würde sie beantworten.

Dr. Veronika Schewe setzte sich in ihren Wagen und steckte den Schlüssel ins Zündschloss.

Notfalls gab es ja immer noch das Institut in Hannover. Sicher würde man sie dort vor den allzu schwierigen Fragen zu schützen wissen.

Sie ließ den Motor an und fuhr nach Hause. Und morgen wollte sie wiederkommen. Übermorgen auch. Jeden Tag ihres Lebens wollte sie wiederkommen.

5.

Zwei Plätze blieben leer.
Dort, wo Henk Andreesen und Jolanda Pietrowska noch vor ein paar Tagen gesessen hatten, waren die Stühle beinahe vorwurfsvoll fortgeräumt worden.
Eine Woche war Jolanda nun schon tot. Ein Begräbnis hatte es noch nicht gegeben, es gäbe noch einige Unklarheiten über die Todesursache, hatte die Mutter mir erzählt, als sie kam, um Jolandas Sachen zu holen. Es war schlimm, doch trotzdem ging hier alles nach einigen bedrückten, stillen Tagen wieder seinen gewohnten Gang.
Das gemeinsame Mittagessen war eine Verpflichtung, niemand durfte fehlen. Ich fand es ehrlich gesagt etwas übertrieben, eine solch unumstößliche Regel um eine Mahlzeit zu machen, doch außer mir schien sich niemand daran zu stören. Gut, ich war es auch nicht gewohnt, in meiner Kindheit hatte es keinen gedeckten Tisch oder feste Essenszeiten gegeben.
Es wurde viel Wert auf frische, vollwertige Kost gelegt, weder ich noch die meisten Kinder hatten sich je so gesund ernährt wie hier. Natürlich lachten die Kinder laut, sprachen oft wild durcheinander, alberten herum, doch es herrschten angenehme Sitten im großen, hellen Speisesaal: Man wartete mit dem Essen, bis jeder seinen Teller gefüllt hatte, und man stand erst auf, wenn der Letzte fertig war.
Sjard Dieken hatte sich neben mich gesetzt. Es war eigentlich der Platz von Robert Lindkrug, doch er sagte nur kurz: «Du hast doch nichts dagegen», und ich konnte nicht sagen, ob es mir oder Lindkrug gegolten hatte und ob es eine Frage oder eine Feststellung gewesen war. Als er mir die Salatschüssel

reichte, zwinkerte er mir zu und flüsterte: «Alles klar, Frau Leverenz. Ich habe die Sache mit Gesas kleinen Intrigen aufgeklärt. Ich denke, jetzt haben Sie ein Problem weniger.»
«Das war ja schnell. Danke», flüsterte ich lächelnd zurück, obwohl ich nicht glauben mochte, meine unguten Gefühle auf diese Weise loszuwerden.
Doch tatsächlich schienen mir die anderen freundlicher zu begegnen. Natürlich war es nur leicht verdauliche Konversation, die über den blau-weiß karierten Tischdecken stattfand. Doch die unverbindliche Plauderei tat gut. Ich unterhielt mich mit Silvia Mühring über italienische Schuhmode, dann fragte mich Robert Lindkrug nach meinem Sternzeichen. Redenius saß zwar auch immer noch kühl und ironisch lächelnd mit am Tisch, doch ich beschloss, ihn nicht weiter zu beachten. Der neue Frieden war mir noch nicht ganz geheuer, trotzdem gab ich mir einen Ruck, die Behaglichkeit einfach zu genießen. Schließlich blieben wir sogar eine Weile sitzen und tranken einen Kaffee miteinander, von dem ich immer noch fand, dass er würziger und besser schmeckte als jemals ein Kaffee davor.
«Erzählen Sie uns etwas von sich», sagte Dr. Schewe schließlich.
«Gern», sagte ich. «Mein Vater ist Reisejournalist», begann ich und wunderte mich selbst, dass ich ausgerechnet über ihn reden wollte.
Robert Lindkrug, der nun am anderen Ende des Holztisches saß und etwas schwer verstehen konnte, da das Klappern des Bestecks und das Geplapper der Kinder eine gewaltige Geräuschkulisse abgaben, beugte sich vor. «Reden Sie bitte lauter, Frau Leverenz, ich liebe Geschichten aus der großen weiten Welt.»
Ich freute mich über das Interesse an mir und dem, was ich zu erzählen hatte, auch wenn es kein eigenes Abenteuer, sondern nur ein geliehenes war.

«Ein Bericht, ich glaube, es ging um Kameldressur oder so, verschlug ihn in ein namenloses Kaff in Mauretanien. Er ist ziemlich abenteuerlustig und manchmal ein wenig geizig, mein Vater, und um Spesen zu sparen, entschied er sich, per Bus zum Flugplatz nach Kaffa zurückzufahren. Ein Dreitagestrip durch die Wüste, ausdauerndes Schunkeln in einem schrottreifen, überfüllten Vehikel, ich glaube, er hat seinen Entschluss schnell bereut. Als er sich bei einer Rast zum Übergeben auf einer Parkplatztoilette eingeschlossen hatte, das Klohaus stand wirklich mitten in der Wüste, und als er endlich seinen gesamten Mageninhalt dem finsteren Loch im gefliesten Boden überlassen hatte, war der Bus weg.»
Silvia Mühring schmunzelte und auch die anderen Gesichter an meinem Tisch blitzten erheitert auf. Nur Redenius rührte sich nicht, er saß zurückgelehnt auf seinem Stuhl und verzog keine Miene. Er war ein richtiger Spielverderber. Ich ließ mich von seiner gelangweilten Fratze nicht entmutigen.
«Also, kein Mensch war mehr da, der Bus zwar noch am Horizont zu sehen, doch unerreichbar. Er hatte bei seinem krampfhaften Würgen das Abfahrtshupen des Busfahrers überhört. Das bedeutete, Gepäck, Geld und Proviant weg, einfach weg. Nur seine Kamera trug er um den Hals. Er stand da also mitten in der Wüste und hatte keine Ahnung, wie er je wieder in eine bewohnte Gegend kommen sollte.»
Ich hörte, wie Sjard sich neben mir amüsierte, und mir wurde warm bei dem Gedanken, dass ich es war, die dieses trockene, tiefe Lachen verursacht hatte.
«Er beschloss, ganz Journalist, sein durstiges, einsames Ende mit dem Fotoapparat zu dokumentieren, und knipste jeden Winkel dieses gottverlassenen Ortes.»
«Ich glaub es nicht», sagte Silvia Mühring. «Wie ist er um

Gottes willen aus diesem Schlamassel wieder herausgekommen?»
Ich wartete einen Moment, kostete den Augenblick aus, in dem mir die ungeteilte Aufmerksamkeit der Tischnachbarn gehörte.
«Sein Glück, dass am Abend die Reinigungstruppe anrückte, denn in Mauretanien werden die Raststättentoiletten nur unregelmäßig und in ziemlich langen Abständen gesäubert. Die Putzkolonne hat ihn mit in das nächste Dorf genommen. Sein Gepäck hat er natürlich nie wieder gesehen. Die Fotos und die Geschichte zu seinem Missgeschick konnte er jedoch an ein Reisejournal verkaufen, es ist immer noch eine seiner bekanntesten Reportagen.»
Robert Lindkrug ließ sich den Namen des Journals sagen, Silvia Mühring grinste amüsiert, bevor sie sich verabschiedete, und Sjard berührte fest und warm meine Hand, nur kurz, doch auch zu lang, um es mit einer versehentlichen Berührung zu verwechseln.
«Ihr Vater bedeutet Ihnen viel, nicht wahr?», fragte Dr. Schewe ernsthaft.
Ich wunderte mich über ihr Interesse, doch es machte mir nichts aus, darauf zu antworten. «Ich sehe ihn selten, doch er war immer für mich da, wenn ich ihn brauchte.»
«Es fällt mir wirklich schwer, Sie jeden Tag zu siezen, Frau Leverenz», sagte Dr. Schewe. «Wenn es Ihnen recht ist, dann können Sie mich gern Veronika nennen, schließlich sind wir nun schon seit über einem Monat ein Team.»
Sie reichte mir die Hand, doch ich ergriff sie nicht sofort. Irgendetwas in mir weigerte sich, diese Geste anzunehmen. Gut, wir hatten eine fröhliche Mittagsrunde gehabt, wir hatten gemeinsam gelacht und uns freundliche Blicke zugeworfen. Doch

in diesem Moment, als Dr. Schewes Hand zum Greifen nah war, wurde mir klar, wie viele Dinge zwischen uns standen.
«Ich hoffe, Sie nehmen es mir nicht übel, aber es wäre mir lieber, wenn wir es erst einmal beim Sie belassen würden.»
Sofort zog Veronika Schewe ihre Hand zurück und wischte ihre Finger unnötigerweise am Kostüm ab. Ich konnte ihrer Miene nicht entnehmen, ob Sie über meine Ablehnung verstimmt war.
«Wir haben ja noch viel Zeit, nicht wahr?», schob ich möglichst heiter hinterher, doch die Gesichter um mich erwiderten diese Fröhlichkeit nicht. Es war, als hätte es dieses gemeinsame Lachen vor wenigen Minuten überhaupt nicht gegeben.

Nachdenklich fand ich meinen Weg zurück ins Büro, zurück zu Telefon und Computer. Auf dem Schreibtisch lag eine mit leuchtend gelber Farbe markierte Mappe, die Ausarbeitung für den Filmbeitrag. Immer noch stand Henk Andreesens Name als einziger auf dem Deckblatt. Ich seufzte, Henk war seit einer Woche nicht im Haus aufgetaucht und soweit ich informiert war, wusste niemand, wo er steckte.
Um nicht das ganze Fernsehprojekt zu gefährden, hatte ich mich entgegen Dr. Schewes Anweisungen eingehend mit Ingo Palmer beschäftigt und war sehr angetan von seinem Wesen, seiner kindlichen Dichtkunst. Ich konnte nicht verstehen, warum ich auf Granit biss, wenn ich ihn als Alternative zu Henk Andreesen vorschlug.
Ich stellte mich noch für einen kurzen Moment ans Fenster und schaute in den leeren Garten hinaus. Die Kinder waren nun in den Unterrichtsräumen, nur ein paar bunte Spielgeräte verrieten etwas von ihrer Anwesenheit.
Zurück am Schreibtisch, checkte ich meine E-Mails, da war

eine mit einem Dach darüber, also musste sie aus dem Haus stammen. Ich klickte das Symbol an, ein Fenster öffnete sich, aber es gab keinen Absender, keinen Betreff. Ich überprüfte die Herkunft der anonymen Post. Sie wurde vom Zentralcomputer abgeschickt, an diesen Rechner konnten im Haus alle, die das Passwort kannten, und vom Lehr- und Büropersonal war das jeder.
Vielleicht war es eine fehlgeleitete Mail, dachte ich noch. Doch schon die ersten Worte machten mir klar, dass diese Botschaft auf dem Bildschirm an mich, und nur an mich adressiert gewesen war.

Seit du da bist, lacht das Leben in unserem Haus. Vielleicht schaffe ich es, dir diese Worte auch einmal ins Gesicht zu sagen. Morgen vielleicht, oder übermorgen? Warte ab!

Der Lärm von startenden Flugzeugen, von überfüllten Warteräumen und Tausenden von Kreissägen nistete zwischen Gesas Schläfen.
Vorhin saßen die Erwachsenen alle am Tisch und lachten lauter als die Kinder. Gesas Schädel war beinahe zersprungen und ihr wurde so übel, dass sie den Teller beiseite schob, sich unauffällig von ihrem Platz entfernte und den Speisesaal verließ. Sie blieb dann eine ganze Weile auf der Toilette, sah sich selbst im Spiegel an, bemerkte die dunkelgrauen Ringe unter den Augen und die geplatzten Adern neben der Pupille. Dann verschwamm das Bild, verwischte, versank. Es ging nicht mehr, keinen Schritt weiter. Noch niemals hatte das Hämmern und Bohren in ihrem Kopf sie derart gequält wie an diesem Tag. Vielleicht sollte sie doch einmal zum Arzt gehen, dachte Gesa. Doch sie war nicht so ein schwächliches Kind wie die anderen,

die nur ein wenig bleich und leise «Mama» sagen mussten und dann eine kühle, prüfende Hand auf die Stirn gelegt bekamen, von einer sorgenvollen Mutter zum Doktor gefahren wurden. Gesa wollte diese Hölle allein durchstehen.
Doch das Reißen unter ihrer Schädeldecke schwoll unaufhörlich an, setzte ihren Kopf außer Gefecht, sank in ihren Körper, machte Arme und Beine taub. Als sie das Mittagessen ins Waschbecken erbrochen hatte und Blut zwischen den unverdauten Brocken ausmachen konnte, da knickte ihr Stolz ein und sie hangelte sich an der Wand entlang zu Dr. Schewes Büro.
«Ist was, Kind?», fragte diese geschminkte, dumme Assistentin, deren Namen sich Gesa einfach nicht merken wollte.
Gesa reagierte kaum, taumelte nur in Richtung Bürotür, hinter der sie Dr. Schewes Stimme hören konnte. Tröste mich, mach, dass die Schmerzen weggehen, weinte sie wie ein kleines Kind.
«Halt, halt, du kannst da nicht rein», kreischte die Ziege mit den wackelnden Ohrringen und sprang hinter dem Schreibtisch hervor. «Frau Dr. Schewe ist in einer Besprechung.»
Doch Gesa nahm die Klinke in die Hand, stützte sich schwach darauf, sodass die Tür lautlos aufging und sie beinahe in das Zimmer fiel.
Gesa konnte nicht mit Sicherheit sagen, ob sie bereits Phantasiebilder sah, doch Dr. Schewes freundliches Gesicht war einer bitterbösen Fratze gewichen. Der Mann ihr gegenüber hatte eine krumme Visage, einen Kopf wie ein quadratischer Karton, eckig und hart. Seine Stimme klang wie eine leiernde Kassette.
«Wir haben die Sache gedreht, Jolanda Pietrowska hatte einen bedauerlichen Unfall, und damit basta. Nun erwarte ich deinen Einsatz, Veronika. Henk Andreesen oder der Geldhahn wird zugedreht und wir lassen euch vertrocknen!»

Und dann drehte dieser Mann sich um, sein verwinkeltes Gesicht schaute ein wenig erstaunt, als er sah, dass ein Mädchen schwach im Türrahmen hing.
Gesa war sich sicher, dass sie bereits träumte, er sah aus wie eine Comicfigur, dieser Mann mit dem eigenartigen Haarschnitt und der albernen Fliege unterm Kinn.
Was sie genau wusste, war, dass niemand sie auffing, als sie wie erloschen auf den Fußboden kippte.

Manchmal klingelt das Telefon und man ahnt bereits, dass es ein unangenehmer Anruf ist, bevor man den Hörer an das Ohr hält. Ich weiß nicht, ob es ein unterschwellig mitklingendes Vibrieren ist, welches in der Luft knistert wie ein bevorstehendes Gewitter, vielleicht lag es auch daran, dass sich mein privates Telefon in meiner Wohnung erst wenige Male bei mir bemerkbar gemacht hat.
Ich stand gerade unter der Dusche, genoss das warme Wasser, das mir den anstrengenden Tag vom Körper spülte. Der missglückte Versuch, meinen Vater zu besuchen, die anonyme E-Mail nach der Mittagspause und dann der merkwürdige Zusammenbruch von Gesa Boomgarden in Dr. Schewes Büro, heute war viel passiert. Ich wollte nur noch duschen und danach ins Bett.
«Mist», fluchte ich, als ich das Klingeln hörte, und ging mit einem flüchtig umgelegten Handtuch zum Telefon, die Seife lief mir quer über das Gesicht und brannte in den Augen. Vielleicht war es ja mein Vater. Ich hoffte, dass er sich melden würde. Ich hatte den ganzen Tag an ihn gedacht, nachdem ich mich heute Morgen so heimlich aus dem Haus geschlichen hatte.
Mit Ben hatte ich nicht gerechnet.
«Geht es dir gut?», fragte er mit seltsam gepresster Stimme.

«Alles bestens», nuschelte ich. Er sollte gleich merken, dass mir sein Anruf alles andere als willkommen war.

«Ich störe auch nicht lange», entschuldigte er sich. «Es geht auch nicht um irgendetwas Privates, keine Angst. Ich denke, ich werde die Sache mit dir irgendwie überleben. Es ist etwas anderes, weshalb ich dich in deinem neuen Leben heimsuche.»

Ich sagte nichts und wischte mir den Schaum von den Lidern.

«Wir haben den Fall Jolanda Pietrowska bei uns auf dem Tisch gehabt.»

Nun merkte ich auf. Es war seltsam, dass Ben den Namen des toten Mädchens kannte und aussprach. «Was, Jolanda?»

«Ja, du wunderst dich vielleicht, ich bin wieder in Oldenburg. Es ist kaum zehn Tage her, dass wir uns getrennt haben, aber mein Chef war froh, mich wieder hier zu haben. Und ausgerechnet an meinem ersten Tag habe ich dieses Mädchen zu obduzieren. Ich denke, ich kann mich auf deine Verschwiegenheit verlassen. Es ist nämlich so, dass irgendjemand etwas vertuschen will in diesem Fall.»

«Etwas vertuschen? Wie kommst du darauf?»

Er räusperte sich. «Kein Wort zu Dritten, verstanden?» Ich schickte als Bestätigung ein «Hmm» durch den Hörer, welches ihm als Zusage zu reichen schien. «Wir haben etwas in ihrem Kopf gefunden.»

«Sie ist gefallen, Ben. Bei ‹Fischer, wie tief ist das Wasser› ist sie geschubst worden und mit dem Hinterkopf ganz unglücklich auf einen Stein geprallt. Es waren alle Kinder dabei und alle haben gesehen, wie Jolanda zum Krankenwagen getragen wurde. Ein ganz normaler tragischer Unfall. Und du willst mir jetzt was erzählen?»

Ben zögerte. «Okka, du hast mir nicht richtig zugehört, ich

habe nicht gesagt, wir haben etwas *an* ihrem Kopf gefunden, sondern *in* ihrem Kopf.»
Was zum Teufel sollten sie in Jolanda Pietrowskas Kopf gefunden haben, dachte ich. Sie war ein ganz normales Kind, von ihrer musischen Begabung mal abgesehen. So langsam begriff ich, dass Ben mir wirklich etwas Neues zu sagen hatte.
Ben flüsterte beinahe. «Es ist verdammt gefährlich, es dir zu erzählen, ich sollte vielleicht doch lieber meine Schnauze …»
«Natürlich werde ich es für mich behalten», unterbrach ich ihn. «Ich bin die Letzte, die dich verpfeift, Ben. Also schieß los!»
«Auch wenn es vielleicht um deine geliebte neue Arbeitsstelle geht und ich dir ein wenig den Kopf zurechtrücken muss?»
«Kleiner Loyalitätstest, hmm?»
«Es stimmt etwas nicht mit dem Tod des kleinen Mädchens. Und ich kann es drehen und wenden, wie ich will, es passt nicht zusammen. Die Leiche des Mädchens wurde direkt zu uns nach Oldenburg geschickt, damit wir den Unfallhergang rekonstruieren und den Tod durch Schädel-Hirn-Trauma bestätigen.»
«Aber?»
«Aber wir konnten diesen Totenschein nicht unterschreiben. Okka, es war kein Unfalltod. Jolanda Pietrowska war bereits so gut wie tot, bevor ihr Kopf auf dem Stein zerschmettert ist.»
Meine Hand krallte sich fest um den Hörer und ich musste mich, triefend nass und halb nackt, wie ich war, auf einen der ungeöffneten Umzugkartons setzen, weil meine Beine den Dienst quittierten. «Sie hat gespielt, Ben. Zehn Kinder haben übereinstimmend berichtet, dass sie ‹Fischer, wie tief ist das Wasser› spielten und Jolanda dabei war, lachte, rannte, wie alle anderen. Erst eine Rangelei brachte sie zu Fall. Sonst war da nichts. Erzähl mir nicht solche Horrorgeschichten, nur damit ich wieder …»

«Ich will dich nicht wieder zurückhaben, wenn du das meinst», unterbrach er mich barsch. «Jolanda Pietrowska hatte durch den Schlag auf den Stein eine heftige Gehirnerschütterung und Blutungen oberhalb der Schädeldecke erlitten, doch gestorben ist sie an inneren Blutungen im Kopf, und die sind nicht durch den Sturz verursacht worden.»

«Was sagst du da?»

«Ich möchte nicht ins Detail gehen, doch wir fanden im Gehirn des Mädchens abnorme Veränderungen, die Wände der Adern waren dünn und brüchig wie altes Pergamentpapier und an einigen Stellen hat es bereits unscheinbare winzige Blutungen gegeben.» Ich hörte, dass Ben am anderen Ende der Leitung tief durchatmen musste. «Das Mädchen war unserer Ansicht nach krank, sie muss davon nicht unbedingt etwas bemerkt haben, vielleicht klagte sie über Kopfschmerzen, doch auch das muss nicht sein. Jolanda Pietrowska hatte eine Gewebeveränderung der Blutgefäße im Gehirn, und diese Tatsache muss letztlich auch zum Tode geführt haben.»

Mir schwirrte der Kopf. Ich wollte an diese grausamen Details nicht denken, am liebsten erinnerte ich mich an Jolanda Pietrowska, wie sie selbstvergessen an einem Klavier gesessen hatte. Ich mochte mir die Einzelheiten ihrer Obduktion nicht ausmalen.

«Jetzt reicht es aber. Sie mag krank gewesen sein, das ist schlimm, wirklich. Dann war es eben kein Unfall, das macht für mich den Tod des Mädchens aber nicht weniger tragisch.»

«Wenn es das nur wäre, dann hätte ich dich mit dem ganzen Bericht nicht belästigt.» Bens Stimme klang ungeduldig und gereizt. «Es ist aber leider noch nicht das Ende der Geschichte …»

Mir war kalt, ich war tropfnass, ich sehnte mich nach meiner

heißen Dusche, doch ich sollte Ben wohl endlich ausreden lassen.
«Wir haben unseren Obduktionsbefund weitergegeben: Kein Tod infolge eines Betriebsunfalls. Die Schulleitung hätte vor Freude in die Luft springen müssen, es war nicht ihre Schuld, sie waren nicht zahlungspflichtig, alles in Ordnung. Doch das Gegenteil ist passiert, und das verstehe ich nicht.»
«Hör mal zu, hör mal zu», unterbrach ich ihn nun doch. «Wir haben den offiziellen Totenschein gesehen, er ist uns gestern zugeschickt worden. Und daraus geht eindeutig hervor, dass Jolanda Pietrowska an den Folgen des Sturzes gestorben ist. Ich meine, das Gutachten stammt aus Hannover. Was willst du mir jetzt eigentlich weismachen?»
Ben schwieg am anderen Ende der Leitung.
«Bist du noch dran?»
«Ja, Okka, ich bin noch dran. Die Schulleitung handelt gegen ihre eigenen Interessen, wenn sie die Unfalltheorie als offizielle Version haben möchte, das will ich dir sagen.» Er atmete hörbar schwer. «Sie haben unsere Diagnose links liegen lassen, unter den Teppich gekehrt, und unsere Kollegen haben ihnen dann auf den Totenschein geschrieben, was sie wollten. Und das leuchtet mir nicht ein. Es wäre für alle Beteiligten besser gewesen, wenn eine chronische Krankheit die Todesursache gewesen wäre. Keine Versicherungsansprüche, keine dummen Fragen. Also nochmal, sie schneiden sich mit der Unfallversion ins eigene Fleisch. Verstehst du mich?»
«Ja», sagte ich schwach. «Aber warum? Und was soll ich jetzt tun?»
«Kannst du herausfinden, wer den Bericht der Pathologie unterschrieben hat? Wer Interesse daran haben könnte, einen Unfalltod dem natürlichen Tod des Mädchens vorzuziehen?»

«Ich kann es versuchen, Ben.»
Ich hörte, wie er am anderen Ende leise seufzte. «Ich wusste, dass du dieser Sache auf den Grund gehen willst. Aber pass bitte auf dich auf!» Wieder schwieg er einen Moment. «Und was ich vorhin gesagt habe, stimmt leider nicht ganz: Ich hätte dich gern wieder zurück. Ich vermisse dich schrecklich, Okka!»
«Ich melde mich, sobald ich etwas herausgefunden habe», sagte ich und legte auf. Dann schaute ich aus dem Fenster. Ich dachte an Jolanda, die vielleicht schon wochenlang unter Kopfschmerzen gelitten hatte, ohne ein Wort darüber zu verlieren. Und mir fiel auch Gesa ein, wie sie heute nach ihrem Zusammenbruch weiß und bewusstlos auf der Couch im Sitzungszimmer gelegen hatte, bis der Arzt kam und einen Kreislaufkollaps diagnostizierte, der bei Mädchen in ihrem Alter angeblich ganz normal sei. Und ich dachte an Sjard.
Wenn es etwas bei Liekedeler zu verheimlichen gab, dann musste er davon wissen. Er stand hier an zweiter Stelle, war Dr. Schewes rechte Hand. Ich schloss kurz die Augen und schluckte schwer an meinen Gedanken: Wenn hier etwas faul war, dann wusste er Bescheid, dann belog er mich und sein Lachen, mit dem er mir jeden Tag begegnete, musste ein falsches Spiel sein.
Trotzdem hoffte ich, dass mein Misstrauen unbegründet war. Dass es für all dies eine logische und völlig harmlose Erklärung gab. Ich hoffte es wirklich.
Doch ich konnte nicht mehr daran glauben.

Sehr geehrte Frau Leverenz,
hiermit entschuldige ich das Fehlen meines Sohnes Henk. Es ging ihm nach dem Tod seiner Mitschülerin nicht gut, er litt unter starken Kopfschmerzen, was ich für eine Form von Schuldgefüh-

len halte. Wir haben beschlossen, ein paar Tage nach Juist zu fahren. Schließlich hat Henk bald Sommerferien und ich konnte mir auch ein paar Tage freinehmen, also nutzen wir die Gelegenheit, dass wir endlich einmal Zeit füreinander haben.

Doch dies ist nicht der eigentliche Grund für mein Schreiben, vielmehr geht es um unser unerfreuliches Gespräch vor ein paar Tagen. Ich habe Ihnen Vorwürfe gemacht, dass bei Liekedeler zu wenig auf die Ängste und Nöte der Kinder eingegangen wird und es stattdessen immer nur um die Leistungen der Schüler geht. Es war sicherlich ungerecht von mir, diese Anschuldigungen ausgerechnet bei Ihnen loszuwerden, denn im Gegensatz zu den anderen Mitarbeitern Ihrer Firma haben Sie dieses Problem anscheinend ebenfalls erkannt. Bedauerlicherweise habe ich Sie trotzdem in meiner manchmal etwas aufbrausenden Art angegriffen. Im Nachhinein tut es mir Leid, denn ich denke, Sie und Ihre Arbeit können für Liekedeler eine Bereicherung sein.

Sie scheinen einen guten Draht zu meinem Sohn zu haben. Er spricht oft von Ihnen und fragt, wann er Sie wieder sehen kann. Und Henk ist ein Kind, das nicht so schnell Vertrauen schenkt. Ich bin als Mutter auch nicht unschuldig an seinem Argwohn. Vielleicht ergibt sich ja mal eine Gelegenheit, dass ich Ihnen mehr darüber erzähle.

Bis dahin hoffe ich, dass Sie meine Entschuldigung akzeptieren.

Mit freundlichen Inselgrüßen,
Ihre Malin Andreesen

PS: Henk wird bis zum Ende der Ferien hier bleiben, bitte haben Sie Verständnis, dass er aus diesem Grund nicht an den Filmaufnahmen für die Dokumentation teilnehmen wird.

Dr. Veronika Schewe legte den Brief zur Seite und rieb sich fest und nachdenklich über das Gesicht. Sie war müde, es war schon spät. Sie konnte ihr Auto durch das Bürofenster sehen, es stand im Hof, als warte es auf sie. Aber Feierabend? Dieser Brief hier, den sie eigentlich nicht hätte lesen dürfen, weil er an Okka Leverenz adressiert war, diese Zeilen verschoben den Feierabend auf irgendwann nach Mitternacht.
Henk Andreesen war verreist. Natürlich konnte jedes Kind außerhalb der Schulzeiten verreisen, wann es wollte. Es kam nur so gut wie nie vor. Sie hatten sich die Kinder sorgfältig ausgesucht. Kaum eines von ihnen hatte Eltern, die Zeit, Geld oder auch nur Lust hatten, mit ihren Sprösslingen in den Urlaub zu fahren. Dass Malin Andreesen von einem Tag auf den anderen den Drang verspürte, mit ihrem vernachlässigten Sohn Henk gemeinsame Sache zu machen, war nicht vorhersehbar gewesen. Es war fatal.
Liekedeler sollte nicht die Kontrolle verlieren, das hatte Birger ihr heute unmissverständlich klar gemacht. Und er hatte auch keinen Zweifel daran gelassen, dass er besonderen Wert auf Henk Andreesen legte.
Kein Wunder. Henk war inzwischen bei einem IQ von 135 angelangt. Eine Sensation! Die Presse würde seitenweise darüber berichten, nicht nur die Fachzeitschriften, auch die ganz gewöhnlichen Allerweltsblätter, da war sie sich sicher. Intelligenz war ein begehrtes Gut, begehrter als Reichtum und Schönheit, denn ein hoher IQ öffnete einem viele Türen, wenn man es wollte, da kamen das Geld und die Attraktivität beinahe von selbst dazu. Noch drei oder vier Wochen und der kleine, graue Junge von der Insel wäre dort angekommen, wo sie ihn haben wollten. Ganz oben! Im Olymp der Hochbegabten!
Veronika Schewe dachte nur selten an ihre Kindheit und an das

ewige, mühselige Erklimmen der selbst gesteckten Ziele. Stets hatte sie sich trotz ihrer hohen Begabung noch ein wenig mehr gewünscht, wollte immer noch eine Seite mehr lesen, auch wenn das Buch zu Ende war. Sie hatte einen Hunger gehabt, der nicht gestillt werden konnte. Hätte sie damals die Möglichkeit gehabt, diese wunderbare Möglichkeit, die der kleine Henk nun in vollen Zügen nutzen konnte, sie hätte alles Wissen der Welt verschlungen und wäre vielleicht endlich einmal satt geworden.
Doch Henk war verschwunden. Er war außerhalb ihres Wirkungskreises. Unerreichbar, zumindest für sie.
Es würde Probleme geben. Das Geld könnte knapp werden. Nicht nur Birger hatte ein Interesse daran, dass Henk auf dem richtigen Weg blieb. Sie wusste, dass ein anderer Mann Henk ebenfalls aus der Entfernung betrachtete und seinen rasanten Aufstieg mit Wohlwollen verfolgte und mit Geld unterstützte. Und dieser Mann hatte wirklich Geld. Noch mehr als Birger. Die Versorgung der Kinder stand auf dem Spiel. Was, wenn sie ihr tägliches Programm nicht mehr bezahlen konnten?
Birger Isken hatte heute sein wahres Gesicht gezeigt. Es ging ihm nur um das Experiment, die Ergebnisse bedeuteten für ihn Sieg oder Niederlage. Er war schon immer so gewesen, schon damals an der Universität.
Veronika Schewe fühlte sich elend, allein und wie ausgewrungen.
Selbst Sjard konnte sie nicht mehr trauen. Sie hatte ihn beobachtet. Seit Tagen schon. Und es war nicht zu übersehen, dass er seinen Blick nicht von Okka Leverenz lassen konnte. Es war nicht abgesprochen gewesen, dass er sie mit den Augen verschlingen sollte. Sie hatte Sjard nur gebeten, sich ein wenig heranzupirschen. Dr. Veronika Schewe begann zu befürchten, dass ihr kleiner Plan aus dem Ruder lief.

Diese Okka war schlauer, als sie alle gedacht hatten. Und als sie ihr heute Mittag vor allen Leuten das Du verweigert hatte, da war ihr klar geworden, dass sie vielleicht schon längst eine gefährliche Witterung aufgenommen hatte.

Aus diesem Grund war es undenkbar, ihr den Brief von Malin Andreesen auf den Schreibtisch zu legen. Ein ermutigendes Schreiben von einer Mutter könnte Okka Leverenz in ihren Ansichten bestärken. Dr. Veronika Schewe wusste, dass sie das Kuvert unauffällig hätte zukleben können, es war schon schlimm genug, dass sie es überhaupt geöffnet hatte. Es wäre ihr sicher gelungen, Okka Leverenz den Brief zu geben, ohne dass irgendein Verdacht aufgetaucht wäre. Doch sie entschied sich anders. Auch wenn es irgendwann einmal herauskommen konnte, dass dieser Brief existiert hatte, was sehr wahrscheinlich war, sobald Malin Andreesen und Okka Leverenz sich das nächste Mal treffen würden, sie musste dieses Risiko eingehen, um ein wenig Zeit zu gewinnen. Außerdem konnte ein Brief immer in der Post verloren gehen.

Sie hatte selbst die Post aus dem Kasten geholt, niemand außer ihr hatte gesehen, dass der Brief im Liekedeler-Haus angekommen war.

Dr. Veronika Schewe zerriss die beschriebenen Blätter und presste die Fetzen zu einem harten, kleinen Ball.

6.

Am nächsten Morgen waren die Kinder schon früh im Haus. Die Sommerferien hatten begonnen und stellten den gewohnten Zeitplan bei Liekedeler auf den Kopf.

Die meisten kamen nun bereits am Vormittag und die Lehrer hatten bunte Sommerprojekte vorbereitet: Jochen Redenius wollte nächste Woche mit der ganzen Meute zur Meyer-Werft nach Papenburg fahren, wo ein mächtiges Kreuzfahrtschiff auf seine letzten Montagegriffe vor dem anstehenden Stapellauf wartete. Robert Lindkrug plante eine Exkursion ins Auricher Moor und die Einrichtung eines kleinen Feuchtbiotops im Schulgarten. Ich sah es an den erwartungsvollen Blicken der Kinder, dass die Schulferien bei Liekedeler immer aufregend waren.

Schon der erste Tag der Sommerferien schien etwas ganz Besonderes zu sein, es war der Kartoffelfeuertag.

Die Vorbereitungen für das Lagerfeuer am Abend hielten alle gleich nach dem Frühstück auf Trab: Die Kinder sammelten fleißig Äste und ähnliches Gehölz, um alles zu einem großen Haufen zusammenzutragen. Auf diese Weise wurde gleich das Grundstück in Ordnung gebracht, freute sich Sjard, der sich mit der Säge an einigen großen Ästen zu schaffen machte, die in den Weg gewachsen waren. Ein benachbarter Bauer brachte schon früh einen mächtigen Sack Kartoffeln vorbei, frische, mehlige Kleikartoffeln, die noch nach der Erde dufteten, in der sie bis zum Vortag gelegen hatten. Die stabilsten Äste wurden von den großen Kindern zu Stöcken angespitzt, die dann heute Abend mit Erdäpfeln gespickt über das Feuer gehalten werden sollten.

Im Garten herrschte ein geschäftiges Treiben, die Aufregung der Kinder wehte quasi zu meinem Bürofenster herein. Im Haus war es still. So still, dass ich endlich an mein Versprechen denken konnte, welches ich Ben gestern am Telefon gegeben hatte.

Mir war klar, dass ich zu diesem Zweck einige ungeschriebene Gesetze in diesem Haus brechen musste, denn wenn es wichtige Versicherungsakten oder ähnlich interessante Unterlagen über Jolanda Pietrowska gab, so wurden diese aller Wahrscheinlichkeit nach im Souterrain gelagert, in einem Raum, zu dem nur Dr. Schewe und ihre Assistentin die Schlüssel hatten. «Nicht jeder hat freien Zugriff auf das Archiv», sagte Silvia Mühring einmal, als ich sie um wissenswerte Unterlagen für meine Kampagne bat. «Sie werden verstehen, es ist besser, wenn nur ein oder zwei Personen in diesem geordneten Chaos die Übersicht behalten.» Doch ich hatte gesehen, wo sie den Schlüssel verwahrte, er hing in einem grauen Schlüsselkasten direkt neben der Tür zum Chefzimmer. Es war nicht gerade schwer, ihn heute unauffällig in meiner Hosentasche verschwinden zu lassen. Nicht so schwer, wie knapp zehn Schritte über den Hausflur zur Kellertür zu schleichen. Jochen Redenius stand in der Bürotür und musterte mich skeptisch, doch da er dies immer tat, wusste ich, dass kein Grund zur Beunruhigung bestand. Die Köchin kam mir auf den Stufen entgegen, sie trug einen Korb mit Salat und grüßte freundlich, als ich zur Seite wich, um sie durchzulassen. «Soll ich die Tür schließen?», fragte sie von oben herunter. Ich überlegte kurz, mein Vorhaben auf einen anderen Tag zu verschieben, weil sie mich hier gesehen hatte, doch dann rief ich «Ja!», und als der Lichtstrahl vom oberen Flur verschwunden war, steckte ich den Schlüssel rasch in das verbotene Schloss und beeilte mich, im Archiv zu verschwinden. Sobald ich im Zimmer war, schloss ich die Tür hinter mir ab. Ich musste einen Moment innehalten, weil das aufgeregte Klopfen meines Herzens mich zitterig machte. Dann schaute ich mich um.

Der Raum lag zur Nordseite und durch das Kellerfenster kam nur spärliches Licht, doch ich ließ die Deckenlampe aus, denn direkt vor der milchigen Scheibe konnte ich die Konturen von einem Paar Kinderbeinen in kurzen Hosen ausmachen und ich wollte nicht, dass irgendjemand merkte, dass Licht im Archivraum brannte.

Mein erster Blick fiel auf eine weitere Tür im hintersten Eck des Raumes, sie war aus blankem Metall. Noch ein Raum, den niemand betreten soll, dachte ich. So viele Geheimnisse in diesem Haus, ich hätte zu gern gewusst, was sich dahinter verbarg, und schlich hinüber, doch die Tür war verschlossen, natürlich, und ich hatte nicht vor, mich am Schloss zu versuchen, schließlich war ich alles andere als eine gewiefte Einbrecherin.

Also ging ich zu den Regalen, die bis unter die niedrige Decke reichten und bis oben hin mit Ordnern voll gestellt waren. Ich musste ganz dicht an die Buchrücken gehen, um die Aufschriften erkennen zu können. Ich fingerte einen roten Hefter heraus, der unbeschriftet zwischen all den anderen Akten stand. Ich blätterte hastig. Es waren nur Lieferscheine über Büromobiliar, sie waren schon mehr als drei Jahre alt und trugen den Briefkopf des hiesigen Baumarktgiganten «LoodenBau». Das einzig Auffällige daran war, dass unter jedem Schein «*Spendenquittung erbeten*» stand. Ich wusste, das Dirk van Loodens Eltern ziemlich reich waren, doch diese endlosen Listen von gespendeten Einrichtungsgegenständen ließen mich staunen. Das war mehr als großzügig, da es mich aber eigentlich nichts anging, stellte ich die Mappe zurück ins Regal.

Ein stumpfer Stoß gegen die Fensterscheibe ließ mich zusammenzucken.

«Ich schlag dir den Stock in die Eier!», hörte ich von draußen eine Kinderstimme, die ich als die von einem der größeren Jungen zu erkennen meinte. Die nackten, gespreizten Beine eines Jungen pressten sich gegen das Fenster und ich konnte den klobigen Schuh von Ingo Palmer ausmachen, dann hörte ich wieder diesen Schlag und erkannte an einem umrissenen Schatten, dass mit einem armdicken Stock genau zwischen die auseinander gerissenen Knie gezielt wurde.

«Hör auf!», jammerte Ingo Palmer. Doch das dumpfe Knallen ertönte erneut, ich merkte auch von hier drinnen, dass die Schläge mit voller Absicht daneben zielten, dass sie nur einschüchtern sollten.

«Ich mach dir deinen Sack kaputt, Ingo Palmer, du alter Mistkäfer», lachte die Stimme, der man schon die ersten Stimmbruchpannen anhörte und die nun einen kreischenden Hänselgesang anstimmte. «Hör auf mit der Scheißdichterei, hör auf mit der Scheißdichterei, hör auf mit der Scheißdichterei, sonst ist dein Sack nur Brei!»

Mir schauderte. Natürlich wusste ich, dass Kinder grausam sein konnten, ich hatte es hier bei Liekedeler nur irgendwie vergessen. Nein, nicht wirklich vergessen. Henk Andreesen hatte mir von diesem Vorfall mit Gesa Boomgarden erzählt. Doch nun war ich unmittelbar dabei und konnte nichts tun, stand nur geschockt da.

Bomm! Wieder schlug die Stockspitze mit voller Wucht gegen die Scheibe.

«Lass mich in Ruhe!», heulte Ingo Palmer. Warum eilte keiner der Lehrer zu ihm? Er konnte sich doch nicht zur Wehr setzen. Mein Gott, ich sollte ihm helfen!

In drei großen Schritten war ich an der Tür, und als ich gerade den Knauf herunterdrücken wollte, hörte ich die schweren Schritte der Köchin auf der Treppe. Keine Chance, ich musste hier bleiben. Wieder schaute ich zum Fenster, die Schläge hatten aufgehört, Ingo Palmers geringeltes T-Shirt klebte am Fenster, er schien auf die Knie gesunken zu sein. Ich horchte, ob ich ein Wimmern oder ein Heulen hören konnte, doch wenn Ingo weinte, dann tat er es still. Außer dem Gerede des Küchenpersonals auf dem Kellerflur war es leise.

Ich atmete tief durch, um mich selbst zu beruhigen. Meine Finger glitten wieder über die aufgereihten Aktenordner, an einer Mappe blieben sie hängen: Bewerbungen.

Gut, Bewerbungsunterlagen hatten nicht viel mit dem zu tun, was ich eigentlich in diesem verbotenen Raum finden wollte, doch ich konnte nicht widerstehen und blätterte darin. Die Briefe waren nicht aktuell, über mich fand ich nichts. Ich wollte den Ordner gerade wieder zurückstellen, da kippte mir aus dem Regal ein dünnes, in Plastikfolie eingebundenes Heft genau in die Hände: *Ausarbeitung über den Zusammenhang von Intelligenz und Lernverhalten bei Grundschulkindern,* verfasst vor fünf Jahren von Sjard Dieken. Mir stockte der Atem. Es war beinahe so, als hätte ich ein geheimes Tagebuch von ihm entdeckt.

Die Gespräche vor der Tür waren verstummt, ich fühlte mich sicher und unbehelligt genug, also schlug ich die erste Seite auf. Da es viel zu dunkel zum Lesen war, rückte ich ein wenig unter das Fenster, welches wieder frei war und ein kleines bisschen Licht in den Kellerraum dringen ließ. Es musste gehen.

Dem Heft war ein Schreiben beigefügt.

*Sehr geehrte Frau Dr. Schewe,
es freut mich, dass unser Projekt in Ihren Händen bestens aufgehoben ist und wir in Norden bald die ersten Kinder in Obhut nehmen können.
Anbei sende ich Ihnen die Examensarbeit eines jungen Pädagogikstudenten aus Oldenburg, sein Name ist Sjard Dieken. Ich selbst habe dieses hervorragende Werk mit größtem Interesse gelesen und halte es gerade in Verbindung mit unseren Zielen für eine gute Ergänzung eines pädagogischen Konzepts.
Es wäre sehr in meinem Interesse, wenn Sie den jungen Mann kontaktieren und ihm ein gutes Angebot zur Zusammenarbeit machen könnten.
Mit freundlichen Grüßen,
Prof. Dr. Birger Isken, Hannover*

Ein Geräusch an der Tür ließ mich aufschrecken. Instinktiv hastete ich in eine Ecke im hinteren Teil des Raumes. Kein Zweifel, die Türklinke wurde gedrückt. Ich konnte sehen, wie der Anhänger des Schlüssels, der noch von innen steckte, leicht hin- und herschwankte. Jemand wollte herein. Mein Blick durch das trübe Licht zeigte mir leider kein brauchbares Versteck, nur Aktenordner in den Regalwänden, sonst nichts. Wenn dieser Jemand vor der Tür einen zweiten Schlüssel hatte, dann war ich dran. Das hatte ich jetzt davon.
Ich hörte vor der Tür ein leises Fluchen. Es war Silvia Mühring. «Wo steckt der verdammte Schlüssel?», flüsterte sie. Dann entfernten sich die Schritte, ich konnte sie eilig die Treppe hinaufhasten hören.
Mir blieb nicht viel Zeit. Hastig stellte ich die Mappen wieder an ihren Platz zurück, sie standen etwas vor und ich befürchtete, dass es Silvia Mühring sofort auffiel, wenn etwas anders war

als sonst. Doch ich musste hier raus. Es blieb mir keine Wahl. Sicher kam sie gleich mit einem Ersatzschlüssel zurück, und dann wäre ich geliefert. Meine letzte Chance.
Doch als ich bereits die geöffnete Tür in der Hand hielt, da fiel mein Blick auf einen dünnen Ordner direkt neben dem Ausgang. *B.I.-Hannover* stand darauf. Auf dem Empfehlungsschreiben für Sjard hatte doch ein Name gestanden, Birger Isken, Hannover. Aber ich musste mich beeilen. Die Tür nach oben stand offen und ich konnte schon wieder die stöckeligen Schritte von Silvia Mühring hören, also griff ich schnell die schmale Akte, schob sie unter meinen Pullover und schlich mich aus dem Zimmer. Ich hatte keine Zeit mehr, den Schlüssel innen abzuziehen. Rasch und geräuschlos zog ich die Tür zu und floh in eine dunkle Nische neben der Treppe, in der ich mich weitestgehend verbergen konnte.
Nur ein paar Zentimeter von mir entfernt kam Silvia Mühring die Treppe herab, sie hatte tatsächlich den zweiten Schlüssel in der Hand. «Verdammt nochmal», fluchte sie wieder, als es ihr nicht gelingen wollte, das Ding ins Schloss zu stecken. Wieder rüttelte sie an der Klinke und natürlich öffnete sich diesmal die Tür so leicht und selbstverständlich, dass sie fast in den Raum hineingefallen wäre. Ich konnte nicht sehen, wie sie nun im Archivraum stand, sich vielleicht nachdenklich die Stirn rieb und schließlich den anderen Schlüssel von innen stecken sah. Doch ich wusste, dass ihr diese Ungereimtheiten im Kopf herumgeistern würden, dass sie mit Dr. Schewe darüber reden würde und dass der Schlüssel in Zukunft nicht mehr in dem grauen Schlüsselkasten neben der Cheftür hängen würde. Ich hielt die Arme über meiner Beute verschränkt, spürte die Kanten des Ordners an meiner Brust, bevor ich den nächsten Augenblick für einen hektischen Treppenaufstieg nutzte.

Gesa war sauer auf den Arzt, der ihr verboten hatte, heute zu Liekedeler zu gehen, und sie hasste ihre großen Brüder, die wie die Teufel darauf achteten, dass sie sich an dieses Verbot hielt. Erst hatten sie sie in ihrem Zimmer eingesperrt, doch das Fenster führte direkt auf das Vordach der Scheune, und Gesa schob ihren Fuß heraus, kaum dass die Zimmertür verschlossen gewesen war. Hätte der blöde, dreckige Köter neben dem Hühnerstall nicht solchen Alarm geschlagen, dann wäre ihr die Flucht auch geglückt. Doch so kam ihre Schwester auf den Hof gerannt. «Was hast du, Kessi?» Und dann hatte sie dem Hundeblick folgend Gesa auf dem Scheunendach stehen sehen und Papa geholt. Gesa meinte schon, die blauen Flecken zu spüren, die ihr der Vater nun verpassen würde, doch er hatte sie nicht geschlagen. Diesmal nicht. Seit Gesa bei Liekedeler war, hatte er sie nicht mehr verprügelt. Ihrem Vater machte es nicht das Geringste aus, anderen wehzutun, doch da er wusste, dass man die blauen Flecken in der Schule entdecken würde, ließ er sie in Ruhe. Er sperrte sie lediglich im Gerätehaus ein. Ein Raum ohne Fenster, ein wenig Stroh in der Ecke, das ideale Gefängnis für eine Tochter, die abhauen wollte.

Und dabei ging es ihr heute so gut wie lange nicht mehr. Sie spürte zwar noch ein ätzendes Kneifen direkt über der Nase und ihre Gedanken schienen manchmal wie verknotet zu sein, doch es war im Vergleich zu gestern ein unglaublich schönes Gefühl, von den schlimmsten Schmerzen in Ruhe gelassen zu werden.

Gesa kauerte auf den piksenden Halmen und lauschte den Geräuschen des Bauernhofes. Sie hatte diese Laute schon lang nicht mehr hören müssen: das Fluchen des ältesten Bruders, wenn der schwere Ackergaul das Zaumzeug abschütteln wollte; das Scheppern der Milchkannen, wenn sie nach dem Auswa-

schen zum Trocknen auf den Hof gestellt wurden; das Brüllen des Vaters, der es nicht ertragen konnte, wenn jemand mit den Händen in der Hosentasche über sein Grundstück lief. Und manchmal meinte sie sogar, das Schweigen ihrer Mutter zu hören, die einfach nur funktionierte und arbeitete und noch nie in ihrem Leben zur Ruhe gekommen war.
Gesa wusste, warum man sie hier eingesperrt hatte. Es ging nicht darum, dass sich irgendjemand Sorgen um sie machte, dass sie gestern vor lauter Kopfschmerzen in der Schule zusammengebrochen war. Darum ging es hier niemandem. Es ging darum, dass sie in Ruhe gelassen werden wollten. Dass sie keine neugierigen Fragen und so beantworten wollten, wie damals, als man Gesa hier entdeckt hatte. Das vergessene Kind. Wie konnten sie nur? Das arme Ding!
Wenn also der Arzt sagte, Gesa solle für ein paar Tage im Haus bleiben, dann wurde es so gemacht, und wenn man sie dabei in einen Geräteschuppen einsperren musste. Und das am Tag des Kartoffelfeuers. Gesa hätte heulen können vor Wut. Eigentlich war sie schon zu alt für diese Art von Abenteuerspielen, es war auch nicht das Lagerfeuer, dem sie hinterhertrauerte. Es war dieses Nebeneinandersitzen, eng an eng, ein Kreis, in dem man jedem in die Augen sehen konnte. Es war schon komisch mit den anderen Kindern bei Liekedeler. Einerseits mochte sie sie nicht, spielte nur selten mit, versteckte sich vor ihnen und spionierte ihnen hinterher, weil es wichtig war, zu schauen, ob jemand besser war als sie. Andererseits waren die Kinder bei Liekedeler die einzigen, die sie hatte. Das, was «Freunden» am nächsten kam. Gerade an solchen Tagen wie dem des Kartoffelfeuers fühlte sich Gesa irgendwie dazugehörig, und vielleicht hätte sie auch das Glück gehabt, einen Platz neben Dr. Schewe zu ergattern. Gesa fand, dass der Abend vom Kartof-

felfeuer der wunderbarste Abend im ganzen Jahr war. Und sie saß im Geräteschuppen fest. Was sollte sie tun?
Alles war alt in diesem Verschlag. Das Mauerwerk zu ihrer Rechten bröselte, als wären die Fugen mit nassem Sand gefüllt. Gesa schaute sich um, griff nach einer rostigen Feile und rieb zwischen den Backsteinen. Grauer Staub rieselte auf den Boden, doch sie merkte schnell, dass es keinen Zweck haben würde, sich auf diese Art zu befreien. Die gegenüberliegende Seite war nur bis Hüfthöhe gemauert. Früher musste hier mal ein Viehstall gewesen sein, ein Verschlag für Schafe oder Heidschnucken, den man dann bis oben hin mit einer Bretterwand geschlossen hatte. Rote, krümelige Nägel saßen im faserigen Holz, Gesa setzte die Feile unter einen rostigen Stiftkopf und hebelte ihn ein Stück heraus, doch dann brach die Spitze der Feile ab und Gesa setzte sich frustriert in ihr unbequemes Bett aus gelbem Stroh.
Sie musste hier heraus. Sie wollte zu den anderen ins Liekedeler-Haus. Sie wollte Kartoffeln aus dem Feuer holen und so tun, als sei ihr die Schale zu heiß, damit Dr. Schewe sie für sie pellte. Sie wollte sich mit Robert Lindkrug über Insekten unterhalten und ihretwegen auch mit Okka Leverenz. Gesa spürte ein drückendes Gefühl unterhalb der Brust, es lag auf ihrem Bauch wie eine schwere Decke und machte ihr das Atmen schwer. Es war Heimweh. Gesa hatte schon davon gehört, sie hatte in Kinderbüchern darüber gelesen, doch sie hatte es bislang für ziemlichen Quatsch gehalten. Bis heute. Bis zu diesem Moment, wo sie in einem stinkenden Stall festsaß und nicht nach Hause konnte. Sie gehörte dorthin, dort in den Garten auf dem Hügel, sie wollte Holz sammeln und sich mit den anderen Kindern zanken, die Hosen zerreißen und die Hände verschmieren. Alles das fand heute ohne sie statt. Sie musste hier raus.

Dort hinten lag etwas. Gesa stand auf und ging in die Ecke neben der Tür. Unter der Werkbank lag ein Ding aus Metall mit einem hellblauen Schlauch, sie hatte es schon mal bei ihrem Bruder gesehen und wusste, was man damit anstellen konnte. Gesa versuchte erst, sich hinzuknien, doch die Arme waren zu kurz. Sie musste sich flach auf den Bauch legen, dann robbte sie ein paar Zentimeter nach vorn und streckte den Arm aus, so lang sie konnte. Spinnenweben und spitzer Staub krochen unter ihren Pulloverärmel, als sie über den schmutzigen Boden scheuerte, doch endlich gelangten ihre Fingerspitzen ans Ziel, sie bekam den Schlauch zu fassen und versuchte, das Ding hervorzuziehen. Es verhakte sich an einer Kante der Werkbank und Gesa überlegte kurz, mit voller Kraft daran zu ziehen, doch sie durfte es nicht beschädigen, sonst wäre es nutzlos. Also schob sie auch den zweiten Arm unter das Holz und legte ihren Kopf flach in den Schmutz, sodass die Wange die Kälte des Steinbodens spürte und sie Dreck in die Nase bekam. Doch sie musste dieses uralte Ding zu greifen bekommen. Hoffentlich funktionierte es noch.
Es war ein kleiner Gasbrenner. Es war ihre einzige Chance.

Ich hatte das Büro erreicht, ohne dass mich einer mit dem Ordner unter dem Pullover gesehen hatte. Ich setzte mich an den Schreibtisch und schlug die Mappe auf, vorsichtshalber legte ich eine andere, leere Akte um den Umschlag herum, damit ich nicht beim heimlichen Lesen entwendeter Unterlagen erwischt wurde, falls jemand mein Büro betrat.
Ein Zeitungsausschnitt lag ganz obenauf.
«Prof. Dr. Birger Isken, Vorstandsvorsitzender der ‹inPHARM AG› Hannover mit Lehrstuhl an der Medizinischen Hochschule Hannover, ein Selfmademan und eine Koryphäe auf dem Gebiet der

Neuro-Pharmazie», stand unter dem Foto, auf dem ein ungewöhnlich aussehender Mann abgebildet war.
Ein gerades, fast rechteckig wirkendes Gesicht mit der unbeholfenen Frisur eines Wissenschaftlers, große, extrem aus den Höhlen tretende Augen und hochgezogene Mundwinkel, denen man nicht ansehen konnte, ob sie nun ein unterdrücktes oder ein gequältes Lachen hervorbringen sollten.
Eine böse Ahnung beschlich mich: Was hatte ein begabter Neurologe mit unseren Kindern, mit Liekedeler zu tun?
Ich wollte weiterblättern, doch das Telefon klingelte.
«Hier ist Henks Mutter, Malin Andreesen.»
«Frau Andreesen?» Ich wurde ein wenig wütend, erst hatte ich tagelang auf ihren Anruf gewartet, dann meldete sie sich ausgerechnet jetzt, wo ich mal ein paar Minuten in geheimen Akten herumschnüffeln wollte. «Wo stecken Sie denn? Ich habe mir ehrlich gesagt ein wenig Sorgen gemacht, weil Sie sich nach unserem letzten, etwas unerfreulichen Gespräch überhaupt nicht mehr ...»
«Aber ich habe Ihnen doch im Brief geschrieben, dass Henk und ich nach Juist gefahren sind.»
«Aha?», stutzte ich.
«Ich hoffe, Sie nehmen meine Entschuldigung an, dass ich vor einer Woche so ... so überspitzt reagiert habe?»
Auf meinem Schreibtisch lag kein Schreiben, in dem sie das Fehlen ihres Sohnes erklärte und, was noch viel wichtiger war, ihre Anschuldigungen, die so unrecht ja gar nicht gewesen waren, entschuldigte. Doch ich behielt diese Tatsache für mich, denn ihre Stimme am Telefon klang freundlich und aufgeschlossen. Sie schien wieder Vertrauen gefasst zu haben, warum sollte ich sie erschrecken, wenn ich behauptete, der Brief habe mich nie erreicht?

Und auch als sie mich fragte, was die gerichtsmedizinische Untersuchung der toten Jolanda Pietrowska ergeben hatte, log ich ein wenig, um ihren Argwohn nicht erneut zu schüren. Nun, vielleicht war es auch keine Lüge, nur ein Verheimlichen der vagen Ungereimtheiten, die Ben mir in den Kopf gesetzt hatte.
«Ein bedauerlicher Unfall, es hätte jedem passieren können. Ihr Henk trägt keine Schuld daran, bitte richten Sie ihm das aus.»
Ich hatte noch nicht ganz ausgesprochen, da stand Veronika Schewe in der Tür, sie hatte nicht angeklopft, zumindest nicht laut genug, als dass ich es hätte hören können. Herein hatte ich auf keinen Fall gesagt. Mir wurde eiskalt vor Schreck, ich hatte keine Zeit, den Ordner auf meinem Schreibtisch unauffällig zusammenzuklappen, also schob ich schnell ein leeres Blatt darüber und notierte mir Details aus dem Telefonat mit Malin Andreesen.
«Es geht ihm immer noch nicht so gut? Ach ja?» Ich kritzelte drauflos, Dr. Schewe legte den Kopf schräg, um mitlesen zu können.
Trifft sich nicht mit Freunden. Bleibt apathisch zu Hause im Garten. Isst kaum etwas. Klagt über Kopfschmerzen. Punkt.
«Schöne Grüße an Henk, er fehlt uns sehr», flötete ich zur Verabschiedung in den Hörer, dann legte ich auf und schaute Dr. Veronika Schewe direkt ins Gesicht. Es passte mir gar nicht, dass sie einfach so in mein Zimmer kam. Doch da ich mich heute selbst nicht immer ganz an die Regeln gehalten hatte, schluckte ich meinen Ärger unbemerkt hinunter.
«Das war Frau Andreesen, sie ist zurzeit mit Henk auf Juist und sie behauptet, sein Fehlen bereits bei uns entschuldigt zu haben. Also, ich weiß nichts davon», sagte ich beiläufig. Sie wich meinem Blick aus und ich nutzte diesen kurzen Moment, um die verräterische Mappe zuzuklappen und zur Seite zu legen.

«Also, bei mir ist kein Brief eingegangen», sagte sie schließlich so gekonnt beiläufig, dass ich sofort aufhorchte und mir bewusst wurde, ihr nichts von einem Brief erzählt zu haben. Malin Andreesen hätte ihren Sohn telefonisch, per Fax oder sonst wie entschuldigen können. Ein Brief war genau genommen sogar sehr umständlich und ungewöhnlich für diesen Zweck. Wenn mich nicht alles täuschte, dann hatte Dr. Schewe sich soeben verraten, und ich konnte mir keinen Reim darauf machen, warum sie meine Post unterschlug. Doch meinen Verdacht sollte ich wohl besser erst einmal für mich behalten.
Sie beugte sich über meinen Schreibtisch und stützte sich mit den Händen ab. «Frau Leverenz, wir bekommen ständig Anrufe, in denen sich alle möglichen Leute nach dem Tod von Jolanda Pietrowska erkundigen. Können Sie vielleicht eine Presseerklärung formulieren, aus der hervorgeht, dass es, wie haben Sie es eben am Telefon ausgedrückt, ein bedauerlicher Unfall war, der jedem passieren könnte und an dem niemand eine Schuld trägt?»
Sie nickte kurz und richtete sich wieder auf. Mit der Hand stieß sie gegen die Mappe, die ich eben so schnell und hastig viel zu dicht an den Tischrand gelegt hatte. Der dünne Ordner fiel zu Boden und blieb geöffnet liegen. Mein Herz klopfte bis in meine Kehle und ich konnte vor Schreck keine Luft holen.
«Oh, entschuldigen Sie», sagte Dr. Schewe und wollte sich gerade bücken, um die Papiere aufzuheben. Ich musste es verhindern! Wenn Sie die Blätter so liegen sah, dann wusste sie gleich, dass ich herumgeschnüffelt hatte, und dann war ich geliefert. Zum Glück war mein Verstand noch schneller als ihre Bewegungen und ich schmiss einen Satz in den Raum, der sie augenblicklich erstarren ließ. «Ich habe aber gehört, dass es sich eben nicht eindeutig um einen Unfall gehandelt hat!»

«Sie haben WAS gehört?»
Sie drehte sich hastig zu mir um und ihre Augen waren für einen kurzen Moment kalt und feindselig. Ich wich ihrem Blick nicht aus, während ich mit den Füßen nach dem heruntergefallenen Ordner tastete. «Ich habe gerüchteweise gehört, dass es bei der Autopsie von Jolanda Pietrowskas Leiche zu zwei verschiedenen Ergebnissen gekommen ist.» Es gelang mir, die Mappe unter den Schreibtisch zu ziehen.
«Unsinn», sagte sie scharf. «Das Mädchen ist gestürzt und an ihren Schädelverletzungen verstorben. Sie haben den Bericht doch gesehen, er liegt uns schwarz auf weiß vor, schließlich muss unsere Versicherung den Fall übernehmen.»
Ich versuchte, ruhig und gelassen zu wirken, als ich mich bückte, die Akte zuschlug und unter meinem Tisch hervorzog. «Ich würde den Bericht gern noch einmal sehen. Dann kann ich ihn für die Presse genau zitieren.»
«Dann kommen Sie mit», sagte sie bestimmt und ich folgte ihr über den Flur bis in das Büro, in dem ich sie bei meinem Bewerbungsgespräch kennen gelernt hatte. Sie lief zielstrebig auf eine Wand zu, öffnete mehrere Aktenschränke, und mir war es so, als spiele sie nur die langwierige Suche nach dem gewünschten Papier. Etwas in mir sagte, dass sie nur zu genau wusste, welche Akte sie zur Hand nehmen musste.
«In diesem Fall gehen Sie für meinen Geschmack ein wenig zu weit, Frau Leverenz. Kümmern Sie sich lieber um Henk Andreesen», sagte sie, ohne ihren Blick von der sinnlosen Sucherei im Schrank abzuwenden.
«Meiner Ansicht nach haben Gerüchte wie dieses hier sehr viel mit meiner Aufgabe als Öffentlichkeitsmanagerin zu tun.» Ich sprach mit fester Stimme und setzte mich unaufgefordert in den Sessel vor ihrem Schreibtisch.

Die Worte blieben im Raum stehen, Dr. Schewe seufzte nur angespannt und leicht theatralisch, schließlich zog sie ein Blatt hervor und warf es mir lapidar in den Schoß.

«Da ist das Gutachten. Medizinische Hochschule Hannover, eine der besten norddeutschen Adressen für solche Fälle. Ich weiß nicht, was es hier zu beanstanden gäbe.» Sie nahm mir gegenüber Platz, faltete die Hände auf der Schreibtischplatte und sah mich unverwandt an.

«Wer hat Ihnen erzählt, dass es Probleme mit der Todesursache gibt?»

Ich zuckte die Schultern. «Ich habe es gerüchteweise gehört, nichts wirklich Seriöses. Ich dachte nur, ich sollte Sie direkt darauf ansprechen ...»

«Ja, das finde ich auch ... vollkommen in Ordnung. Es ist leider so: Wir haben Neider und Widersacher hier in der Provinz. Ich dachte, Sie wüssten das.»

«Sjard hat mir davon erzählt», sagte ich und beobachtete die kleinen, skeptischen Falten, die auf ihrer Stirn auftauchten.

«Wenn es nach der blühenden Phantasie einiger Ostfriesen geht, dann sind wir eine Sekte, betreiben Kinderhandel. Sie können sich gar nicht vorstellen, welche schlimmen Dinge uns noch alle angedichtet werden. Ich bin mir sicher, dieser Fall geht auf ein ähnliches Konto. Manche Leute wollen eben nicht, dass sich etwas verändert.» Sie seufzte. «Sie haben ja Recht, das Ausmerzen dieses dummen Geschwätzes gehört zu Ihren Aufgaben. Und ehrlich gesagt: Ich beneide Sie nicht darum!»

Ich zuckte die Schultern und schwieg. Mein Instinkt sagte mir, dass ich mich besser ein wenig zurückhalten sollte. Lieber keine Fragen mehr stellen, wer weiß, ob Silvia Mühring ihr nicht schon von dem Vorfall mit dem verschwundenen Schlüssel erzählt und sie somit in erhöhte Alarmbereitschaft versetzt hatte.

Ich schaute mir das medizinische Gutachten an. In dem Moment, wo ich die Unterschrift entziffert hatte, war mir klar, dass ich auf der Hut sein musste. Es gab ein gefährliches Spiel zwischen Dr. Veronika Schewe und mir: Ich täuschte sie und sie täuschte mich. Ich hatte keine Ahnung, nach welchen Regeln hier gespielt wurde und ob meine Gegenspielerin nicht schon längst den ersten Zug gemacht hatte.

Unter dem Schreiben, welches den Tod Jolanda Pietrowskas als Folge eines bei einem Spielunfall erlittenen Schädel-Hirn-Traumas auswies, stand ein Name, den ich bereits kannte: *Prof. Birger Isken, Hannover.*

Gesa kannte sich aus mit Feuer. Gefürchtet hatte sie es nie, beherrschen konnte sie es, seit sie bei Liekedeler im Chemieraum eigenständig Versuche machen durften. Dieser alte Gasbrenner war vielleicht irgendwann einmal zum Erwärmen von altem Lack oder sonst etwas benutzt worden, nun hatten die Jahre den Schlauch angenagt und das wenige Gas, was noch im faustgroßen Metallbehälter verblieben war, reichte kaum, um damit ein genügend großes Loch in die Holzwand zu brennen. Sie musste deshalb präzise arbeiten. Gesa wusste, dass es kein Kinderspiel war, wenn man in einer Scheune mit Feuer hantierte, aber sie musste hier heraus.

Gesa öffnete den Gashahn und drehte am Feuerstein, eine dünne, schlaffe Flamme flackerte aus dem Metallstab, Gesa ließ mehr Gas hinausströmen und erreichte endlich, dass ein harter, dichter Feuerstrahl herausschoss.

Der Gestank von verbranntem Holz stach in ihrer Nase, als sie die ersten Zentimeter der Wand versengt hatte. Es ging besser, als sie befürchtet hatte, der Kreis, den sie herausschneiden wollte, war nach wenigen Minuten halb fertig. Doch dann began-

nen die schneidenden Flammen abzustumpfen, das Gas ging zur Neige und Gesa fluchte, als die nächsten Zentimeter genauso lang dauerten wie das Stück zuvor. Es war mühsam. Die Schritte ihres Vaters, sie erkannte sie unter allen Schritten der Welt wieder, und diese Schritte liefen im Moment draußen direkt an ihr vorbei. Sie stellte den Brenner aus und legte ihn zur Seite. Es war besser, wenn sie eine kleine Pause einlegte. Vater hatte eine gute Nase, besonders wenn es Brandgeruch war. Doch er ging vorbei. Gott sei Dank.
Mist, das Gas war fast leer. Gesa schaffte es noch, drei, vielleicht vier Zentimeter in die Wand zu brennen, dann kam nichts mehr aus dem Feuerwerfer heraus. Kein Zischeln und erst recht keine Flamme. Wütend schob sie das Teil mit den Füßen von sich. Vielleicht ging es auch so, der Kreis war schon zu drei viertel ausgebrannt, sie fand die abgebrochene Feile und grub das poröse Metall tief in die Narbe, die das Feuer auf den Brettern hinterlassen hatte. Sie stieß durch die Wand, als sei diese aus Papier.
«Ja!», entfuhr es ihr und sie machte weiter, es funktionierte wunderbar, Stück für Stück schob sie die Feile durch die Wand, bis sie die schwarze Feuerlinie ganz ausgehöhlt hatte. Nun musste sie das letzte Stück ausbrechen, dann wäre das Loch groß genug, dass sie sich hindurchdrängen und in die offene Scheune gelangen konnte. Das erste Stück Brett gab kampflos auf und zersplitterte beim zweiten Versuch, die andere Ecke war hartnäckiger. Gesa musste viel Kraft aufwenden, und es fiel ihr schwer, dies zu tun, denn der Qualm im Raum hatte sich auf ihrer Lunge abgelegt und zwang sie zu einem erstickten Husten. Sie stemmte sich mit der einen Seite gegen das Hindernis. Ihre Augen tränten, weil der Rauch in die Netzhaut zu beißen schien. Warum machte ihr die verbrannte Luft auf einmal

so viel Schwierigkeiten? Sie hatte doch bis eben noch ohne Probleme ...

Scheiße, der bekloppte Gasbrenner war wohl doch noch nicht ganz leer gewesen, vielleicht hatte seine Metallspitze auch noch geglüht. Gesa hatte keine Ahnung, wie es passiert war, aber als sie sich umschaute, krümmten sich Dutzende von Strohhalmen in einer heimlichen Glut. Und dann wagten sich an zwei Stellen gleichzeitig die ersten Flammen in die Höhe. Es brannte. Was sollte sie tun? Sie sprang auf und erwischte an einem Ende des Brandherdes eine kleine Flamme, die sie mit ihren Turnschuhen zertreten wollte, doch dem Feuer schien diese Art von Kampf nicht zu gefallen, denn es griff auf der anderen Seite umso wilder um sich.

Gesa hielt sich den Mund zu, weil sie Angst davor hatte zu schreien. Sie musste verschwinden. Ihre einzige Chance bestand darin, dieses verfluchte Loch zu vergrößern. Wieder stemmte sie ihre Seite dagegen, sodass sich die Balken ein wenig neigten, doch es war sinnlos. Langsam füllte eine erstickende Hitze den Raum und aus den einzelnen Flammen war ein großes, mächtiges Feuer geworden. Gesa nahm die Feile und schlug wie eine Wahnsinnige auf die Bretter ein. Ein winziges Stück brach heraus. Sie stemmte ihren ganzen Körper gegen das Hindernis und schob mit aller Kraft. Wieder ein Stück, dieses Mal ein größeres. Der Schweiß tropfte ihr in die Augen, doch sie wischte ihn nicht fort, sondern nutzte ihre Hände lieber dafür, die restlichen Stücke mit aller Gewalt aus der Wand zu reißen.

«Papa, Feuer! Papa!!» Gesa erkannte trotz der Panik die Schreie ihrer Schwester. «Papa, die Gesa ist da drin, komm schnell!»

Endlich rissen sich die letzten Fasern vom Rest der Wand los und gaben ein Loch frei, das wirklich winzig war. Doch Gesa war mager, sie drückte den Oberkörper schnell hindurch und

die Splitter des Holzes kratzten ihren Leib blutig. Nun hing sie mit den Armen in der Luft und die Beine waren noch im Raum. Die Hitze an den Sohlen brannte bereits so schmerzhaft, dass sich Gesa auf die Lippen biss, um sich nicht zu verraten. Sie musste sich fallen lassen, einen Meter stürzte sie in die Tiefe, die Arme schützend ausgestreckt, die Beine ratschten schutzlos über die scharfen, ausgerissenen Kanten im Holz. Doch dann war sie frei. Jeder Knochen tat weh und die Risse in der Haut schmerzten fürchterlich. Sie hörte das Feuer im anderen Raum, es knackte und stöhnte schon, aber sie war in Sicherheit.
«Was ist los?», schrie ihr Vater nur ein paar Meter entfernt.
«Papa, die Gesa ist da noch drin, mach endlich die Tür auf, du hast den Schlüssel!»
Er konnte sie nicht sehen, doch sie sah ihn und erkannte in seinem Gesicht alle Gefühle: Wut, Ungläubigkeit, Panik. «Jungs, holt den Schlauch», brüllte er. «Wehe, wenn meine Bude abgefackelt wird! Wehe dir, Gesa Boomgarden, wenn du meinen Hof zerstörst.»
Gesa schob sich an der Scheunenwand entlang bis zu einer kleinen Luke, aus der man eigentlich die Schweine auf das Feld hinaustrieb.
«Dann bringe ich dich um!», schrie der Vater, als Gesa sich in die Freiheit hinter der Scheune schob.
«Hörst du, ich bringe dich um!», schrie der Vater.
Doch da wurde Gesa bereits von den mannshohen Gräsern des Maisfeldes verschluckt. Sie rannte, rannte, rannte.

Der Schein des Feuers flackerte warm auf unseren Gesichtern. Die Kinder saßen etwas abseits auf den aufgebauten Bierzeltbänken und aßen mit großem Appetit. Ihnen waren die Flammen zu warm geworden, immerhin strahlte die orange Abendsonne zusätzlich auf uns hinab und wir waren beinahe genauso gar wie unsere Kartoffeln.

Nur wir Erwachsenen saßen immer noch im Kreis und die anderen unterhielten sich, ich weiß nicht, worüber, ich hörte nicht hin. Ich schaute nur hin und wieder zu Sjard hinüber, wie er lachte, das Bier aus der Flasche trank und die rußigen Hände an der hellen Hose abwischte.

Mir kam das Telefonat mit Ben in den Sinn. Ich hatte ihm von meinem Fund im Archivkeller erzählt und von Dr. Schewes panischer Reaktion auf meine vermeintlichen Gerüchte. Er hatte nicht viel dazu gesagt, nur hin und wieder gebrummt, bis ich den Namen «inPharm AG» ausgesprochen hatte.

«Bist du sicher? ‹inPharm AG›?», hatte er nachgehakt.

«Ja», hatte ich versichert und auch gleich den Namen von Professor Birger Isken ins Spiel gebracht. «Weißt du etwas über diese Firma?»

«Und ob», hatte er geantwortet. «Sie haben vor einigen Jahren ein Medikament auf den Markt gebracht, mit dem konzentrationsschwache Kinder ruhig gestellt werden konnten. Damit es mit dem Lernen besser klappt. Das Präparat wirkt auf das Nervenzentrum der Kinder und funktioniert ähnlich wie Kokain.»

«Dieses Produkt war sicher ein Flop! Wer gibt so etwas seinem eigenen Kind?», hatte ich ergänzen wollen.

«Ein Flop für ‹inPharm›, ja, aber nur, weil ein amerikanischer Pharmakonzern ihnen einige Monate zuvorgekommen war. Sie brachten ein anderes Medikament auf den Markt und haben durch ihren zeitlichen Vorsprung natürlich die Forschungen von ‹inPharm› nutzlos gemacht. Das Medikament ist ein Renner, du hast doch sicher schon in der Zeitung darüber gelesen. Die Eltern laufen den Kinderärzten die Türen ein, um das Mittel verschrieben zu bekommen.»

Ich hatte nicht glauben können, dass es so viele Eltern gab, die ihr Kind derart manipulierten, dass sie von Zappelphilippen zu Musterknaben oder Mustermädchen mutierten. Doch ich wusste, dass Ben mir keine Märchen auftischte, und wenn «in-Pharm» auf solchen Ebenen experimentierte, dann würde das Ganze hier mehr als nur ein Spiel sein, so wie ich es vorhin noch gedacht hatte. Es war gnadenloser Ernst, bei dem viel Geld auf dem Spiel stand.

Heute war Freitag. Ein Freitagabend im Sommer inmitten von gut gelaunten Menschen in einem wunderbaren Garten. Ich hatte ein Glas kühlen Weißwein in der Hand und wünschte wirklich, ich müsste nicht all diesen Gedanken nachhängen: Liekedeler spielte falsch, manipulierte die ärztlichen Gutachten ihrer Schützlinge, hatte Kontakte zu einflussreichen Wissenschaftlern, die sich mit Gehirnforschung beschäftigten. Doch so sah es aus. Daran gab es keinen Zweifel. Und wenn ich noch so sehr wollte, es ließ sich nicht beschönigen, dass in dieser kleinen, heilen Welt rund um das Kartoffelfeuer etwas ganz und gar nicht stimmte.

Silvia Mühring konnte wunderbar Gitarre spielen. Schon als sie die ersten Akkorde zupfte, summten einige mit.

Sjard holte gerade eine neue Flasche Bier und steuerte direkt auf mich zu. Ich rückte auf der schmalen Klappbank ein wenig zur Seite, um ihm Platz zu machen, doch dann zupfte Veronika Schewe an seinem Hemd und zog ihn zu sich hinüber. Sie trug heute Abend Jeans und ein graues Baumwollshirt. Es stand ihr gut, sie wirkte Jahre jünger. Doch mir war aufgefallen, dass sie mich mied. Aus kleinen, feinen Details konnte ich mir zusammenreimen, dass sie unser Gespräch vom Nachmittag noch nicht verdaut hatte. Das hatte *ich* auch nicht, doch ich gab mir alle Mühe, mir nichts anmerken zu lassen, und überspielte meine Befangenheit mit freundlichen, unverbindlichen Sätzen, die ich wie Pfeffer und Salz in die Runde streute.

Kurz blickte ich zu Sjard hinüber, er nickte ernsthaft und schien sich voll auf das Gespräch mit Veronika Schewe einzulassen. Der Blick tat mir weh. Wäre ich doch nie ins Archiv geschlichen. Ich hätte nie erfahren, dass Sjard Dieken der Günstling eines geschäftstüchtigen Pharmakonzernleiters war. Er hatte heute Abend mit den Kindern kleine Kartoffelfiguren geschnitzt und sich als wunderbarer Lagerfeuergeschichten-Erzähler entpuppt. Bei jedem Lachen der Kinder hatte ich mitgemacht, hatte mich bereit erklärt, eine ganze Kartoffel in den Mund zu schieben und Sjards Sätze nachzusprechen. Unsere Blicke waren sich heute Abend schon oft begegnet und wir hatten länger geschaut, als es nötig gewesen wäre. Ich wollte nicht glauben, dass Sjard ein anderer Mensch war als der, für den ich ihn gehalten hatte. Wir waren uns so ähnlich, wir liebten die Kinder, wir wollten sie alle zum Lachen bringen.

Ich stand auf, schenkte mir an der Verandatreppe mehr Wein ein, und weil ich keine große Lust verspürte, zum Feuer zurückzukehren, blieb ich einfach stehen und betrachtete das Spiegelbild der Flammen in den Fensterscheiben.

Ein dumpfer Knall erreichte mein Ohr und ich zuckte zusammen. Ein Blick über die Schultern verriet mir, dass lediglich eine wackelige Bank umgefallen war, als zwei Kinder gleichzeitig aufstehen wollten. Doch das Geräusch erinnerte mich an den bösen, brutalen Angriff, den ich heute durch die Milchglasscheibe im Keller mitbekommen hatte. Jetzt lachten die Kinder glockenhell und lustig über die Freunde, die mit der Bank ins Gras gefallen waren.

Mich fröstelte, obwohl es eigentlich noch viel zu warm dazu war. Zwei Hände legten sich von hinten auf meine Schultern.

Ich brauchte mich nicht umzuschauen, ich wusste: Es war Sjard.
«Warum sitzen Sie nicht bei uns?», fragte er.
«Ach, ich bin müde. Zu viel Wein ...», log ich. Ich drehte mich um und schaute ihn an. Es fiel mir nicht schwer, seinem Blick standzuhalten.
«Wir sollten reden», sagte er.
«Ja», erwiderte ich schwach, kaum hörbar.
«Kommen Sie?» Er lud mich mit einer Geste in Richtung Auffahrt ein und ich folgte.
Ich hörte ein kurzes, albernes Pfeifen und Johlen aus der Ecke der Kinder, natürlich fanden sie es spannend, dass zwei Erwachsene, die eigentlich nichts miteinander hatten, gemeinsam in die Nacht hinausliefen.
Ich hätte mich umdrehen und ihnen fröhlich zuwinken können, doch ich tat es nicht. Ich hatte keine große Lust, Veronika Schewes Blick zu begegnen. Ich ahnte, dass er nicht besonders freundlich ausfallen würde.
Wir gingen auf dem Kies ein paar knirschende Schritte weiter und traten aus dem Lichtkegel des Kartoffelfeuers heraus.
Er blieb stehen, als wir sicher sein konnten, dass uns keiner beobachten konnte. «Veronika, also Dr. Schewe, war außer sich, sie sagte, Sie hätten in ihrem Büro merkwürdige Fragen gestellt und unglaubliche Thesen in den Raum geworfen.»
Ich spürte, wie saure Wut in mir aufstieg. «Und nun hat sie ihren Stellvertreter dazu aufgefordert, mir die Leviten zu lesen?»
Er stand mit der Flasche Bier in der Hand vor mir, blickte zu Boden und ich merkte, dass er sich alles andere als wohl in seiner Rolle fühlte.
«Hören Sie zu, es gab Ärger mit dem Stiftungsgeber. Er will sozusagen expandieren, will die Idee von Liekedeler bundesweit,

vielleicht sogar in ganz Europa verbreiten. Das Geld zur Erfüllung seiner Pläne ist da, doch er stellt hohe Ansprüche und sieht es gern, wenn jeder nach seinen Vorstellungen tanzt.»
«Aha», sagte ich nur trocken. «Und wenn ich nun mal nicht gerne tanze?»
«Ich glaube nicht, dass es irgendjemandem nutzt, wenn Sie auf Biegen und Brechen Dingen auf den Grund gehen wollen, die es gar nicht gibt.» Er schaute mich an, es war wieder dieser Blick, der länger anhielt, als er müsste. Und der ehrlich war und ein Gefühl der Nähe in mir weckte, sogar Vertrauen.
«Warum soll vertuscht werden, dass Jolanda Pietrowska ein chronisches Leiden hatte, welches zu ihrem Tod führte? Warum zieht man einen Unfall vor? Welches Interesse hat dieser Professor, seine Unterschrift auf eine unwahre Urkunde zu setzen?»
Sjard Dieken starrte mich an. «Woher wissen Sie vom Professor?»
«Spielt es eine Rolle? Kann es denn nicht sein, dass ich schlau genug bin, eins und eins zusammenzuzählen?» Ich wich ein wenig vor ihm zurück. «Erklären Sie mir die Zusammenhänge zwischen Liekedeler und einem Wissenschaftler, der als Gehirnforscher und Leiter eines Pharmakonzerns Interesse am Wohlergehen mittelloser, durchschnittlicher Kinder hat. Erklären Sie es mir! Und wenn ich es verstanden habe, dann will ich lieb und brav sein und mir Ihre von Dr. Schewe vorgegebenen Gardinenpredigten anhören! Versprochen.»
«Ich kann es nicht», sagte Sjard zerknirscht wie ein Schuljunge, der seine Vokabeln nicht gelernt hatte.
«Weshalb sind Sie der besondere Schützling von Professor Birger Isken? Was steckt dahinter?»
«Okka Leverenz, ich bin ein brauchbarer Pädagoge und meine

Examensarbeit hat den Professor ... nun ja ... beeindruckt. Da gibt es keine Ungereimtheiten, so etwas kommt häufiger vor.»
Doch ich hatte Lust, mich zu streiten und Sjard Dieken zu provozieren. Ich wusste, es lag daran, dass sich ein schmerzhafter Zweifel zwischen ihn und mich geschoben hatte, der sich nicht so einfach wieder ausräumen ließ, wie es Sjard wohl recht gewesen wäre. Es tat weh, denn ausgerechnet er war der Mann, bei dem ich zum ersten Mal das Gefühl hatte, dass an dieser viel zitierten Sache mit der Liebe auf den ersten Blick etwas dran war.
«Warum sind die Kinder hier so merkwürdig?», fragte ich ihn eindringlich.
Er schien mir nicht antworten zu wollen, schüttelte nur den Kopf, also redete ich weiter auf ihn ein: «Auf den ersten Blick sind sie alle süß und freundlich und wie eine große Familie. Doch manchmal, wenn sie sich unbeobachtet fühlen, dann sind sie grausam und rücksichtslos. Denken Sie an die Vorfälle, die ich Ihnen über Gesa Boomgarden erzählt habe. So etwas ist doch nicht normal! Dass man ein schwächeres Kind aus dem Fenster stürzen will, weil man meint, es könnte mehr geliebt und beachtet werden ...»
«Gesa Boomgarden ist eine Ausnahme, Sie kennen ihr Schicksal», unterbrach er mich.
«Ich habe noch einen ähnlichen Fall beobachtet. Erzählen Sie mir nicht, es sei eine Ausnahme. Die Kinder hier sind anders, sie sind begabt und intelligent und irgendwie aggressiv!»
Sjard stürzte sein Bier in einem Zug hinunter. Er war sichtlich nervös. Dann griff er mein Handgelenk und hielt es so fest, dass ich meinen Puls fühlen konnte. «Meinen Sie, sie sind mir egal, die Kinder? Henk Andreesen, Gesa Boomgarden, Dirk van Looden und die anderen? Sie sind mir wichtiger als Stiftungs-

gelder und Studienziele und die Anerkennung im Kollegenkreis. Und weil sie mir so verdammt wichtig sind, muss ich Sie davon abbringen, dass Sie mit blindem Eifer alles zerstören.»
«Und wenn die Sache nun andersherum läuft? Jolanda stirbt an Blutungen im Gehirn, Gesa sackt im Büro zusammen, angeblich weil der Kreislauf zusammengebrochen ist, und Malin Andreesen flüchtet mit Henk nach Juist, weil der Junge es vor Schmerzen nicht mehr bei uns aushalten kann. Ist das ein Zufall? Das warme Wetter oder was?» Ich stockte kurz, denn obwohl ich diese einzelnen Fälle sehr wohl registriert hatte, hatte ich sie bislang nie in einen Zusammenhang gebracht und zu einer Verdächtigung werden lassen. Ich erkannte, dass zu viel Wahres, zu viel Einleuchtendes dahinter stand, als dass ich die konsequente Schlussfolgerung daraus hätte verschweigen können. «Was ist, wenn Liekedeler die Kinder zerstört?»
Er starrte mich an, die Hand lag noch immer fest um meinen Unterarm, aber er schwieg.
«Sie wissen etwas, stimmt's?», fragte ich leise und hörte selbst die Enttäuschung, die Ernüchterung in meinen Worten. «Sie wissen etwas über diesen Pharmakonzern, über diese auffälligen Symptome, ist es nicht so?» Er brauchte auch gar nichts mehr zu sagen, ich wusste die Wahrheit schon deshalb, weil er schwieg, weil er eigentümlich blass war.
«Sjard, bitte!», brachte ich trotzdem noch hervor. «Versprechen Sie mir, dass Sie etwas dagegen unternehmen, was immer es auch ist.»
Er schaute mich nicht mehr an, blickte stattdessen in Richtung Kartoffelfeuer und hielt die Luft an. Meine Brust schnürte sich zusammen, als ich ihn beobachtete. «Ich muss verrückt sein, dass ich ausgerechnet Ihnen diese Dinge erzähle», flüsterte ich. Endlich löste er seinen Griff, doch er zog die Hand nicht fort,

sondern fand beinahe zärtlich meine Finger. «Sie sind alles andere als verrückt, Okka Leverenz!»
«Man könnte es aber fast glauben», sagte ich leise und schloss die Augen, um seinem fragenden Blick zu entkommen. «Wenn ich Recht habe und hier etwas vollkommen verkehrt läuft, dann ist es ziemlich naiv zu glauben, dass Sie nicht daran beteiligt sind.»
Als ich die Augen wieder öffnete, schaute er mich immer noch an, traurig. «Okka, Sie wissen ganz genau, dass Sie nicht naiv sind. Und Sie wissen auch, dass Sie mich nicht so ansehen sollten. Ich dachte, ich hätte Ihnen schon verständlich gemacht, dass mir etwas an Ihnen liegt.»
Die E-Mail, dachte ich sofort. Ich hatte es gehofft, heimlich und stürmisch zugleich, dass die liebevollen Zeilen auf meinem Bildschirm von ihm abgesendet wurden. *Seit du da bist, lacht das Leben in unserem Haus. Vielleicht schaffe ich es, dir diese Worte auch einmal ins Gesicht zu sagen. Morgen vielleicht oder übermorgen? Warte ab!*
«Es ist noch nicht der richtige Zeitpunkt», sagte ich und zog meine Hand aus der seinen.
«Ach, Okka», seufzte er und es klang so vertraut, wie er meinen Vornamen aussprach, dass er mich duzte. «Ich verspreche dir, dass ich herausfinden werde, was immer es deiner Ansicht nach herauszufinden gibt. Mehr kann ich dir nicht anbieten, so gern ich es auch täte.»
Es war nicht viel, was er mir da versprach. Im Grunde genommen war es nichts. Mein Kopf schwirrte vor lauter widersprüchlichen Gefühlen, vor Misstrauen und Zuneigung. Es war eindeutig besser, wenn ich nun nach oben ging. Doch als ich die Stufen zur Eingangstür hinaufging und schon fast die Klinke in der Hand hielt, da zögerte ich noch einen kurzen Moment,

drehte mich zu ihm um, weil ich hoffte, dass er mir mit ein paar klärenden Worten aus meinem Desaster helfen konnte.
Doch was er sagte, machte nichts besser, im Gegenteil. Er zuckte wunderbar jungenhaft mit den Schultern, und nachdem er sich geräuspert hatte, lächelte er mich an. «Mal ganz abgesehen von diesem Haufen Probleme, die wir hier haben: Würdest du morgen mit mir segeln gehen?»
In diesem Moment setzte mein klarer Verstand ganz aus und ich sagte, jede Vorsicht fahren lassend: «Ja, gerne würde ich das tun, Sjard Dieken.»

Es war kein wirklich schlimmer Brand. Gesa hatte es aus sicherer Entfernung beobachtet. Gut, sie hatten die Feuerwehr holen müssen und die Hälfte des Schuppens war in sich zusammengestürzt, doch es hätte schlimmer kommen können. Es hätte Gesa nicht gestört, wenn der ganze verdammte Hof abgebrannt wäre, dann hätte sie vielleicht ganz bei Liekedeler bleiben können.
Gesa war froh, dass niemand sich verletzt hatte, auch wenn sie nichts dagegen gehabt hätte, wenn sich ihr Vater ein wenig verbrannt hätte. Es war besser, dass alle gesund waren. Sie würden ziemlich hart schuften müssen, um die Scheune wieder aufzubauen. Ihr Vater würde die verkohlten Steine wieder benutzen und die Brüder mussten sicher billiges Holz vom Baumarkt anschleppen. Mutter und die Mädels hätten in dieser Zeit die restliche Arbeit allein zu bewältigen, und es war viel. Es war eine endlose Schleife aus immer wiederkehrenden, mühseligen Handgriffen.
Gesa würde nie wieder zurückkommen. Denn wenn sie das täte, so würden sie sie nicht mehr gehen lassen, weil sie dort gebraucht wurde.

Doch es war nicht schlimm und sie musste nicht weinen. Sie hatte ein wunderbares Versteck in der Nähe von Liekedeler und dort würde ihr mit Sicherheit einfallen, wie es weitergehen konnte.

Sie wandte sich ab und ging ein paar Schritte. Eigentlich war es schön. Vielleicht war das Kartoffelfeuer noch an und sie konnte alle von ihrem Versteck aus beobachten. Das war fast so gut, als wäre sie wirklich dabei.

Nur sechs Kilometer zu Fuß. Wenn sie sich beeilte und querfeldein lief, dann könnte sie es schaffen.

Gesa konnte nicht gut pfeifen, doch sie spitzte den Mund und blies die Luft heraus, ab und zu entstand auch ein leiser Ton, als sie sich auf den Weg nach Hause machte.

Eigentlich war Veronika Schewe immer eine der Ersten gewesen, die am Abend des Kartoffelfeuers auf Wiedersehen sagte. Doch heute blieb sie, bis die letzte Glut inmitten eines weißgrauen Aschehaufens bei einem leichten Luftzug nur noch mühselig errötete. An manchen Tagen schleicht sich einfach keine Müdigkeit ein, weil sie von tausend Besorgnis erregenden Gedanken vertrieben wird. Für Veronika Schewe war heute so ein Tag.

Sie befürchtete, dass die Personen, um die sich diese Gedanken drehten, zufrieden schlafend in ihren Betten lagen. Okka Leverenz und Sjard Dieken mussten eigentlich gerechterweise von Albträumen gepeinigt werden.

Sjard Dieken dachte wahrscheinlich, dass er seinen Job gut erledigt hatte, nachdem sie ihn mehrfach darum gebeten hatte, mit Okka Leverenz im Gespräch zu bleiben. Er hatte es immer brav erledigt und ihr anschließend im Detail von den Unterhaltungen berichtet. Okka Leverenz war einer Sache auf der

Spur, die jetzt noch nicht an die Öffentlichkeit gelangen durfte. Unter gar keinen Umständen. Doch nach dem, was Sjard erzählte, stand sie schon dichter vor der Enthüllung, als Okka Leverenz selbst es ahnte.
Oder Sjard.
Veronika Schewe stocherte mit einem angeschmorten Kartoffelspieß in der Asche herum. Sie mochte Sjard viel zu sehr, und das machte sie wütend. Natürlich war sie zu alt für ihn. Es war bitter, aber der klischeehafte Satz, dass sie seine Mutter hätte sein können, traf fast zu.
Morgen gingen die beiden segeln. Nach einem ihr endlos scheinenden Gespräch mit Okka Leverenz war Sjard endlich wieder in Erscheinung getreten und hatte freudestrahlend von seiner Verabredung erzählt. Es tat weh. Sjard war noch nie mit ihr auf das Boot gegangen.

Am nächsten Tag war die Luft dick wie Sirup und die Möwen überflogen den Norddeicher Hafen in einer Höhe, dass man ihre satten, weißen Bäuche fast mit den Händen hätte erreichen können. Zu viel Sonne lag zwischen den trägen Booten, die wiegenden Stege des Yachthafens lagen wie schlafend auf dem graugrünen Salzwasser. Es war eindeutig zu heiß.
Sjard verschloss seinen Wagen, dann ging er vor mir her zu den Booten hinab. Er trug den Rucksack mit einem Riemen auf der rechten Seite, auf der anderen trug er einen Korb, er hatte uns ein wenig zu essen eingepackt, Brot und Obst und eine Flasche Wein. Ich würde den Anblick nie vergessen können, wie er mir erwartungsfroh und leicht vorausging, so als würde ihm die Sommerhitze dieses Tages Mitte August gar nichts ausmachen. Ich beobachtete seinen geraden Rücken, dessen Formen sich durch das Weiß seines T-Shirts abzeichneten. Dann glitten

meine Augen ein wenig tiefer, und ich spürte eine Welle durch meinen Körper rauschen, fast als wären die schwimmenden Holzwege unter mir in Wallung geraten.

Wir hatten unser Gespräch vom gestrigen Abend mit keinem Wort erwähnt. Natürlich dachten wir beide darüber nach, ich zumindest versuchte beinahe jede Minute erneut Attacken von Misstrauen von mir fern zu halten. Ich sollte nicht mit ihm an Bord gehen, es war unvorsichtig, unklug, höllisch naiv. Er musste von den krummen Machenschaften wissen. Doch der Mechanismus des Verdrängens arbeitet hervorragend, wenn man verliebt ist. Er hat mir doch versprochen, dass er aufhören wird.

Kaum sechs Meter lang und eine Menschenlänge breit lag das sonnengelbe Boot am Steg. Nicht viel Platz für uns beide, dachte ich, diese winzige Nussschale würde uns beide zur Nähe zwingen. Egal, ob etwas zwischen uns stand. Egal, ob wir nun wollten oder nicht.

Er ließ das Gepäck hinunter und stieg mit einem großen Schritt an Bord. Als hätte er meinen Gedanken gelauscht, drehte er sich um und fragte: «Willst du wirklich?»

Und ich nickte, half ihm, die Sachen im Boot zu verstauen, bevor ich mich selbst auf das leicht schaukelnde Boot schwang. Im vorderen Teil war eine kleine Kajüte, wenn man hineinkroch, konnte man ein gepolstertes Dreieck zum Hinlegen sehen. «Ziemlich einladend», sagte ich und hoffte, dass ich nicht errötete.

«Wir werden den Außenbordmotor anwerfen müssen, mit dem Wind heute kommen wir nicht weit», meinte Sjard und schaltete einige eckige, schwarze Geräte an. «Funkkontakt, für alle Fälle!»

«Kann ich irgendetwas tun?», fragte ich, als ich mir meiner untätigen Hände bewusst wurde.

Er trat an die vertäute Seite des Bootes und löste die roten Plastikballons, die die Stöße zwischen Steg und Bootsrumpf auffangen sollten. «Klar, du kannst die vorderen Seile einholen, dann können wir gleich los. Ich habe keine Lust, auch nur eine Sekunde länger hier in der Affenhitze zu bleiben. Auf See ist es sicher herrlich kühl, warte ab.»
Ich streifte mir die Sandaletten ab und balancierte mit wunderbar nackten Füßen zur Spitze des Bootes. Ein braun gebrannter Mann lief auf dem Steg an uns vorbei, grüßte kurz, wünschte gute Fahrt, dann band ich die Taue los und der Motor gab hinten ein behagliches Tuckern von sich. Als wir aus der Box fuhren, saß ich vorn und meine Beine baumelten nackt über den Rand, sodass meine Zehenspitzen ab und zu ein paar kühle Spritzer Meerwasser abbekamen.
Das Boot setzte sich langsam in Bewegung, Sjard saß hinten am Ruder und manövrierte uns erst aus dem kleinen Yachthafen, dann hatten wir schon bald Norddeich-Mole und sein geschäftiges Treiben an den Fähranlegern und Fischkuttern hinter uns gelassen und gaben uns der Weite des Wattenmeeres hin.
Es ging mir gut.
Es war kühl, wie er gesagt hatte. Ich konnte tief atmen, wollte so tief atmen, dass ich platzte oder losgelöst wie ein Ballon den Himmel eroberte.
Rechts vor uns baute sich Norderney auf wie eine kleine Großstadt im Nirgendwo, links konnte man im pastellfarbenen Sommerdunst die Umrisse von Juist ausmachen, doch wir hatten ja kein Ziel, zumindest keinen Ort, an den wir wollten. Höchstens die wenigen Schritte zur Matratze galt es zu überwinden, wenn wir dort ankommen sollten, was ich mir heimlich wünschte.
Am Anfang nutzten wir die ganze Distanz, die das kleine Boot

für uns hergab. Langes, genussvolles Schweigen, ich ganz vorn wie eine Galionsfigur, die sich erwartungsvoll den neuen Wasserwegen entgegenschob, die er ganz hinten mit der hölzernen Pinne in der Hand vorgab.

Ich wusste, ich war es, die sich ihm nähern musste, wenn es Zeit dafür war. Jetzt noch nicht, dachte ich, als eine beinahe schwarze Wolke aufgeregter Seevögel über uns hinwegzog. Und auch als am Ostende von Juist eine Robbe einen Steinwurf von uns entfernt in der Sonne döste, blieb ich sitzen.

Das Meer zwischen den Inseln und dem Festland hat einen eigenen Zauber, es ist grau und fast ohne Konturen, verschwommen und unklar wie ein Aquarell. Wo endet die Erde, wo beginnt der Horizont? Man hört kein Geräusch, außer dem Rufen und Schreien der Vögel und das Gluckern des Wassers am Kiel. Alles, was man sieht, ist so selbstverständlich und schön, dass man es lieber nicht beachten sollte. Man muss es hinnehmen, damit kein Augenblick verloren geht. Man weiß, dass man etwas hinter sich gelassen hat, und ahnt, das die Zukunft einen zerreißen kann, und doch will man keinen Millimeter zurück.

Von dem Moment an, wo ich wie von selbst aufstand und an der Bordwand entlang nach hinten balancierte, wusste ich genau, wohin meine Schritte führen.

7.

Sjard rückte vom Ruder ab und ließ mich seinen Platz einnehmen. Auf meiner Hand, die das Segelboot nun lenkte, lag die seine und der Arm schob sich zärtlich an meinem Rücken entlang.
«Willst du darüber reden?», fragte ich leise.
Er schaute mich von der Seite an. «Über was? Über Liekedeler oder über ... uns?»
Ich wusste, wir sollten über Ersteres reden. Wir sollten klare Worte finden, die vielleicht wehtaten. Es war mir nicht möglich, ihm wirklich zu trauen, doch ihm in diesem Moment mein Misstrauen zu gestehen, war noch viel unmöglicher. Es gab keine richtige Antwort auf seine Frage, deshalb schwieg ich.
«Ich habe dir versprochen, dass ich den Dingen nachgehen werde, die es dir so schwer machen, mir zu vertrauen. Mehr kann ich wirklich nicht tun, zumindest nicht in diesem Augenblick.» Seine Hand begann meine Hüfte zu streicheln.
Ich atmete flach und leise, wollte die Berührung nicht durch ein unachtsames Luftholen verscheuchen. Als er schließlich sein Gesicht vor meines schob und ich über die Weichheit seiner Lippen staunte, da ließ ich das Atmen ganz bleiben, öffnete den Mund und sog den Kuss gierig in mich auf.
«Geht es dir jetzt besser?», fragte er zwischen zwei Atemzügen, und ich nickte. Es ging mir besser. Es war wunderbar, ihn zu schmecken.
Wir waren weit entfernt vom festen Boden, unser Boot schaukelte zwischen wunderbar tristen Sandbänken im seichten Wasser. Ich hatte keine Ahnung, wie viel Zeit inzwischen vergangen war, irgendetwas zwischen einer Minute und tausend

Stunden, doch die Ebbe hatte bereits eingesetzt, als er den ersten Knopf meines Kleides öffnete. Wir hatten keine Ahnung, dass die Welt um uns herum nicht stehen geblieben war, dass die Gezeiten weiterhin ihrem Rhythmus folgten. Und dass auf einen unerträglich heißen Tag oft ein tobender Himmel folgt, hatten wir ganz und gar vergessen, als wir nackt, verschwitzt und glücklich in der Kajüte lagen.

Erst der sanfte, knirschende Schub unter dem Kiel weckte uns auf und holte uns zurück auf das Boot im Wattenmeer irgendwo zwischen Juist, der unbewohnten Vogelinsel Memmert und dem weit entfernten Festland. Die Augustsonne war kurz davor, als hellroter Riesenball im Nordwesten hinter den Juister Dünen zu verschwinden.

«Wir sind auf eine Sandbank gelaufen», sagte Sjard, er schien sich ein wenig darüber zu freuen, jedenfalls blieb er lächelnd neben mir liegen und rührte sich keinen Zentimeter.

«Ist das denn schlimm?», fragte ich ohne einen Funken Aufruhr in meiner Stimme. Was sollte schon passieren? Was? Er lag hier und die Welt gehörte uns, tanzte nach unserer Pfeife.

«Im Wattenmeer kann nichts passieren. Es bedeutet nur, dass wir auf die Flut warten müssen. Ein paar Stunden vielleicht, dann hat unser Boot wieder genug Wasser unterm Kiel und wir können endlich von hier verschwinden.»

«Endlich?», fragte ich lachend. «Lass uns die Zeit nutzen und etwas Sinnvolles tun.»

«Also», sagte er und mimte ganz den Lehrer. «Entweder wir versuchen, uns jetzt noch von der Sandbank hinunterzuschieben, denn in ein paar Minuten haben wir zu wenig Wasser dazu.»

«Oder?», fragte ich, denn ich hatte keine Lust, mit den Füßen im Wasser zu stehen und meine so wohlig ausgestreckten Arme und Beine in Aktion zu versetzen.

«Oder wir bleiben, wo wir sind.»
Ich legte mich auf ihn und umgriff fest und fordernd seine Handgelenke. Er ließ sich gern von mir überreden, liegen zu bleiben.

Wenn an der Küste das Wetter umschlägt, so geschieht es gnadenlos und von einer Minute auf die andere.
Erst läuft das Wasser ab, gluckert durch die schlammigen Kanäle und sammelt sich irgendwo an einem unbekannten Ort. Es hinterlässt eine graue Einöde, die erst beim niedrigsten Wasserstand freigelegt wird, nicht wirklich hässlich, aber trostlos. Wie ein nacktes Fleckchen Erde, welches sich windet und das auflaufende Wasser herbeisehnt, um nicht so verwundbar unter dem freien Himmel zu liegen.
Zwischen Ebbe und Flut gibt es noch ein paar Sekunden, in denen die Luft zu stehen scheint, in denen in den Sanduhren die feinen Körnchen im engen Hals stecken bleiben.
Und dann dreht der Wind, pustet sich frei. Gierig wie ein Vakuum saugt sich die Atmosphäre voll mit diesem frischen Wind, lässt ihn zu einem Sturm anschwellen, treibt ihn in hastigen Wirbeln und aggressiven Böen über die Erde. Zeitgleich kommt das Wasser zurück, erobert die trockenen Stellen des Wattenmeeres. Gnade dem, der die Vorzeichen nicht erkannt hat, die tief fliegenden, gespannten Möwen, den schwarzen Horizont übersah.
Gnade dem, der die Angriffslust eines Sturmes unterschätzt.
Sjards Hände lagen fest und sicher auf meinem Rücken, seine Nägel hinterließen Spuren auf meiner Haut, die ich fühlte wie Peitschenhiebe. Ich wollte mir noch mehr zumuten, mehr von diesem heißen, klaren Schmerz, der mich endlich fühlen ließ, dass ich da war, dass ich zur Erde gehörte, zum Feuer, zum Was-

ser und zur Luft. Und dann kam der Wind. Er blies ohne Vorwarnung über unsere Körper hinweg und fühlte sich falsch an, weckte in mir den Verdacht, dass etwas nicht stimmte, dass etwas absolut nicht stimmte.

Ich setzte mich auf und hielt den Atem an, um dem Geschehen auf dem Meer zu lauschen. Das erste Grollen, das wir bewusst wahrnahmen, war kein schnurrendes, sich erst ankündigendes Gewitter, es war bereits das tosende Brausen, das uns keine Chance zur Flucht ließ.

«Mist», entfuhr es Sjard, er löste sich von mir und stellte seinen nackten Körper mit einem Sprung auf die Beine. Sein Gesicht blickte dem Himmel entgegen. Wie Tränen rollten die ersten Regentropfen über seine Wangen, sekundenlang hingen sie an seinem Kinn, und als sie von dort hinunterfielen, da hatte der Regen sein Gesicht bereits mit Nässe überzogen. Es war, als hätte man die Sturzbäche mit einem Schalter angestellt, als hätte man eine Barriere in den Wolken gelöst, sodass nun das ganze Wasser des Himmels in einem unaufhörlichen Schwall über uns ausgegossen wurde.

«Mist», sagte Sjard wieder und kam kurz zu mir zurück, zog sich sein Shirt und die kurze Hose über und griff in eine Nische hinter mir. Erst konnte ich mit dem grellen Klumpen in seiner Hand nichts anfangen, erst als er mir eines davon in den Arm warf und sich selbst das andere überzog, erkannte ich, dass es Rettungswesten waren.

«Jetzt machst du Witze», spottete ich. «Wir sind hier auf dem ostfriesischen Wattenmeer und nicht im Bermudadreieck.»

Er lachte nicht. Sjard hatte gleich erkannt, dass es nichts zum Lachen gab.

Ich streifte mein durchschwitztes Sommerkleid und die unförmige Weste über, und als ich endlich aus dem Bootsinneren kroch, erkannte auch ich, weshalb wir in Gefahr waren: Der Wind und das auflaufende Wasser pressten uns mit voller Wucht auf die Sandbank, die den Bug unseres Bootes festhielt. Und die ersten aufgepeitschten Wellen warfen sich bereits über die Bordwand.

«Wir müssen von der Sandbank runter, sonst läuft uns das Boot voll», schrie Sjard. Das Klatschen des wilden Meeres und das Dröhnen des Windes schwollen an, ich konnte Sjard kaum verstehen, doch ich wusste, was er wollte. Es war offensichtlich: Wir mussten hier weg. Und zwar sofort.

Ein splitterndes, reibendes Knarzen im vorderen Teil des Bootes ließ uns hochschrecken. Es wurde mit jeder heranbrausenden Welle lauter und eindringlicher, wir spürten ein hartes Rucken, ein Stoßen, so, als würde das Boot gegen etwas Hartes, Spitzes geschleudert werden. Ich kannte sie nicht, die Gefahren beim Segeln, doch ich kannte das Geräusch von brechendem Holz.

Sjard sprang von Bord, das Wasser war nicht tief, es war beinahe lächerlich, dachte ich, dass wir uns verrückt machen ließen, schließlich stand er nur bis zu den Knien im Meer, lediglich die Wellen waren hoch. Sjard hangelte sich an der Bordwand entlang zur Spitze des Bootes.

«Was ist los?», rief ich ihm zu, beugte mich weit über die Bordwand und sah, wie er unter Wasser mit den Händen die Bugspitze abtastete. Er war durch und durch nass, das Shirt klebte an seinem Körper, die hellen Haare auf seiner Stirn.

«Wir werden auf diese verdammte Sandbank gedrückt und ich glaube, unter der Oberfläche liegen Steine oder so was», rief er zurück, nicht wirklich beunruhigt, doch mit einem Gesicht, dem man ansah, dass es in seinem Kopf rotierte. «Okka, schau mal innen nach, ob irgendetwas beschädigt ist.»

Ich kroch mühsam auf allen vieren zurück auf die Matratze, der Druck meiner Hände und Knie ließ bereits Wasser aus dem Schaumstoff hervorquellen. Als ich die vorderen Kissen zur Seite schob und mir dabei einen streichholzgroßen Splitter in den Handballen rammte, fand mein Blick einen faserigen Riss von der Länge meines Unterarmes, durch den das Wasser nicht etwa tropfte, sondern schoss wie bei einem Rohrbruch. Erst jetzt merkte ich, dass die Koje bereits voll sein musste mit Seewasser.

«Es hat die Bordwand zerrissen», schrie ich, doch Sjard konnte mich nicht hören, ich musste wieder nach hinten robben. Ich warf den Kopf zurück, rutschte auf der schwimmenden Liegewiese aus und fiel mit dem ganzen Körper in eine Pfütze aus salziger Kälte. Mir kam der Gedanke, dass wir sinken könnten, kurz und präzise schoss er mir durch den Kopf.

«Wir sind leckgeschlagen, stimmt's?», brüllte er mir zu, er war bereits wieder nach hinten gewatet, stand nun schon bis zur Hüfte im grauen Meer und griff nach einem Seilende, an dem er sich wieder an Bord ziehen wollte.

«Es sieht nicht gut aus, verdammt, das Boot läuft viel zu schnell voll.»

«Was sollen wir tun?», fragte ich schneidend. Ein gleißender Blitz zuckte vom tiefen, schweren Himmel hinab auf das Meer, ich hatte das Gefühl, dass er sich nur wenige Meter von uns entfernt mit einem reißenden Knall in den Wellen entlud.

«Ich werde das Loch schon irgendwie stopfen können. Wir sollten aber trotzdem für alle Fälle unsere Position per Funk durchgeben, damit die Leute an Land wissen, wo wir stecken», sagte Sjard, dann küsste er mich kurz.

Er nahm das kleine, schwarze Funkgerät fest in die Hand und hielt es dicht vor die nassen Lippen. «Liekedeler, Liekedeler, kann uns jemand hören?» Er ließ die Sprechtaste los, wartete auf eine Meldung, doch das feine, dünne, kaum hörbare Rauschen aus dem Gerät war gleichmäßig und monoton, auch als er die Frequenzen wechselte und die Lautstärke hochdrehte. Es war nichts zu empfangen, wir hörten nur den Sturm, der unser winziges Boot mit Wasser füllte.

«Hier ist Liekedeler, wenn uns jemand hört, wir liegen fest auf dem Nordland in der Nähe von Juist, Höhe Hammersee oder Domäne Loog würde ich sagen, wir sitzen fest und sind leckgeschlagen, wir werden den Schaden nach Möglichkeit selbst beheben, erbitten aber trotzdem Hilfe. Kann uns jemand hören?»
Ein donnernder Blitz, der den Himmel über Juist zerriss, war die einzige Antwort.

«Ich schätze, es hat die Batterie zersetzt», sagte Sjard, er schien angespannt und in höchster Alarmbereitschaft zu sein, doch wenn er Angst hatte, so zeigte er sie nicht. Er nahm mich kurz in den Arm, bevor er unter Deck tauchte. Nein, er hatte keine Angst, und weil er keine hatte, war auch ich fast ruhig und kämpfte mit einem roten Plastikeimer gegen die Flut, die bereits um meine Knöchel floss.

Ich blickte nicht auf, sah nur meine nassen Hände und den Eimer und das Wasser im Boot, doch irgendwann hatte ich das Gefühl, mein Rücken, meine Schultern seien taub und meine Hände zu Krallen versteinert. Jeder Liter, den ich über Bord warf, kam mir dreifach wieder entgegen. Aus dem Meer und aus dem Himmel enterten die Wassermassen das Innere unseres Schiffes. Ich schöpfte weiter, immer weiter, doch ich merkte selbst, dass ich langsamer wurde, langsamer und hoffnungsloser. Ich kippte den Eimer nicht mehr immer über Bord, manchmal entleerte ich den Schwall wieder direkt vor meinen Füßen. Ich war unfähig, dieses verdammte Boot zu retten, ich war zu kraftlos.

Verzweifelt drehte ich mich um und sah, dass Sjard bereits vollständig im Wasser lag.

«Verdammt, Okka, schau nach, ob du nicht irgendwo ein Stück Brett oder Verkleidung aus der Wand reißen kannst!», rief er. Er arbeitete bereits mit den Händen unter der Wasseroberfläche, das Wasser hatte sich bereits über die gesamte Bootslänge ausgebreitet. Es gab keinen Unterschied mehr zwischen Innen und Außen, es gab nur noch Wasser. «Schau nach dem verdammten Brett, Okka, der Riss geht schon über die gesamte Bugspitze.» Doch ich blieb regungslos stehen. Wo sollte ich suchen?

«Schau dich doch mal um, Sjard Dieken», sagte ich leise. Er schaute sich nicht um, lag nur da in der Kajüte, sein Shirt schwebte im Wasser wie die Flosse eines Fisches und er hielt seine Hände unter Wasser, ich konnte an den strammen Muskeln seiner Arme erkennen, dass er sich mit aller Gewalt gegen das einströmende Meer zur Wehr setzen wollte.

«Das beschissene Holz splittert wie Glas, es ist zum Heulen!», fluchte er. Wütend stemmte er sich nach vorn. In diesem Moment kam mir nochmals der Gedanke, dass es für uns wirklich ums Ganze ging, dass das Boot sank, dass wir kurz davor waren, zu verlieren. Ich war wie erstarrt. «Verdammt, Sjard, schau dich doch um! Es ist Schwachsinn, was du dort versuchst, wir müssen raus hier, verstehst du?»

Nun blickte er sich um. Er starrte auf das Chaos, auf schwimmende Kissen und das aufgeweichte Brot, das voll gesogen auf der Brühe trieb. Und dann löste sich das Schiff, mit einem sanften Ruck setzte es sich von der Sandbank los, und sofort strömte das Wasser auch von vorn durch das Loch, es schoss sich seinen Weg frei in das Innere des Bootes. Sjard wurde von der einlaufenden Strömung zu mir gerissen und wir trieben bis

an das Heck. Es vergingen nur ein paar Sekunden, ein paar Augenblicke, nur zwei kostbare Atemzüge, bevor wir schwimmen mussten.
Ich schrie, ich weiß nicht mehr, ob laut oder leise, doch ich schrie mir meine Scheißangst aus dem Körper, auf den ich mich nun verlassen musste, der meine einzige kleine Chance war. Die Weste hielt mich an der Oberfläche, vielleicht wäre ich sonst ertrunken, denn Panik, den Boden unter den Füßen verloren zu haben, lähmte mich zunächst.
Das Boot war verschwunden. Es musste ein paar Meter weit getrieben sein, nachdem es wieder frei war, nur um sich an einer tieferen Stelle schwerfällig und endgültig auf den Grund sinken zu lassen. Nur der dürre Mast schaute noch hervor. Ich paddelte mit den Armen, wollte Halt finden an diesem kleinen bisschen Boot, doch erst als Sjard mir von hinten unter die Arme griff und mich schwimmend vor sich herschob, fanden meine Hände endlich den Mast, fanden meine Hände endlich ein Stück, an dem sie sich zitternd festhalten konnten.
Sjard schwamm um mich herum, hielt sich dann ebenfalls fest, mit einer Hand nur. Er hatte immer noch eine beruhigende Kraft in seinen Augen, als er mich anblickte, er zwinkerte mir zu und sagte etwas, so etwas in der Art von: «Ganz schön nass hier, oder?»
Er umarmte mich, drückte meinen Kopf an sich, so gut es ging, denn die Rettungswesten waren dick und blähten sich um den Nacken. Ich war froh, dieses Ding an meinem Leib zu spüren, doch die Umarmung war etwas, was mir tausendmal mehr Sicherheit gab. Einen kleinen Moment jubelte ich und dachte: Alles ist gut. Er ist doch da! Doch es war zu kalt zum Jubeln, zu stürmisch zum Ausruhen.
«Kann ich dir etwas sagen, Okka?», fragte er und fasste mit der

Hand hinter meinen Kopf, sodass ich ihn ansehen musste. «Hörst du mich?»
Ich wollte nicken, doch er hielt mich zu fest, fast als wollte er mich gleich untertauchen, mich ertränken. Die Kraft hätte er gehabt. Doch stattdessen küsste er mich kurz und heftig.
«Ich werde losschwimmen!»
«Was?», schrie ich. Der Gedanke, dass er mich hier allein zurücklassen könnte, war schlimmer als all die Schmerzen und die Kälte, die meinen Körper inzwischen mit voller Wucht traktierten.
«Es ist gar nicht so weit, wir liegen auf dem Wattenmeer, ein paar Meter nur, und ich kann wieder stehen. Es ist wie eine Kraterlandschaft unter uns. Hier versinken wir, und direkt nebenan geht uns das Wasser bis zur Hüfte.»
Das Wasser bis zur Hüfte. Die Aussicht auf festen Boden unter den Füßen und ein ruhiges Atmen war schön. Aber ich ahnte, dass es nicht so problemlos war, wie er es mir weismachen wollte, trotzdem flehte ich ihn an: «Ich komme mit! Nimm mich mit! Beide zusammen schaffen wir es! Wenn du sagst, es ist so leicht …!»
«Ich habe nicht gesagt, dass es leicht ist», unterbrach er mich und er musste beinahe nach jedem Wort Atem holen. «Zwischen der Insel und uns liegt die Fahrrinne, die ist zwar nur wenige Meter breit, aber durch sie läuft das ganze Wasser, die Strömung ist reißend. Du würdest es vielleicht nicht schaffen, Okka. Aber ich bin ein guter Schwimmer, glaub mir. Ich komme da durch und dann ist es nicht weit bis zur Insel. Ich werde Hilfe holen, verstanden?»
«Nein!», schrie ich und wie von Sinnen klammerte ich mich mit Beinen und Armen an alles, was ich von seinem Körper zu fassen bekam, ich krallte mich in seinen kurzen Haaren fest

und biss in seine Weste. Er sollte mich nicht verlassen. Ich wollte nicht allein sein. Meinetwegen bis in die Ewigkeit an diesem verdammten Mast kauern, aber ich wollte nicht allein sein.

«Lass mich los, Okka.» Er schrie nicht, sondern sprach zu mir ruhig wie zu einem Kind. «Das Wasser steigt höllisch schnell, doch dir bleibt noch mehr als eine Stunde, bis du in Gefahr bist, den Mast zu verlieren. Eine Stunde, Okka, bis dahin bin ich längst wieder hier.»

Ich heulte erbärmlich. Ich wollte sagen, dass er mich nicht allein lassen durfte, auf keinen Fall, dass ich ertrinken würde, doch das Schluchzen erstickte die Worte.

«Du schaffst es schon. Vielleicht hat ja doch vorhin jemand unseren Notruf gehört und die Rettungsleute sind da, bevor ich überhaupt Hilfe holen konnte.»

Doch ich dachte, wenn jemand von uns beiden draufgeht, dann bin *ich* es, weil *er* stark war und *ich* schwach. Ich hatte Angst zu sterben. Todesangst ist schlimm, doch in diesem Moment war für mich das Allerschlimmste, verlassen zu werden, allein zu sterben.

«Keine Angst, Okka, bleib beim Boot und halte dich fest. Ich hole Hilfe, es sind nur ein paar Meter bis zur nächsten Sandbank, und die werde ich schwimmen. Bin gleich wieder da. Und du hältst solange durch, verstanden? Wir sehen uns.» Ich spürte den Kuss auf meinen Lippen und die kalte Hand, die mir grob und zärtlich zugleich über das Gesicht strich.

Doch dann riss er sich los, schlug mir ins Gesicht, um sich von mir zu befreien, und in schnellen, sicheren Schwimmzügen hatte er sich von einer Sekunde auf die andere unerreichbare Meter von mir entfernt.

«Verdammt nochmal, bleib hier, du Mistkerl!»

Doch eine hohe Welle schob sich zwischen uns und versperrte mir den Blick auf den Körper, der für mich der einzige Punkt war, an dem meine Augen sich festhalten wollten.
Er war weg. Verschwunden.
Eine Stunde. Er würde wiederkommen. Er hatte es mir versprochen. Er würde mir helfen.
Eine Stunde noch.
Fester Boden. Sicherheit, warme Küsse.
Er hatte es mir versprochen.
Ich begann Wasser zu schlucken. Ich schmeckte nicht, ob es salzig war oder bitter oder süß.
Er würde mir helfen.

Dieser Scheißregen.
Gesa hatte doch kaum geschlafen, erst der lange Fußmarsch bis zum Liekedeler-Haus, dann hatte sie, als Veronika Schewe endlich als Letzte den Garten verlassen hatte, bis zum Morgengrauen neben der Glut des Feuers gehockt und ein paar liegen gebliebene Kartoffeln gegessen, und als sie in ihrem Versteck endlich so etwas wie Schlaf gefunden hatte, war es draußen schon wieder hell.
Gesa hatte überall Schmerzen. Der Kopf ballerte wie immer, dazu kamen die heftigen Schrammen, die sie sich bei ihrer Flucht aus dem Geräteschuppen zugezogen hatte. Die Füße taten weh vom Laufen, der Magen knurrte. Und der Rücken fühlte sich an, als sei er an der Wirbelsäule aufgerissen, weil man in einem Abwasserrohr eben doch nicht so gemütlich schlief wie in einem Bett.
Und nun regnete es. Seit zwei Stunden schon. Und zwar nicht nur ein bisschen, sondern wie aus Eimern. Gesa wusste, dass sie ihr kleines Versteck schon bald würde verlassen müssen.

Das darüber liegende Weidegrundstück wurde durch ein unterirdisches Kanalsystem entwässert und der Hauptschacht, in dem sie jetzt saß, mündete in den Kanal, der das Grundstück vom Schulgelände trennte. Es lag hinter dunkelgrünen Brennnesseln verborgen und außer ihr hatte noch niemand das schwarze, tote Betonrohr entdeckt. Mit gebücktem Rücken konnte Gesa sogar darin stehen, und da das Wasser auf den Weiden selten so hoch stand, dass die Kanäle benötigt wurden, war der Boden der Röhre normalerweise trocken und staubig. Doch heute war es anders, der Gewitterregen war bereits bis zum Rohrsystem durchgesickert und floss nun als dünnes, aber stetig anschwellendes Rinnsal zwischen ihren Beinen hindurch. Gesa hatte sich ein paar starke Äste quer in den Eingang geklemmt, auf denen sie eine Armlänge oberhalb des Bodens sitzen konnte und so einigermaßen trocken blieb.

In den kleinen, schmalen Nebenkanälen, die nur einen guten halben Meter tiefer links und rechts von der Hauptröhre abgingen, hatte sie einige Schätze aufbewahrt. Eine Plastiktüte mit Gummibärchen, die nun leider schon in einer schlammigen Lache vor sich hin schwammen und wahrscheinlich grauenhaft schmeckten, zwei Coladosen, das Skelett einer verendeten Silbermöwe, geklaute Wachsstifte. Hier waren ihre Schätze sicher. Hierher kam niemand außer diesem bekloppten Regen.

Dabei durften sie gar nicht zum Graben gehen. Dr. Veronika Schewe hatte es ihnen mehr als nur einmal eindringlich gesagt: Das Ufer war schlammig und nach heftigen Regenfällen wie diesem hier war der kleine Kanal oft einen Meter tief unter Wasser, ideal zum Ertrinken.

Heute am späten Vormittag hatte sie Stimmen gehört, die nach ihr riefen, es waren nicht ihre Eltern gewesen, aber sie hatte eisern geschwiegen, da sie wusste, wer immer nach ihr suchte, tat es, weil die Eltern hinter ihr her waren. Sie hatte schließlich die Scheune abgefackelt. Auch am Nachmittag hatten einige der Kinder noch nach ihr gesucht. Doch als der Regen einsetzte, waren die Rufe verstummt, ohne dass man sie gefunden hatte.

Der Regen, der verdammte Regen. Noch nie hatte Gesa einen solchen Regen erlebt. Bis eben hatte sie noch gedacht, ihr könne nichts passieren, wenn sie in ihrem Versteck sitzen blieb, vielleicht würde es ein bisschen feucht werden, das wäre nicht so schlimm. Doch dann brach dieser Regen immer heftiger auf sie ein. Sie beobachtete den Schleier aus erdbraunem Wasser, der vor ihrem Ausgang niederging wie ein Wasserfall. Die Weide lief über, schwoll an und ergoss sich an den Rändern in die Gräben, von denen sie eingekreist war.

Gesa begann zu zittern, verdammt nochmal, ihre Kleidung war schon ganz nass und das Gewitter wurde von einem ziemlich starken Wind begleitet, der sich sogar bis in ihre Röhre wagte und kalte Luft über ihren Körper blies. Sie konnte das Gluckern und Schmatzen des Bodens über sich hören, es würde nicht mehr lange dauern und das Wasser würde ihr Versteck erobern. Frierend kroch Gesa ein kleines Stück in die Dunkelheit der Höhle, der schwarzgraue Himmel hatte das Tageslicht verschluckt und keinen halben Meter in ihrem unterirdischen Gang war es finster wie in der Hölle. Sie kroch blind weiter, die Knie schoben sich dem brausenden Bach entgegen, der inzwischen in den Röhren rauschte. Es war mehr Wasser, als sie befürchtet hatte.

Es wurde Zeit, sich in Sicherheit zu bringen. Als sie sich umdrehen wollte, stieß sie sich den Hinterkopf an einer harten Kante, sodass ihr für einen Moment übel wurde. Sie fuhr mit der Hand durch das Haar und fühlte etwas Feuchtes am Scheitel. Es konnte Blut sein oder Wasser, sie versuchte die Flecken an ihren Fingern zu erkennen, waren sie rot oder klar, doch es war zu finster, alles sah hier aus wie Blut, sogar das anschwellende Wasser. Sie steckte den Zeigefinger in den Mund, lutschte ihn ab, versuchte zu schmecken, ein bitter-metallischer Geschmack breitete sich an ihrem Gaumen aus, doch sie meinte, es war Wasser. Zum Glück nur Wasser. Kein Blut.

Dann kroch sie aus ihrem Versteck, sie musste sich einen neuen Platz suchen, bis es wieder trockener wurde. Der Graben war voller Wurzeln und Gräser, die Brennnesseln bissen sich in ihre Hände und ihr Gesicht, doch der Regen löschte zum Glück jeden Schmerz.

Sie blickte kurz hinauf und wurde von einem spitzen Blitz geblendet, sie schloss instinktiv die Augen. Sie schmerzten von der Gewalt der grellen Lichtes, an das sie nach den dämmernden Stunden in ihrem Versteck nicht mehr gewöhnt war.

Als sie sie wieder öffnete, erkannte sie eine riesige Männergestalt über sich: Jochen Redenius stand mit gespreizten Beinen am Abhang des Grabens. Er sagte nichts, stand nur da im Regen und hielt ihr die Hand entgegen.

«Ich will aber nicht zurück», hörte sich Gesa jammern. Sie wunderte sich selbst, dass ihre Stimme nach einem kleinen, unglücklichen Mädchen klang. War sie dieses Mädchen? War sie nicht klug und erwachsen und schon längst kein Kind mehr? Als sie sich mit der Zunge über die Lippen strich und Salz schmeckte, wurde ihr erst bewusst, dass sie weinte. Und sie hatte es gar nicht bemerkt. Die Tränen waren ihr unauffällig aus den Augen gekrochen und hatten sie zu einem kleinen Mädchen werden lassen. «Bitte, bitte, ich will nicht zu meinen Eltern zurück!», heulte sie. Und dann streckte sie die Hände aus und ließ sich aus dem Wasser ziehen.

8.

Gebt mir zu trinken, ich verdurste.
Mein Mund war schal und trocken, als hätte ich eine Hand voll Sand hineingeschoben. Ich konnte nicht sprechen, nur denken, und selbst das ging langsam wie in Zeitlupe. Ein kurzes Bild flackerte auf und ich sah meinen Vater, seine wenigen glatten Haare klebten verschwitzt auf der Stirn, aber er lächelte. Anders als sonst, keine Spur von Belustigung, von Spaß, kein «Hey, da bin ich!». Er lächelte traurig und so behutsam, als hätte er Angst, ich könnte es sehen. Doch was machte er da? Hatte ich nach ihm gerufen?
Hatte ich nicht nach jemand anderem gerufen? War es nicht ein anderes Gesicht, welches mir nun nahe kommen durfte, ein helles Gesicht mit weniger Falten und strahlenden Augen, ein starkes Lächeln, breite Lippen?
Ich hatte in der Dämmerung einen Körper an meinem gefühlt, einen nassen, starken Körper. Unter mir das raue Reiben von Stoff und sonst nur Kraft, in mir, an mir, leidenschaftliche, handfeste Kraft.
Nun schwebte ich beinahe körperlos in einem fremden Ort aus Licht und weißen Laken und Worten, die wie durch einen Schleier zu mir drangen, die ich nicht verstand. Vielleicht wollte ich sie nicht verstehen. Ich war zu müde, um darüber nachzudenken. Ich war so müde und vertrocknet.
Gebt mir zu trinken, ich verdurste.

«Wo ist Sjard?», war mein erster Satz, den ich mit gezielten Worten aussprechen konnte, nachdem ich endlich begriffen hatte, was passiert war.

Ich lag im Krankenhaus, meine Glieder waren schwer, und alle zehn Minuten schaute eine Schwester zur Tür herein und fragte meinen Vater, ob alles mit mir in Ordnung sei. Und der nickte jedes Mal. Dabei war nichts in Ordnung, gar nichts. Natürlich hatte ich einiges abbekommen, doch die Panik, die mich ergriff, als mir Sjard wieder einfiel und der letzte Moment, in dem ich ihn im grauen Wasser verschwinden sah, diese Panik schmerzte mehr als mein Körper.
«Wo ist Sjard?»
Vater ergriff meine Hand. Ich war froh, dass er da war, auch wenn ich im ersten Moment lieber Sjard gesehen hätte. Mein Vater war still und ruhig und hielt meine Hand. Und das war schon eine ganze Menge.
«Sie haben ihn noch nicht gefunden.»
«Er hat mich gerettet», sagte ich trotzig. Ich wusste nicht, was das heißen sollte: Sie haben ihn noch nicht gefunden. Ich lag hier und war am Leben und er hatte mich gerettet.
«Keine Angst, Okka, bleib beim Boot und halte dich fest. Ich hole Hilfe, es sind nur ein paar Meter bis zur nächsten Sandbank, und die werde ich schwimmen. Bin gleich wieder da. Und du hältst solange durch, verstanden? Wir sehen uns.» Ich spürte den Kuss auf meinen Lippen und die kalte Hand, die mir über das Gesicht strich.
Und alles war nass. Was war dann?
Erinnere dich! Erinnere dich! Erinnere dich!
Vielleicht träumte ich schon wieder. Mir wurde schlecht.

«Bist du wach?», hörte ich das Flüstern meines Vaters in meinen Traum gleiten. Ich versuchte, die Augen zu öffnen, die Mundwinkel zu einem Lächeln hinaufzuziehen, doch es misslang mir. Alles, was ich wollte, war schlafen, schlafen, schlafen.

Doch ich zwang mich, diesem Drang zu widerstehen. Es wurde Zeit, dass ich aufwachte. Etwas war geschehen und ich hatte überlebt. Ich blinzelte kurz und versuchte ein Nicken.

«Die Ärzte sagen, es geht dir ganz gut. Kreislauf und Atmung sind wieder im Gleichgewicht. Du hast verdammtes Glück gehabt.»

«Was ist passiert?» Endlich konnte ich mich bewegen, es erforderte alle Konzentration, die noch übrig war, damit ich mich ein wenig aufrichten konnte. Vater half mir und schob ein zweites Kissen unter meinen Rücken.

«Zwei Segler haben dich heute Nacht entdeckt, du bist bei dem heftigen Gewitter gestern Abend mit einem Segelboot gekentert, auf jeden Fall schwammst du halb ohnmächtig im Meer. Gott sei Dank hast du dich mit dem Handgelenk am Mast festgebunden, die Strömung hätte dich sonst unter Wasser gedrückt.» Er hatte meine Hand gegriffen und spielte mit meinen schlaffen Fingern. «Was hast du da auf dem Segelboot gemacht?»

Was hatte ich gemacht? Ich hatte einen Mann geliebt, es war schön, und dann …

«Wir sind vom Sturm überrascht worden und das Boot war auf eine Sandbank gelaufen.»

Vater sah mich an. «Mit ‹wir› meinst du dich und diesen Sjard, nach dem du mich vorhin gefragt hast?»

«Ja, Sjard ist losgeschwommen, um Hilfe zu holen, ich konnte nicht mehr, verstehst du? Papa, da war so viel Wasser und wir haben so dagegen gekämpft und konnten nichts tun, und diese verdammte Angst.»

«Und da hat er dich allein gelassen?» Ich merkte, dass er sich Mühe gab, ganz beiläufig zu klingen, doch ich wusste, was er mit dieser Frage ausdrücken wollte.

«Er wollte mich retten, er hat es mir versprochen!», sagte ich fast beleidigt, wich aber seinem Blick aus.

«Okka, ich sollte dir sagen, dass ich vorhin mit Ben telefoniert habe. Ich wusste ja nicht, dass ihr euch getrennt habt, und wollte ihm Bescheid sagen, was passiert war. Und da hat er mir die Sache mit Liekedeler erzählt.»

Ich drehte meinen Kopf zur anderen Seite und schwieg.

«Du bist da in eine ziemlich gefährliche Sache hineingeraten, Kind. Ich kenne diese Firma, ‹inPharm AG›, habe mal an einem Bericht über ihren Konkurrenzkampf mit diesem amerikanischen Pharmakonzern mitgearbeitet. Ich habe auch schon einiges über diesen Professor Isken gehört. Okka, wenn ich gewusst hätte, dass dieses Unternehmen bei Liekedeler mitmischt, dann hätte ich dir von Anfang an abgeraten, dort zu arbeiten.»

«Papa, du warst doch gar nicht da, als ich mich für Liekedeler entschieden habe. Du hast mir damals nur diesen Zettel auf den Tisch gelegt, dass ich den Job bekomme. Mehr nicht!», sagte ich, ohne meinen Kopf in seine Richtung zu drehen.

«Ich weiß. Ich bin nie da, es tut mir Leid. Das ist wahrscheinlich auch der Grund, warum du dich noch nicht bei mir gemeldet hast, seit ich wieder da bin. Kann ich verstehen.» Er seufzte. «Aber, Okka, jetzt bin ich da, hörst du?»

«Hmm», brummte ich, weil ich merkte, dass mir die Tränen in die Augen stiegen.

«Ich bin da und ich werde dir helfen, diese Sache in Ordnung zu bringen, wenn du willst.» Er ließ nicht locker, sanft zog er meinen Kopf zu sich hin, sodass ich ihm ins Gesicht sehen musste. «Du kannst dich die nächsten Tage krankmelden und dich bei mir ausruhen, danach sehen wir weiter.»

«Danach sehen wir weiter, danach sehen wir weiter!», äffte ich

ihn nach. «Was ist denn mit den Kindern? Nehmen wir mal an, an den Kindern wird in irgendeiner Weise herumexperimentiert, und das ist es doch, was du und Ben vermuten …» Er nickte langsam. «Also, nehmen wir an, dieser Verdacht stimmt, dann können wir nicht einfach nur herumsitzen und die Kinder vergessen, bis uns etwas eingefallen ist!»
Ich wollte mich aufrecht hinsetzen, doch die Erschöpfung ließ es nicht zu. «Scheiße!», fluchte ich über meine Schwäche. Selbst wenn ich wollte, heute ging gar nichts mehr.
«Es geht dir um die Schüler, nicht?»
«Natürlich geht es mir um die Schüler! Jedes Kind für sich ist ein Schatz, sie müssen beschützt werden.»
«Kennst du auch eine Gesa Boomgarden?», fragte er unvermittelt.
«Ja, natürlich kenne ich sie. Was ist mit ihr?»
«Sie ist ebenfalls heute Abend in dieses Krankenhaus eingeliefert worden. Ben hat es mir am Telefon erzählt. Er hat wegen dieser Autopsiesache Kontakt zu einem seiner ehemaligen Kollegen aus der Notaufnahme aufgenommen und ihn gebeten, Bescheid zu sagen, falls mal wieder ein Liekedeler-Kind eingeliefert wird.»
«Und warum ist sie hier?», fragte ich erschrocken.
«Sie hat zu Hause gezündelt, ist abgehauen und wurde dann völlig durchnässt und verfroren beim Liekedeler-Grundstück gefunden. Sie klagte über Schmerzen, hauptsächlich heftige Kopfschmerzen. Nun hat man sie zur Beobachtung in die Neurologie gebracht.»
«Mein Gott», stieß ich hervor. Das nächste Kind. Erst Jolanda und jetzt Gesa. «Wir haben wirklich verdammt wenig Zeit. Wir müssen etwas tun!»

Noch am selben Abend zog ich mir die alten Klamotten über, die mein Vater mir aus unserer Wohnung mitgebracht hatte. Keine Ahnung, wo er diesen fadenscheinigen Sportanzug aufgestöbert hatte, doch ich war ihm dankbar, denn nun konnte ich das Krankenhaushemd im Schwesternzimmer abgeben und wie ein halbwegs normaler Mensch die langen, blank gewienerten Flure entlanggehen. Es ging mir ein wenig besser, eine klare Brühe hatte ein paar Kraftreserven geschaffen, die ich nun für unsichere Schritte aufbrauchte. Ich musste mich am Geländer festhalten, als ich die Steinstufen bis ins Erdgeschoss hinunterschlich, doch nichts konnte mich davon abhalten, nach Gesa Boomgarden zu suchen. Der rauchende Mann hinter der durchlöcherten Glasscheibe im Eingangsbereich der Klinik schaute nur beiläufig auf seinen Computerbildschirm, murmelte etwas, das wie «Neurologie, Station 2, Zimmer 4» klang, dann zog er wieder an seiner Zigarette.
Ich wusste, dass Gesa Boomgarden mich nicht mochte. All diese gemeinen Unwahrheiten, die sie zu meinem Schaden im Kollegenkreis erzählt hatte, dann die Geschichte mit Henk und dem Fenster im Hausgiebel, kein Zweifel, Gesa Boomgarden war kein liebes, unschuldiges Mädchen, auch wenn sie so lächeln konnte. Doch ich musste sie besuchen. Wir hatten uns viel zu erzählen.
Ich stieß die geriffelte, schwere Tür auf, hinter der sich der neonbeleuchtete, graue Flur der neurologischen Abteilung befand. Es war still hier, obwohl es gerade halb neun am Abend war. Eine Schwester schaute um die Ecke, als die Tür mit einem sanften, aber hörbaren Ruck hinter mir zufiel. Die Frau im weißen Kittel legte behutsam den Zeigefinger auf die Lippen und lief mir entgegen.
«Gesa Boomgarden?», flüsterte ich.

Sie musterte mich von oben bis unten. «Sind Sie die Mutter?»
Erst wollte ich energisch den Kopf schütteln, nein, ich war nicht die Mutter. Doch dann begriff ich, dass man mich nicht zu Gesa lassen würde, wenn ich zugab, so etwas wie die Sekretärin ihrer Schule zu sein. Ich schaute zu Boden, um eine Lüge zu vermeiden.
«Sie haben Schreckliches durchgemacht, ich weiß. Doch zum Glück hat sich keiner ernsthaft verletzt. Steine kann man wieder aufeinander stellen, oder nicht?» Sie nahm mich an der Schulter und blickte mich schräg von der Seite an. «Geht es Ihnen denn wieder einigermaßen gut?»
Ich zögerte. Was diese Krankenschwester zu mir sagte, entsprach der Wahrheit: Ich war nicht ernsthaft verletzt worden, ich war nur nicht die Frau, für die sie mich hielt.
«Geht schon wieder, danke», log ich. «Ich möchte zu Gesa. Bitte!»
Sie lächelte mich an. «Eigentlich sollte das Kind ein wenig schlafen. Doch ich bin mir sicher, dass ein Gespräch mit ihrer Mama sie mehr beruhigen wird als alles andere.» Sie ging mit ihren leisen Gesundheitsschuhen ein paar Schritte voraus, dann öffnete sie sachte eine Tür und trat ein. «Gesa, hier ist noch ein später Besuch für dich.»
Gleich würde wohl der Schwindel auffliegen, doch ich wollte wenigstens einen Blick auf Gesa werfen, ihr schnell alles Gute und gute Besserung wünschen. Warum um alles in der Welt hatte sie eine Scheune in Brand gesteckt? Es musste etwas geschehen sein.
«Hallo», sagte ich, winkte mit erhobener Hand, als ich die kleine, unter der Decke fast nicht auszumachende Gesa im Bett liegen sah, von dem aus sie mich mit zwei weit aufgerissenen, verzweifelten Kinderaugen ansah.

«Deine Mutter ist hier, Gesa. Freust du dich?»
«Mama», hörte ich Gesa sagen. «Schön, dass du gekommen bist.» Ihre Stimme war dünn.
«Oh, wie schön», flüsterte mir die Krankenschwester vertraulich ins Ohr. «Sie hat seit ihrer Einlieferung keine Silbe gesagt. Sehen Sie, Mütter vollbringen immer wieder die größten kleinen Wunder.» Dann schob sie mich sanft nach vorn, bis ich neben dem großen, weißen Bett stand und fast automatisch Gesas kleine Hand ergriff. «Bleiben Sie ruhig eine Weile, ich gehe jetzt wieder. Sie haben sich bestimmt eine Menge zu erzählen.»
Ich blickte der Schwester hinterher, und erst als die Tür wieder zufiel, wagte ich, Gesa ins Gesicht zu sehen.
Es war eine andere Gesa. Natürlich erkannte ich die blonden Haare und die kleine Himmelfahrtsnase, doch im ersten Moment dachte ich trotzdem, dass sie eine andere war. Die Augen waren rot und geschwollen.
«Ich hätte Sie fast nicht erkannt, als Sie eben reingekommen sind. Kommt vom vielen Heulen. Ich heule schon die ganze Zeit. Schrecklich, nicht wahr?»
Ich drückte ihre Hand. «Aber nun hast du mich erkannt. Und?»
«Mein Gott, bin ich froh, dass Sie nicht wirklich meine Mutter sind», sagte sie und lächelte schief.
Ich erwiderte ihr Lächeln, es mag genauso angestrengt ausgesehen haben wie das ihre, dann setzte ich mich auf das Bett und strich meine verworrenen Haare aus dem Gesicht.
«Sie sehen auch nicht viel besser aus als ich heute», sagte Gesa nach einer Weile.
Ich konnte mein Spiegelbild im Fenster sehen, sie hatte Recht, ich sah grauenhaft aus, einige Kratzer zogen sich über die Stirn, ich fühlte mit der einen Hand darüber, weil ich fast nicht glau-

ben konnte, dass sie wirklich zu mir gehörten. «Ich sehe noch viel schlimmer aus als du, meinst du nicht? Vor allem viel, viel älter. Immerhin hat die Schwester mich schon zu deiner Mutter gemacht.»

«Warum haben Sie ihr nicht gesagt, wer Sie wirklich sind?»

«Nun, ich wollte zu dir, Gesa. Und eine Schulangestellte lassen sie nicht einfach so rein. Ich habe gehört, dass man dich hier eingeliefert hat, und dir scheint etwas Schreckliches passiert zu sein. Und das ist eine Sache, die uns verbindet, abgesehen von unserem erbärmlichen Aussehen. Auch ich habe ein paar schreckliche Stunden hinter mir.»

«Man sieht es Ihnen an», antwortete Gesa. Inzwischen schien sich ihre Hand an die meine gewöhnt zu haben, sie schien die Berührung zu mögen.

«Ich finde es gar nicht so schrecklich, dass unser Hof abgebrannt ist. Die Stunden davor, als sie mich in den Schuppen eingesperrt hatten wie eines von unseren Schweinen, die waren wirklich schrecklich. Sie haben mich so an damals erinnert.»

Sie machte eine kurze Pause und ich legte den Arm auf ihre Schulter. Sie ließ es geschehen, nach ein paar Atemzügen ließ sie sogar ihren Kopf gegen meine Hand sinken.

«Ich war eingesperrt und hörte immer nur diese alten Geräusche, so wie früher. Kein Reden, keine Menschenseele, ich war allein und musste dauernd daran denken, wie es war. Und da bekam ich Angst, dass es wieder so werden könnte.»

Ich begann, mit den Fingern durch ihre Haare zu fahren.

«Ich wollte einfach nur weg. Einfach abhauen. Ich hatte nicht vor, alles abzufackeln. Ganz bestimmt nicht.»

«Ich glaube dir», sagte ich nach einer ganzen Weile. «Wenn du wüsstest, wie gut ich dich verstehe. Weißt du, als ich so alt war wie du, da war ich auch allein, irgendwie war ich immer allein.

Es ist ein schreckliches Gefühl, wenn man weint und keiner bekommt es mit.»
«Ich habe keine Ahnung, normalerweise heule ich nie. Echt nicht. Doch seit Redenius mich gefunden hat, kann ich nichts dagegen tun, es passiert einfach von ganz allein.» Schon wieder traten ihr Tränen in die Augen.
«Sie wollen morgen meinen Kopf durchleuchten, weil sie meinen, es könnte etwas kaputt sein in meinem Gehirn. Die Ärztin hat mir von einer engen, lauten Röhre erzählt, in die ich morgen geschoben werden soll. Ich bräuchte keine Angst haben, hat sie gesagt, ich soll nur ganz still liegen bleiben, damit man sehen kann, woher immer diese Kopfschmerzen kommen.» Wieder zitterte ihr Atem. «Aber ich habe trotzdem Angst.»
Ich nahm sie ein wenig fester in den Arm. «Vor dem Apparat?»
«Nein, nicht vor dem. Ich habe Angst vor dem, was sie in meinem Kopf finden. Wissen Sie, manchmal sitze ich in meinem Versteck ganz in der Nähe, wo die anderen immer spielen, und drücke mir die Daumen auf die Lider, weil ich Angst davor habe, dass die Schmerzen meine Augen herausdrücken könnten.»
Ich fühlte die dünnen Haare zwischen meinen Fingern und wollte nicht daran denken, was sich unter dieser Kopfhaut verbarg. «Tut das gut?», fragte ich und kraulte über ihren Scheitel.
«Das hat noch nie jemand bei mir gemacht», entfuhr es ihr, sie zog den Rotz wieder nach oben, der ihr so flüssig wie die Tränen das Gesicht hinunterlief. «Vielleicht bin ich auch selbst schuld, dass mich nie jemand in den Arm nimmt. Ich bin oft sehr böse, wahrscheinlich wissen Sie das gar nicht, Frau Leverenz, aber ich hasse so viele Menschen und ich will ihnen dann nur Schlechtes tun.»
Ich setzte mich auf die Bettkante und versuchte, die Ruhe selbst

zu sein, dieses zitternde Kind sicher in meinen Armen zu halten und es zu wiegen.

«Ich bleibe bei dir, bis du eingeschlafen bist, Gesa», hörte ich mich sagen. «Dann gehe ich wieder nach oben in mein Bett.»

Sie unterbrach ihr Schluchzen, richtete sich kurz auf und wandte das nasse Gesicht mir zu. «Sind Sie auch hier im Krankenhaus?»

Ich nickte. «Ja, wie gesagt, auch ich habe ein paar schreckliche Stunden hinter mir.»

«Was ist passiert?», fragte Gesa und ich konnte sehen, dass sie sich um mich sorgte. Ich war gerührt.

«Reicht es dir, wenn wir morgen darüber reden? Ich denke, für heute hattest du genug Unglück zu verdauen.»

Ich wollte sie nicht damit belasten. Und ich wollte ihr nicht von Sjard erzählen, solange ich nicht wusste, was mit ihm geschehen war. Ich konnte meine Geschichte und die Ungewissheit ja selbst nicht ertragen.

«Es ist richtig, dass sie dich morgen untersuchen, Gesa. Du wirst sehen, dann wird alles gut!»

Für mich gab es keinen Zweifel, dass sie auch etwas entdecken würden in ihrem kleinen, schlauen Kopf. Ich hatte eine böse Ahnung. Mir wurde übel, ich wäre gerne aufgestanden, doch ich hatte Gesa versprochen, bei ihr zu bleiben, bis sie schlief.

Ich legte meine kraftlosen Beine mit auf die Decke, rutschte ein wenig tiefer, sodass ich neben ihr lag und ihren Atem auf meinem Gesicht spürte. Ihre Augen waren zwar geschlossen, doch die Lider zuckten nervös, als wäre sie noch immer auf der Hut.

«Versuche zu schlafen, kleine Gesa», summte ich in ihr Ohr. Sie lächelte, als ich «kleine Gesa» sagte.

Ich dachte, sie würde schon schlafen, doch sie sammelte all ihre restliche Energie und spitzte die Lippen, schmatzte kurz. Ich

merkte, dass sie mir noch etwas Wichtiges sagen wollte. Es war etwas Schönes, etwas Friedliches, denn ein Lächeln rutschte zwischen die Silben.
«Wissen Sie, ich finde, unser Haus sieht aus wie ein … wie ein …»
Die Kraft versiegte.
«… wie ein Seeräuber mit einer Augenklappe», ergänzte ich.
Und dann lächelte sie sich in den Schlaf.

Gesa träumte selten, doch in dieser Nacht tat sie es. Die schlaflose Nacht, nachdem sie von zu Hause geflüchtet war, die ganzen Strapazen hatten sie müde gemacht. Und als Okka Leverenz ihr die Kopfschmerzen fortgestreichelt hatte und sie endlich die Weichheit und Wärme des Bettes genießen konnte, da war sie sanft und leise eingeschlafen und träumte einen wunderbaren, friedlichen Traum vom Kartoffelfeuer. Sie saß mit all den anderen Kindern im Kreis und lachte laut, aß Unmengen von heißen Kartoffeln und war glücklich. Sie spürte eine Hand auf ihrem Oberarm, die über ihre Haut rieb, es wurde kühler und sie bekam eine Gänsehaut, doch die Hand lag noch immer auf ihr.
Moment. Das war kein Traum. Diese Hand …
Gesa öffnete erschreckt die Augen. Diese Hand lag wirklich dort. Und ihr war kalt. Die Bettdecke war zurückgeschlagen. Es war stockdunkel im Zimmer. Eine andere Hand drückte ihren Kopf in das Kissen. Sie konnte sich nicht umdrehen. Jemand hielt sie fest. Noch eine Hand. Eine dritte Hand packte ihre Beine, als sie losstrampeln wollte. Sie versuchte sich zu wehren, spannte ihren Oberkörper an, wollte sich aufbäumen, doch die Hände waren viel zu kräftig. Was war passiert?
Und dann drang ein brennendes Piksen unterhalb ihrer Schul-

ter ein. Eine Spritze, kein Zweifel, es war eine Spritze. Als sie schreien wollte, merkte sie, dass ihre Lippen verklebt waren. Ihr Hilfeschrei wurde noch im Mund erstickt.
Ich habe Angst, dachte sie verwirrt, o Gott, ich habe in meinem ganzen Leben noch nie so eine Angst gehabt. Doch kaum ebbte der Schmerz an der Einstichstelle ab, da durchflutete ein wattiges Gefühl ihren ganzen Körper und sie war sich auf einmal nicht mehr sicher, ob sie Angst hatte oder nicht. Die starken Arme unter ihren Knien und im Genick nahm sie nur noch am Rande wahr, sie fühlte, dass sie aus dem Bett gehoben wurde. Jetzt konnte sie den Kopf wieder bewegen und konnte vielleicht sehen, wer sie da forttragen wollte. Sie strengte sich an, doch es war sinnlos, ihre Augen waren wie zugeschweißt. Gesas Gedanken verloren den Faden, Okka war da … festhalten … es ist so kalt … ich bin so müde.

9.

Die Ärztin legte kurz den Kopf schräg und machte ein tantenhaftes Gesicht, welches die Eindringlichkeit ihrer Worte verstärken sollte. «Wenn Sie uns wirklich schon verlassen möchten, dann geht das aber nur auf eigene Verantwortung. Ich halte es für viel zu früh, Frau Leverenz, eigentlich sollten Sie noch mindestens drei Tage …»
«Drei gehen auf gar keinen Fall!», unterbrach ich sie. «Auch nicht zwei Tage oder einer. Ich werde heute nach Hause gehen.» Ich versuchte, überzeugend kraftvoll aus dem Bett zu steigen, doch es misslang mir ziemlich. Meine Beine waren noch immer weich wie Pudding und als meine Hosenbeine hochrutschten, konnte man die hässlichen Schürfwunden und dunkelblauen Prellungen sehen, die sich jetzt schmerzhaft bemerkbar machten. «Es geht doch super, sehen Sie?», presste ich zwischen meinen zusammengebissenen Zähnen hervor.
Der Assistenzarzt schüttelte tadelnd den Kopf und die Ärztin zog skeptisch die Augenbrauen nach oben. «Wie gesagt, Frau Leverenz, wir halten gar nichts davon. Doch wir können Sie auch nicht gegen Ihren Willen hier behalten.» Sie seufzte, denn ich war noch während ihrer Worte zu meiner bereits gepackten Tasche gegangen, in der das Sommerkleid zusammengerollt war. «Aber Sie müssen mir versprechen, dass Sie sich schonen, ja? Keine hektischen Bewegungen, kein Stress, am besten wäre es, wenn Sie sich zu Hause direkt wieder hinlegen. Haben Sie jemanden, der sich um Sie kümmert?»
«Hat sie», sagte mein Vater, der sich in die Ecke beim Waschbecken verzogen hatte, als die Visite ins Zimmer kam. «Ich werde meiner Tochter ein guter Krankenpfleger sein, versprochen!»

Die Ärztin zögerte kurz, schaute mit sorgenvoller Miene von meinem Vater zu mir, dann wandte sie sich an ihren Assistenten. «Also gut, machen Sie die Papiere klar. Frau Leverenz verlässt die Klinik auf eigenen Wunsch, entgegen dem Anraten der Ärzte und so weiter und so weiter.» Sie reichte mir die Hand und nickte. «Na dann, alles Gute. Und wenn Ihnen irgendwie unwohl sein sollte, dann ...»
«Ja, ja, ich weiß, dann suche ich sofort einen Arzt auf, ich habe verstanden.»

Mein Vater hatte seinen alten, klapprigen Polo auf dem Parkplatz vor der Klinik geparkt, er hielt mir die Tür auf, er trug meine Tasche, er half mir in den Wagen. Und als wir ein paar Meter gefahren waren, fiel mir auf, dass er in die falsche Richtung fuhr. Er wollte zu unserer Wohnung über dem Friseursalon, wie selbstverständlich lenkte er den Wagen dorthin. Das machte mich wütend.
«Bitte fahre mich nach Hause», sagte ich mit Nachdruck.
Er blickte mich kurz und traurig von der Seite an. «Wenn du es schon nicht mehr als dein Zuhause ansiehst, dann verbring bitte so etwas Ähnliches wie einen Urlaub in unseren alten vier Wänden. Du sollst es nicht übertreiben und ...»
«Du fährst doch sowieso bald wieder sonst wohin. Ist es nicht so?»
Er kratzte sich mit einer schuldbewussten Geste am Kopf. «Na ja, eigentlich müsste ich morgen schon nach Spitzbergen, eine spannende Reportage, aber wenn ich es mir so recht überlege ...»
«Willst du hier bleiben?»
«Ja, Okka, ich denke ernsthaft darüber nach», sagte er, fuhr den Wagen an die rechte Seite auf eine freie Bushaltestelle am

Marktplatz und stellte den Motor ab. «Den Job kann auch ein anderer machen. Ich denke, du brauchst mich jetzt dringender als die Leute in Spitzbergen!»
Ich konnte das Ausrufungszeichen hinter dem letzten Wort förmlich hören. «Papa, wenn du meinst, ich leg mich zu Hause auf die Couch, dann hast du dich getäuscht!»
Hinter uns hupte ein Bus, ich konnte im Seitenspiegel sehen, dass er sich aufdringlich unserem Heck näherte.
«Fahr weiter, Papa. Und fahr mich bitte zur Warft.»
Doch er reagierte nicht, dickfellig starrte er mich weiter an. «Du warst nicht allein auf diesem Boot, Okka, dieser Vizechef von Liekedeler war dabei, stimmt's? Und als es ums Ganze ging, hat dieser Kerl dich im Stich gelassen.»
Wieder dröhnte das Hupen des Busses. «Er wollte Hilfe holen, Papa. Sjard Dieken kann sehr gut schwimmen und er wollte mich retten, weil ich außer mir war vor Angst und keinen Meter weiter konnte! Und nun fahr verdammt nochmal weg hier!»
«Aber ist er denn wiedergekommen? Hat er dir geholfen?»
«Bitte, Papa!»
«Wann ist er verschwunden, um angeblich Hilfe zu holen?»
Der Busfahrer drückte nun dreimal hintereinander auf das Signal, ich wartete jeden Moment auf den Ruck, mit dem der vierrädrige Riese uns nach vorn schob. «Papa, ich habe nicht auf die Uhr geschaut. Ich schätze, es war gegen acht, halb neun. Jedenfalls hatte die Flut gerade seit einer Stunde oder so eingesetzt, keine Ahnung. Ist doch auch egal.» Ein älterer Herr klopfte schimpfend gegen die Scheibe an der Beifahrertür und zeigte wild gestikulierend auf seine Armbanduhr. «Ja, ja!», rief ich.
Doch mein Vater ließ den Motor immer noch nicht an, er schien das Chaos um uns herum nicht zu bemerken oder er ignorierte

es gekonnt. «Okka, es war halb elf, als dich die Segler aus dem Wasser zogen. Du warst schon ganz blau im Gesicht, sie dachten erst, du wärest tot. Und von deinem heldenhaften Sjard Dieken hat bislang niemand etwas gesehen oder gehört. Du hattest doch in den letzten vierundzwanzig Stunden genug Zeit zum Nachdenken, ist es dir da nicht ein einziges Mal in den Sinn gekommen, dass er dich absichtlich entsorgen wollte?»
Ich starrte ihn an, sprachlos, weil ich nicht glauben konnte, was er soeben gesagt hatte.
«Vielleicht hat er sich nur selbst in Sicherheit gebracht. Alle Zeichen standen schlecht für dich, mein Schatz, er konnte sich beinahe sicher sein, dass du krepieren würdest. Und das wäre gut für ihn gewesen.»
«Für wen?», schrie ich ihn an. Der alte Mann klopfte wieder ans Fenster, der Bus hupte durchdringend und ich hätte meinem Vater am liebsten die Augen ausgekratzt vor Wut. Weil er mir keine Möglichkeit gab, an eine andere Wahrheit zu glauben.
«Für wen wäre es gut gewesen? Für wen?»
«Für ‹Liekedeler› und somit auch für Sjard Dieken», sagte mein Vater ruhig und schaute dabei nicht weg. «Ich weiß, du willst das nicht hören.»
Aber ich hatte es ja ganz hinten in meinem Kopf auch schon gedacht: Entweder war Sjard bei dem Versuch, mich zu retten, ums Leben gekommen. Oder aber er war am Leben und hatte mich im Stich gelassen, hatte es darauf angelegt, dass ich am Mast hing, bis das Wasser mir den letzten Halt nahm.
Mein Vater ließ so plötzlich den Motor aufheulen, dass der Mann neben dem Wagen einen hektischen Satz zurück auf den Gehsteig machte. Doch noch ehe er den Wagen anrollen ließ, schnallte ich mich ab, stieß die Beifahrertür auf und stieg hastig aus dem Auto. Ich hörte noch, dass er «Wenn du mich

brauchst, ich bin immer für dich da» sagte, bevor ich die Wagentür zuwarf, rasend vor Schmerz. Er fuhr davon. Ich drehte mich um und ging zu den Menschen, die mich anstarrten und sich wohl alle ihren Teil dachten über die Frau, die wild und verwirrt aussah und ausgebeulte Jogginghosen und Augenringe bis zu den Knien trug.
Doch es kümmerte mich nicht. Wütend drängte ich mich als Erste in den Bus und setzte mich auf die vorderste Bank. Ich hatte Glück, er fuhr in die richtige Richtung.

Niemand hatte mich bemerkt, als ich auf das Grundstück schlich.
Sie saßen gerade alle im Speisesaal, als ich in mein Büro ging, es roch nach Montagmittag, nach Labskaus mit Spiegeleiern.
Ich war außer Atem, von der Bushaltestelle bis hierher waren es nur knapp fünfhundert Meter, doch meine Beine waren noch immer schwach und ich schwitzte ungewöhnlich heftig, obwohl es draußen nicht mehr so drückend warm war wie vor dem Gewittersturm.
Es gelang mir, beinahe lautlos ins Büro zu schlüpfen und die Tür zu verriegeln. Das Licht blieb aus, ich blickte mich um. Ich konnte mich nicht daran erinnern, dass ich am Samstag den Papierstapel vor mir so akkurat hinterlassen hatte. Natürlich hatte jemand meine Sachen durchwühlt. Jemand war mir auf den Fersen. Jemand wollte wissen, was ich wusste. Jemand. Ich musste schneller sein als dieser Jemand.
Ich stellte den Rechner an, summend fuhr er die Programme hoch, ein Geräusch, welches nach harmloser Büroarbeit, nach friedlicher Normalität klang. So als würde Sjard gleich zur Tür hereinkommen, um mir einen schönen Tag zu wünschen.
Ich musste mich beeilen. Solange alle am Mittagstisch saßen,

war ich sicher. Keine Sekunde länger. Es gab auch nur eine Sache, die ich hier zu erledigen hatte, beinahe traute ich mich nicht, auf das Display zu schauen, wenn es nun doch nicht … Doch! Ich wusste es!

Eine Nachricht blinkte auf dem Bildschirm. Eine Nachricht aus dem Zentralcomputer. Eine Mail ohne Absender. Mein Herz setzte kurz aus und ich zögerte für den Bruchteil einer Sekunde. Ich kannte den Schreiber, ohne die Nachricht gelesen zu haben. Es musste derselbe Absender sein wie bei der letzten Botschaft vor wenigen Tagen.

Und dieser Absender musste leben, denn die Botschaft wurde erst vor wenigen Stunden an mich abgeschickt.

Du bist wieder da! Gott sei Dank, dir ist nichts passiert! Ich behalte dich im Auge.

Sjard! Mein Gott, er lebte. Ich wollte in meinem Kopf nach Erklärungen für sein Verschwinden suchen, doch ich hatte keine Zeit dafür. Ich hörte schon den Lärm der Kinder, die im Speisesaal artig die Teller ineinander stellten, das Husten der Erwachsenen, die sich vom Tisch erhoben, die ersten Schritte auf dem Flur.

Es war die letzte Gelegenheit, sich aus dem Büro zu schleichen, doch als ich die Tür leise öffnete, stand Dr. Veronika Schewe vor mir, als hätte sie geahnt, dass ich herauskommen würde. Abwartend, mit verschränkten Armen, sagte sie mit ihrer gewohnt klaren, tiefen Stimme: «Frau Leverenz, wie schön, dass Sie wieder hier sind. Geht es Ihnen gut?»

Hinter ihr stand Redenius, er sah mich nicht an, blickte zu den Kindern, die eifrig über den Flur rannten. «Nun mal langsam, nicht dass sich jemand verletzt», rief er ihnen zu.

Ich blickte an mir hinunter, sah meine Krankenhausgestalt, meine zerschlissene Hose und die unförmigen Schuhe, dann

holte ich tief Luft und es gelang mir, mit einem etwas wehleidigen Blick wieder den Augen meiner Chefin zu begegnen. «Es geht mir nicht gut. Ich wollte fragen, ob ich für ein paar Tage Urlaub nehmen kann. Der Arzt sagte mir, ich solle ...»
«Selbstverständlich können Sie sich freinehmen. Sie haben viel mitgemacht, wir alle hier sind zutiefst geschockt, was Ihnen und Sjard passiert ist.»
«Wo ist Sjard?»
Dr. Schewe legte ihre Hand auf meine Schulter, sie schien mich schwer zu Boden zu drücken, doch in Wahrheit stand ich kerzengerade vor ihr.
«Meine Güte, es ist schrecklich, wissen Sie, er hat es wohl nicht geschafft. Wir alle hoffen ... vielleicht beten wir sogar, dass er doch irgendwie wieder auftaucht. Aber es ist schon zu viel Zeit vergangen, er wird seit mehr als vierzig Stunden vermisst.»
Redenius lehnte sich gegen die Flurwand. Er schaute noch immer den Schülern hinterher, obwohl diese schon längst durch die offene Haustür in den Garten verschwunden waren. «Gesa Boomgarden wird auch vermisst. Wir haben es gerade erfahren», sagte er monoton.
«Aber sie ist doch im Krankenhaus. Mein Vater hat es mir erzählt. Was ist mit ihr passiert?» Ich ging langsam ein Stück zur Seite, sodass Dr. Schewes Hand von mir abfiel.
«Die Polizei rief an, als wir gerade zu Tisch saßen. Das Kind lag heute Morgen nicht mehr in seinem Bett, das Fenster stand auf, es wird vermutet, dass sie entführt wurde.»
Entführt?, wollte ich fragen, doch mein Kopf gab mir schneller eine Antwort, als ich den Mund öffnen konnte. Gesa sollte heute Morgen untersucht werden! Mir war klar, dass jemand ein großes Interesse daran hatte, diese Untersuchung zu verhindern. Und mir war auch klar, wer dieser Jemand war.

«Die Schwester hat ausgesagt, dass sie gestern Abend eine Frau zu Gesa gelassen hatte, die sich als ihre Mutter ausgegeben hat. Man weiß nicht genau, wer diese Frau war, doch es wird davon ausgegangen, dass sie es war, die Gesa aus dem Krankenhaus verschleppt hat.»
Das Blut raste durch meine Adern, ich konnte mein Herz wild schlagen hören. Ich musste verschwinden.
«Die Polizei wird gleich hier sein, um uns eine Beschreibung der Person zu geben», sagte Redenius, es klang merkwürdig langsam und eindringlich, so als wolle er mir etwas zu verstehen geben, was ich ja schon längst begriffen hatte. Wenn die Polizei erst einmal hier war, gab es für mich keine Chance mehr. Ich würde dem Phantombild mehr als nur ähnlich sehen, so viel stand fest.
Es blieb mir keine Zeit, abrupt lief ich Richtung Vordertür.
«Bleiben Sie hier, Frau Leverenz», rief Veronika Schewe hinter mir her. «Die Polizei wird gleich hier sein!» Doch ich hörte nicht hin, hatte auf Instinkt umgeschaltet, spürte nicht die Schmerzen in meinen Beinen. Ich war noch verdammt schwach. Wohin sollte ich gehen? Darüber durfte ich jetzt nicht nachdenken.
Mein Rad stand neben den Eingangsstufen. Ich setzte mich ungeschickt auf den Sattel und fuhr los, fuhr so schnell ich konnte. Ich hielt krampfhaft den Lenker fest, denn ich hatte Angst, die Kontrolle zu verlieren. Es musste schnell gehen. Ich drehte mich nicht um. Ich war auf der Flucht.
Als ich in Richtung Deich abbog, sah ich aus den Augenwinkeln zwei Polizeiwagen auf das Grundstück fahren. Ich drehte mich nicht um.

Irgendwann, als ich schon einige Kilometer ziellos mit dem Rad gefahren und meine Kehle von der Anstrengung trocken war, fielen mir ein paar Worte ein, die Henk einmal zu mir gesagt hatte. Es war an dem Tag gewesen, als ich ihm das erste Mal begegnet war, ihm und Sjard. War es wirklich erst fünf Wochen her?

«Sie können mich ja mal besuchen, vielleicht fahren Mama und ich ein paar Tage dorthin.» Das hatte Henk zu mir gesagt und ich hatte seine Einladung nach Juist mit einem amüsierten Lächeln abgetan. Im selben Moment, als mir dieser Satz wieder in den Sinn kam, lenkte ich das Fahrrad Richtung Norddeich.

Eine große weiße Fähre lag im Hafen, sie schien auf mich zu warten. Die Rampen lagen zum Hinaufgehen bereit, nächste Abfahrt der «Frisia IX» nach Juist um 14.45 Uhr, also in fünf Minuten.

Ich stellte mein Fahrrad am Hafen ab und mischte mich unter die erwartungsvollen Passagiere, denen man die Vorfreude auf einen sonnigen Familienurlaub von den Gesichtern ablesen konnte. Ich beneidete sie, auch um die Sicherheit, die es bedeutete, Geld in der Tasche zu haben.

«Mama, wenn wir da sind, krieg ich dann ein Eis?»

«Sind wir länger unterwegs als eine Stunde?»

«Wie weit ist es vom Hafen bis zum Hotel?»

Ich setzte mich auf eine der roten Kunststoffbänke und schloss die Augen, hörte das Abfahrtsignal, die blecherne Durchsage «Die Frisia IX fährt nach Juist und wir legen jetzt ab», ich merkte kaum den Ruck. Beruhigend summten die Schiffsmotoren unter meinen Füßen. War es wirklich eine so gute Idee, auf eine Insel zu flüchten? Von dort gab es keinen Ausweg. Nur diese Fähre und ein paar winzige Flieger. Doch würden sie eine Per-

son, die seit heute als mutmaßliche Kindesentführerin galt, gerade deshalb ausgerechnet auf Juist suchen? Überall, nur nicht dort. Es war die richtige Entscheidung. Ich vermutete, dass sie meinen Vater nach meinem Verbleib befragen würden.
Ich öffnete die Augen und blickte auf das Watt. Es sah wieder friedlich aus, hellgelber Sonnenschein spiegelte sich funkelnd auf den kleinen, malerischen Wellen. Es war nicht mehr so warm wie am Samstag, doch es war dasselbe Meer, das uns erst erfreut und dann in Gefahr gebracht hatte.
Ein aufgedrehter Junge mit blondem Haar stieg auf die Sitzbank, lief hinter meinem Rücken entlang.
«Papa, die Frau weint ja», rief er aufgeregt, und erst da bemerkte ich meine nassen Wangen und das Brennen in meinen Augen. Ich lächelte dem Knirps zu.
«Alexander!», sagte der Vater tadelnd, dann blickte er wieder durch sein Fernglas.
«Kann ich auch mal durchschauen?», fragte der Junge und hüpfte aufgeregt, als sein Papa ihm die Gläser reichte.
«Schau, bei Ebbe ist das alles trocken hier und nur bei Flut können die Schiffe nach Juist fahren, nur dann ist das Wasser hier tief genug.»
«Kann man hier auch ertrinken?»
«Nein, ich glaube nicht», sagte der Vater.
Das Gefühl, in Sicherheit zu sein, breitete sich wohlig in mir aus und ich glitt in einen kurzen Schlaf, in dem ich träumte, Gesa läge immer noch friedlich in ihrem weißen Krankenhausbett.

«Ich habe keine Ahnung, wo wir sie finden können. Ich habe auch keine Ahnung, wie viel sie weiß oder ahnt.»
«Verdammt nochmal», fluchte Birger Isken, ohne sich dafür zu entschuldigen, wie es sonst seine Art war. «Ich dachte, ihr hät-

tet hier alles im Griff. Ich habe weiß Gott genug in diesen Laden investiert, dann kann ich doch eigentlich erwarten, dass alles glatt läuft.» Er ließ seine flache Hand auf den Tisch knallen, sodass alle im Raum zusammenzuckten. «Gerade jetzt, wir sind so kurz davor, nur noch ein paar … was weiß ich, ein paar Tage! Und jetzt dieses Chaos!»
Birger Isken hatte mehr als nur schlechte Laune, und Veronika Schewe wusste, dass sich in den letzten vierzig Stunden viele Gründe dafür versammelt hatten. Erst die Sache mit Sjard Dieken, von dessen Arbeit er immer schon beeindruckt gewesen war. Dann wurde die kleine Gesa Boomgarden ins Krankenhaus eingeliefert. Und schließlich fehlte noch jede Spur von der Frau, die sich nun sicher als Gefahr für das gesamte Projekt herausgestellt hatte. Birger Isken war sofort mit einem kleinen Privatflugzeug von Hannover nach Norden gekommen. Und der wohl triftigste Grund für sein grimmiges Gesicht: Er steckte gerade in der Endphase für die neueste Rytephamol-B-Reihe, und diesmal war er sich ganz sicher, dass das Ergebnis so ausfallen würde, wie er es sich wünschte, wie sie es sich schon seit Jahren gemeinsam wünschten. Die verbesserte Formel ließ sie hoffen, dass schon bald die offizielle Testreihe begonnen werden konnte. Von da an war es nur noch eine Frage der Zeit, wann Rytephamol-B auf den Markt gelangte. Durch die Liekedeler-Kinder hatten sie sich die kostspieligen Testreihen gespart. Vergessen waren die teilweise fehlgeschlagenen Experimente. Zum Glück hatten sich die Schäden in Grenzen gehalten, alle Kinder der ersten Probereihe waren inzwischen umgestellt und prophylaktisch gegen die schlimmsten Nebenwirkungen behandelt worden. Nun, die Migräneattacken waren ein Problem, welches ihnen ebenfalls Kopfschmerzen bereitete, doch die grandiosen Ergebnisse von Henk Andreesen

bestätigten ihnen dennoch, dass sie grundsätzlich auf dem richtigen Weg waren.

Veronika Schewe lehnte mit dem Rücken an der Wand und verschränkte die Arme vor der Brust. Sie wusste, es sah aus, als wolle sie sich selbst vor den Angriffen schützen, doch das stimmte nicht. Sie wollte nur die anderen vor dem Schlimmsten bewahren, denn das, was in den letzten Tagen schief gelaufen war, hatte sie allein verbockt. Alles hatte damit angefangen, dass sie sich in Okka Leverenz derart getäuscht hatte. «Wir werden sie bald haben, Birger, verlass dich drauf!»

«Und wie, wenn keiner von euch hoch qualifizierten Idioten weiß, wo sie steckt?»

«Wir waren bei ihrem Vater. Gleich nachdem die Polizei heute Morgen da war, um das Verschwinden von Gesa Boomgarden zu klären, haben wir Peter Leverenz einen kurzen Besuch abgestattet.»

Birger Isken lächelte kalt. «Aber ihr wisst immer noch nicht, wo seine Tochter steckt, habe ich Recht?»

Ja, damit hatte er natürlich Recht. Doch dies war auch nicht der Grund gewesen, das Haus in der Westerstraße mit dem kleinen, altmodischen Friseursalon zu besuchen. Niemand hatte wirklich damit gerechnet, Okka Leverenz bei ihrem Vater zu finden. Vielleicht ein wenig gehofft. Doch nicht damit gerechnet.

Und als nach energischem Klopfen und hartnäckigem Klingeln endlich ein etwas ungewaschen wirkender, aber durchaus attraktiver Mann die Wohnungstür öffnete, da war auch ihr, Veronika Schewe, klar gewesen, dass Okka woanders Zuflucht gesucht hatte. Peter Leverenz war kein Vater, zu dem man ging, wenn man in Sicherheit sein wollte. Der eigentliche Anlass für diesen kurzen Ausflug war ein anderer gewesen.

«Wir haben jetzt die Telefonleitungen angezapft. Es war ein

Kinderspiel, das Haus ist steinalt und die Anlage liegt draußen im Hinterhof. Dein Techniker hat ganze Arbeit geleistet. Während ich mit Herrn Leverenz gesprochen habe, hat er, nun ja ...», Veronika Schewe zeigte auf den Mann, der eingeschüchtert auf einem der Bürostühle saß, «... er hat ein bisschen manipuliert. Jetzt können wir sämtliche ein- und ausgehenden Telefonate in dem Haus abhören. Mehr konnten wir auch nicht tun, aber ich bin mir sicher, dass sich Okka Leverenz früher oder später bei ihm melden wird.»
Birger Iskens Gesicht entspannte sich ein wenig. «Und, was habt ihr bislang herausgefunden?»
Der Mann, der noch immer die Kleidung eines Fernmeldetechnikers trug, obwohl er eigentlich als Mechaniker im Pharmalabor für die Wartung der Apparate zuständig war, setzte sich aufrecht hin. «Es ist nicht viel, Professor, in erster Linie Anmeldungen für Dauerwellen und Blondierungen, wir bekommen ja wie gesagt alle Gespräche über Funk mit. Peter Leverenz hat seitdem nur zweimal telefoniert. Einmal hat er einen Auftrag für eine Reportage abgesagt, ich glaube es ging um, hmm, ich glaube es war Spitzbergen.» Er kratzte sich angestrengt am Kopf. «Und dann bekam er einen Anruf. Von einem gewissen Ben.»
«Ben? Wer ist das? Und worum ging es bei dem Gespräch?» Birgers Ton war nach wie vor scharf und jeder im Raum fühlte sich davon geschnitten.
Veronika Schewe ging von ihrem sicheren Platz an der Wand quer durch den Raum und setzte sich direkt vor Birger auf die Kante des Schreibtisches. «Wir wissen nicht, woher dieser Anruf kam, doch wir haben das Gespräch aufgezeichnet. Vielleicht weißt du etwas damit anzufangen.» Sie holte den winzigen CD-Player aus der Schublade und steckte eine silbern glänzende Minidisc hinein.

Alle waren still, Veronika selbst hielt auch die Luft an. Sie wusste, was auf der CD war.
«Ben hier. Peter, was ist? Du hast versucht, mich zu erreichen!»
«Sie waren hier, sie haben nach Okka gefragt.»
Die Stimmen klangen so klar, als wären die telefonierenden Personen unsichtbar in ihre Mitte getreten. Die erste Stimme war jung, atmete ein wenig schnell oder aufgeregt, so als wäre die Person, die dazugehörte, gerannt.
«Liekedeler? Was hast du ihnen gesagt?»
«Na, was schon, die Wahrheit. Ich hab keine Ahnung, wo Okka steckt.»
«Du wolltest sie doch mitnehmen aus der Klinik. Scheiße.» Die kleine Pause war von einem hektischen Atemzug gefüllt. «Ich dachte die ganze Zeit, sie wäre bei dir. Du wolltest ihr doch alles erzählen.»
Peter Leverenz lachte kurz auf, auch er klang nicht besonders erfreut. «Du kennst doch Okka, sie fing schon an zu meutern, als ich nicht in Richtung ihrer neuen Wohnung abgebogen bin. Dann habe ich versucht, es ihr im Auto zu erklären, wirklich, aber sie hat auf stur gestellt. Sie war wie besessen von dem Gedanken, den Kindern irgendwie zu helfen. Und als dann der Name Sjard Dieken fiel und ich andeutete, dass er sie vielleicht mit Absicht im Stich gelassen hat, gingen bei Okka alle Lampen aus. Tja, und dann ist sie abgehauen.»
Wieder eine Pause. Man konnte ein aufgeregtes Schnauben hören. «Mein Gott, du hättest sie nicht gehen lassen dürfen. Jetzt weißt du es selbst: Sie sind hinter ihr her! Scheiße!» Totenstille. «Hast du ihr nichts von Rytephamol-B erzählt?»
«Was?», brüllte Birger Isken und Veronika Schewe stellte das Diktiergerät sofort auf Pause. «Was hat der da gesagt?»
Sie drückte die letzten Sekunden der Aufnahme zurück.

«... ihr her! Scheiße! ... Hast du ihr nichts von Rytephamol-B erzählt?»

Birger Isken erhob sich. Er war riesig. Er war schon immer ein großer Mann gewesen, doch in diesem Moment war er riesig.

«Woher wissen die das?»

Niemand sagte etwas. Auch wenn sie die Antwort gewusst hätten, niemand hätte in diesem Moment gewagt, das Wort zu ergreifen.

«Kann mir mal einer erklären, warum irgend so ein Ben Sonstwer über unser Projekt Bescheid weiß? Meine Güte, wir zahlen den ganzen Ärzten und unseren Leuten in den Labors weiß Gott genug Schweigegeld, da kann und darf nichts durchsickern. Sie wissen doch alle, dass alles verloren ist, wenn nur ein einziger Nichtbeteiligter von den Tests erfährt. Verdammt nochmal, wo ist die undichte Stelle?» Birger Isken stützte sich mit beiden Händen auf die Schreibtischplatte und schaute jedem der Reihe nach in die Augen. Als er Veronika Schewes Blick begegnete, hielt er inne. Und dann sprach er leise.

Wenn er leise sprach, stand es schlimmer, als wenn er schrie. Es war die höchste Steigerung, mit der er seine Erregung zum Ausdruck brachte. Veronika Schewe kannte diesen Mann. Sie kannte ihn schon ewig.

Doch so leise hatte er noch nie zu ihr gesprochen.

«Es geht nicht. Sie müssen alle weg. Okka Leverenz und ihr Vater, dieser allwissende Ben ... Wir sind so nah am Ziel. Krieg endlich raus, wo diese Okka Leverenz steckt, und dann müssen sie alle weg!»

Mein Gott, war es hier friedlich.

Ich hatte vielleicht eine Stunde geschlafen, nicht viel länger, die Lautsprecherdurchsage, dass die Fähre gleich im Juister Hafen festmachte, hatte mich geweckt. Ich fühlte mich immer noch elend, aber nicht mehr ganz so jämmerlich wie vor dem Schlaf. Meine Beine trugen mich mehr schlecht als recht vom Schiff, ohne größere Probleme konnte ich den Fahrkartenkontrolleur davon überzeugen, dass ich mein Portemonnaie vergessen hatte und nach meinem Besuch bei der Familie Andreesen das Ticket ganz schnell nachlösen würde. Wer weiß, vielleicht würde ich das tatsächlich tun. Und so betrat ich ein Stück heile Welt.

Ich war noch nie hier gewesen. Doch auf dieser Insel kennt man sich sofort aus. Wo sollte man sich auch verlaufen? Vom Hafen bis zum Ortskern waren es nur zweihundert Schritte, und wenn man dann auf dem Kurplatz stand, hörte man schon wieder das nahe Meer hinter den roten Häusern rauschen.

Henk hatte mir einmal erzählt, dass sein Haus in der Nähe der Tennisplätze lag und er früher immer die gelben Bälle aus den Dünen aufgesammelt hatte, um sich so ein paar Tennisstunden zu verdienen. Ich musste rechts abbiegen, daran erinnerte ich mich noch aus seinen Erzählungen. Hoch zur Strandpromenade und dann rechts ab. Ich wusste, dass ich hier richtig war. Endlich keine Chance mehr, den falschen Weg einzuschlagen.

Auf der Straße zum Strand roch es nach frischer Wäsche aus dem Keller eines Hotels, nach Fischbrötchen, die es an einem fahrbaren Verkaufsstand gab und für die Dutzende Schlange standen, nach dem Sonnenöl auf der Haut der Urlauber, Inselidylle pur.

Ich trug immer noch die Kleidung, die mein Vater mir ins Krankenhaus gebracht hatte. Ich schwitzte und irgendwann hielt ich kurz an, setzte mich in den warmen Sand und zog meine Schuhe und die Jogginghose aus und steckte alles in einen Abfalleimer ein paar Meter weiter. Niemand scherte sich darum. Alle waren nur damit beschäftigt, nichts zu tun. Barfuß und zufrieden ging ich weiter und genoss das sonnensatte Backsteinpflaster unter meinen Füßen.

Das Haus war nicht schwer zu finden. Henk hatte mir so oft beschrieben, wie es sich mit seinem Reetdach auf den obersten Dünen zwischen den graugrünen Gräsern versteckte. Ich bog in den schmalen Sandweg ein und öffnete wenige Schritte weiter eine kleine Holzpforte, über der mich an einem alten Tau baumelnd ein Schild mit *Moin bi Familie Andreesen* begrüßte.

Die Haustür stand auf, so als erwartete man mich, also ging ich in den kühlen, dunklen Flur mit dem blauen Fliesenboden.

«Hallo?»

Erst kam keine Antwort. Ich dachte, dass die beiden bei diesem schönen Wetter sicher Besseres zu tun hatten, als zu Hause zu bleiben. Vielleicht waren sie am Strand, in den Dünen, im Inseldorf?

«Okka!», rief Henk und im selben Augenblick hatte er mich regelrecht von hinten überfallen, stürmisch schlang er seine dünnen Arme um meinen Hals. «Ich meine natürlich: Frau Leverenz!», fügte er verlegen hinzu, als ich mich zu ihm umdrehte.

«Hallo, Henk, ich freue mich so, dich zu sehen!» Ja, das tat ich wirklich. Ich hatte ganz vergessen, wie liebenswert er war.

Ich drückte ihn noch einen Moment, dann sah ich, wie Malin Andreesen aus dem hellen Licht vor der Tür in den dunklen Flur trat. Ich konnte ihr Gesicht nicht erkennen, wusste nicht, ob sie erfreut oder wütend über mein plötzliches Eindringen in ihr Privatleben war. Sie machte zwei Schritte auf mich zu und reichte mir die Hand. Ich nahm sie, ihre Finger waren warm und sandig und an ihrem Druck erkannte ich, dass ich willkommen war.

«Kann ich für ein paar Tage bei Ihnen bleiben?»

Sie taten ihr nicht weh. Das Bett, auf dem sie lag, war weich und breit genug, um sich darin zu drehen und zu wenden, soweit es ihr mit den festgebundenen Armen möglich war. Auch das Essen, das einer von ihnen, der, der nichts sagte, ihr immer wieder mit dem Löffel einflößte, schmeckte gut. Er schien jede Mahlzeit auf einem Gaskocher frisch zuzubereiten. Gesa konnte den feinen Gasgeruch wahrnehmen, sie konnte ja nichts sehen. Seitdem sie von ihrer Bewusstlosigkeit erwacht war, verhüllte eine feste Stoffbinde ihre Augen. Doch an den Geräuschen um sich herum, an dem ewigen Rücken von metallenen Gegenständen und der stickigen, mit kaltem Zigarettenrauch geschwängerten Luft meinte sie zu erahnen, dass sie in einem Campingmobil oder einem Baucontainer untergebracht war.
Den einen, der nichts sagte, erkannte sie an seinen sanften, fast zärtlichen Berührungen, mit denen er sie vor dem Essen ein wenig aufrichtete. Der andere sprach auch nicht viel, doch was er sagte, klang freundlich, teilweise sogar ein wenig besorgt.
Sooft Gesa genug Kraft hatte, nervte sie die beiden Männer mit ihren Fragen. Schon als ganz kleines Kind hatte sie die Erfahrung gemacht, dass man die Erwachsenen mit der ewigen Fragerei in den Wahnsinn bringen konnte. Und sie verfolgte mit ihren Quälereien ein ganz bestimmtes Ziel, oder besser gesagt, zwei Ziele: Entweder verloren die Männer die Nerven und begingen eine Unachtsamkeit, die ihr zur Flucht verhelfen konnte, oder sie verloren die Nerven und sagten ihr direkt ins Gesicht, was sie mit ihr vorhatten. Egal, was passierte, es verkürzte diese ungewisse Warterei, und deshalb fragte Gesa, stellte dumme und intelligente Fragen. Andauernd.
»Wo sind wir hier?« Eine Frage, von der sie nicht erwartete, dass sie beantwortet werden würde, ebenso wie: «Was wollt ihr von mir?» – «Kenne ich euch?»

Wenn überhaupt, dann reagierte der eine von ihnen mit einem verächtlichen Schnauben. Anders war es, wenn Gesa zeigte, dass sie kein kleines Kind mehr war, sondern genau wusste, worum es ging. Vor einigen Stunden, es war beim Füttern gewesen, der Stille schob ihr etwas Warmes in den Mund, das nach Linseneintopf schmeckte, da flüsterte sie zwischen zwei Löffeln: «Weißt du eigentlich, wie sich mein Kopf in der Dunkelheit anfühlt? Er tut weh, einfach nur weh. Es ist schlimmer, wenn man nichts sehen kann! Weil man nichts zum Ablenken hat. Macht endlich, dass es aufhört! Bitte!»
Er war zurückgewichen und ein wenig Linseneintopf kleckste auf ihr Nachthemd, suppte sich durch bis auf die Haut.
«Pass doch auf, du Idiot!», sagte der andere und Gesa hörte Wasser laufen und abermals das Schieben eines Gegenstandes, der im Weg zu stehen schien, dann rieb ihr einer von beiden den Fleck weg und der Laute sagte kurz: «Entschuldigung!»
«Was wollt ihr mit mir tun?», fragte Gesa in die blinde Stille.
«Was?», fragte der eine.
«Warum habt ihr mich mitgenommen?»
Sie antworteten nicht, natürlich nicht. Stattdessen spürte sie den frischen Hauch hereinwehen, als eine Tür geöffnet wurde, und horchte auf die Schritte der Männer, die hinausgingen. Kurz nahm sie ein Geräusch wahr, das nach Kies klang, auf den schwere Füße aufsetzten, und ein leises Rascheln wie das Fegen des Windes durch hohe Baumkronen war auszumachen. Sie vermutete, dass ihr Gefängnis irgendwo in einem abgelegenen Waldstück lag, es gab Tausende dieser verlassenen Plätze hier in Ostfriesland. Es würde sie keiner finden, wenn überhaupt irgendjemand auf der Suche nach ihr war.
Sie hatte nicht gedacht, dass Okka Leverenz mit ihnen allen unter einer Decke steckte. Das hätte sie ihr niemals zugetraut.

Als sich gestern Abend im Krankenzimmer alles zum Guten zu wenden schien, als sie so etwas wie Vertrauen zu dieser Frau empfunden hatte, da war sogar das letzte bisschen Zweifel verschwunden. Gesa war für ihre zwölf Jahre verdammt hart, es gab nicht viel, was sie noch verletzen konnte, doch dass sie von Okka Leverenz auf solch gemeine Weise betrogen worden war, dass sie ihr vertraut hatte und als Gegenleistung verschleppt und auf ein Bett gefesselt wurde, das tat wirklich weh.
Sie weinte ein paar Tränen, die heiß und feucht in der Augenbinde versickerten. Gesa hasste sich selbst dafür, dass sie nun schon wieder heulen musste. Sie wollte raus. Sie wollte nicht mehr gefangen und blind sein und ungerecht behandelt. Und sie war bereit, alles dafür zu tun.
Die Männer kamen wieder herein. Der Stille setzte sich an ihr Bett und legte ihr ein längliches, geschmeidiges Ding aus Plastik in die Hand. Sie ertastete schnell, dass es sich um ein Handy handelte. Endlich! Endlich passierte etwas.
«Pass auf, Kleine», sagte der andere, er musste nach Gesas Gehör noch immer in Richtung Tür stehen, seine Stimme klang etwas angespannt und um Geduld bemüht. «Wir wählen jetzt eine Nummer und du musst dich dann melden. Mit deinem vollen Namen. Sag bitte am Telefon, dass es dir gut geht und dass sich daran auch nichts ändern wird, solange über gewisse Dinge die Klappe gehalten wird und diese neugierigen Nachforschungen über die Stiftung eingestellt werden.»
Gesa sagte nichts, sie ließ den Stillen wählen, lauschte dem hohen Piepen von zwölf Ziffern, bevor sie den Hörer an das Ohr hielt. In dem Augenblick, als das Freizeichen schon ertönte und sich ihre ganze angespannte Aufmerksamkeit auf die Frage stürzte, wer sich wohl am anderen Ende melden würde, in diesem Augenblick setzte sich ein Geruch in ihrer Nase fest, ein

vertrauter Geruch, ein männliches Parfüm, welches sie kannte, welches sie liebte. Es erinnerte Gesa an eine Zeit, als sie noch im Mittelpunkt stand, als Sjard Dieken beinahe jeden Tag mit ihr zum Kinderpsychiater gefahren war, um die verschiedensten Tests mit ihr zu machen. Und alle hatten damals gestaunt, wie schlau sie war. Es war eine wunderschöne Zeit, die sie nun in diesem Geruch wieder gefunden hatte.
«Sjard?», fragte sie zwischen zwei Freizeichen.

Malin Andreesen und ich saßen im Garten, wir waren bereits bei der zweiten Flasche Rotwein, einem fast heruntergebrannten Windlicht und dem Du angelangt und es war weit später als zehn Uhr.
Wir hatten, nachdem sie mir ein Gästebett bezogen hatte, viel geredet. Erst erzählte sie. Nicht verbittert, doch es war eine traurige Geschichte, in der sie erst sechzehn und in der Lehre zur Bürokauffrau war, das erste Mal allein auf dem Festland und nur am Wochenende nach Hause zur verwitweten Mutter fuhr. Und dann dieses Geständnis, dass sie schwanger war von einem verheirateten Mann, der nicht im Traum daran dachte, die Vaterschaft anzuerkennen, jedoch gut und gern dafür zahlte, dass sein Name aus dem Spiel blieb. Malin wusste auch, dass Henk diese Geschichte hasste. Er hielt seinen Vater für ein Schwein und seine Mutter für ein Dummchen, und er war das ungewollte Kind. Keine schöne Sache. Malin Andreesen erzählte, wie sehr sie ihre Mutter geliebt habe und wie dankbar sie ihr sei, dass sie ihr das Kind damals abgenommen habe. Eine abgeschlossene Berufsausbildung, ein Job in der Chefetage von «LoodenBau» und dann endlich der Weg in die richtige Richtung, als sie mehr zufällig einen Volkshochschulkurs belegte, in dem es um die Heilkraft von Edelsteinen ging. Kursleiter war

ihr jetziger Arbeitgeber, der einen Esoterikladen in der Bahnhofstraße hatte. Jetzt sei sie mit allem im Reinen, außer dass ihre Mutter verstorben sei, doch erst dadurch habe sie sich auch befreit genug gefühlt, den Jungen zu sich zu nehmen, und es klappe ja auch eigentlich sehr gut. Ich begann, Malin Andreesen zu verstehen.

Auch wenn sie eine merkwürdige Erscheinung war und mir viele ihrer Seiten fremd erschienen, begann ich sie zu mögen. Es tat gut, über die letzten Wochen zu reden, sich jemandem anzuvertrauen. Malin Andreesen rauchte ziemlich viel, schenkte Wein nach und hörte zu.

Ich heulte sogar ein bisschen, als ich von Sjard erzählte. Sie holte mir einen Zeitungsartikel, in dem von einem vermutlich tödlichen Bootsunfall die Rede war.

«Als ich das hier heute Morgen gelesen habe, da musste ich an dich denken, Okka. Und an die Probleme, die du bei Liekedeler hast. Und auch wenn es dir wehtut: Ich habe auch gedacht, dass Dr. Schewe es bestimmt lieber gesehen hätte, wenn du die Sache nicht überlebt hättest.» Sie schaute mich nachdenklich an.

«Du meinst auch, ich sehe keine Gespenster, wenn ich mir da meine Gedanken mache?»

«Okka, sind es nicht mehr als nur Gedanken und Vermutungen? Du erzählst mir von der vertuschten Todesursache des kleinen Mädchens, du hast die Kinder bei ihren gewalttätigen Spielen beobachtet, die kleine Gesa wird sogar aus der Klinik entführt, damit sie nicht untersucht werden kann.» Sie machte eine kleine Pause und zog heftig an ihrer Zigarette. «Und es gibt da einen Medikamentenhersteller, der sich mehr als üblich für die Liekedeler-Sache einsetzt. Das sind Fakten, Okka. Keine Vermutungen. Sie stellen dort irgendetwas mit unseren Kin-

dern an.» Wieder rauchte sie und starrte dabei wie gebannt auf die flackernde Kerze. «Es würde auch erklären, warum Henk so seltsam geworden ist.»
Ich lehnte mich zurück. «Mein Gott, tut das gut, diese Worte zu hören. Aber ich kann mir immer noch nicht erklären, wie sie den Kindern das Zeug, was auch immer es ist, verabreichen. Ich hätte doch etwas merken müssen.»
«Sie mischen uns etwas ins Essen.» Es war Henk, er stand vor uns wie ein Nachtgespenst und hatte unserem Gespräch allem Anschein nach gelauscht.
«Henk, was sagst du da?», fragte Malin und ging zu ihm hin, umarmte ihn in ihrem sommergelben Umhang. «Was sollen sie getan haben?»
«Die machen uns etwas ins Essen», wiederholte er mit einer solchen Gelassenheit, als handele es sich bei dem «Etwas» um Zucker und Zimt. «Überleg doch mal: Man durfte nie fehlen beim Essen, wenn man hinterher am Unterricht nicht mehr teilnehmen konnte, dann war es okay, doch das gemeinsame Mittagessen war Pflicht.» Er stand in seinem verwaschenen T-Shirt und mit nackten Füßen auf der Schwelle zwischen Haus und Garten und wippte kaum merklich hin und her. Seine Mutter versuchte, ihn an der Hand zu nehmen und zu unserer Sitzecke hinüberzuziehen, doch er ließ die Finger seiner Mutter los und dachte angestrengt nach.
«Es schmeckt fast nach nichts, irgendwie ein bisschen nach Senf vielleicht, und es ist unsichtbar.»
«Und warum glaubst du, dass es … dass es tatsächlich da war? Im Essen?»
«Wenn man vom Essen aufstand, funktionierte das Denken, als wäre es geölt worden.»
«Nee, das kann nicht sein. So was merkt man doch, Schatz! Da

würde doch sofort jemand hinterkommen.» Malin blickte mich erschrocken an. «Okka, was weißt du darüber?»
Nein, ich wusste nichts darüber, aber ich war mir sicher, dass es genauso abgelaufen sein könnte. «Malin, du solltest mit Henk so schnell wie möglich einen Arzt aufsuchen, am besten einen Spezialisten», sagte ich.
«Einen Spezialisten? Meinst du wirklich, dass alles so gefährlich ist?»
Ich nickte. Ja, ich glaubte wirklich, dass es so gefährlich war, ich befürchtete sogar, dass noch Schlimmeres dahinter steckte als das, was wir bislang annehmen konnten. Sie hatten ein kleines Mädchen verschleppt, weil sie ihre ärztliche Untersuchung verhindern wollten. Dasselbe konnte auch Henk passieren.
«Wir müssten zum Festland fahren, nach Emden oder sogar bis nach Oldenburg, ich hab doch keine Ahnung, wo solche Spezialisten zu finden sind», überlegte Malin nervös.
«Das ist noch nicht einmal das größte Problem, Malin. Es könnte sein, dass wir beobachtet werden, und man weiß auch nie, wo dieser Professor Isken überall seine Leute und Mitwisser untergebracht hat, vielleicht sogar in den Krankenhäusern selbst, damit es nicht an die Öffentlichkeit gerät.»
«O mein Gott, in was sind wir da hineingeraten!», stöhnte Malin und nahm ihren Sohn fester in den Arm, vergrub ihr Gesicht in seinen Haaren.
Ich sah sie da stehen, die beiden, Sohn und Mutter. Sie taten mir Leid, sie wurden in eine schreckliche Geschichte hineingerissen, einfach so. Und ich hatte mich als gesuchte Kindesentführerin in ihr Haus eingeschlichen und ihnen Dinge erzählt, die sie vielleicht besser nicht wissen sollten. Sie konnte mit Henk womöglich noch nicht einmal einen Arzt aufsuchen, um vielleicht sein Leben zu retten, weil ich sie in Gefahr gebracht hatte.

Mein Kopf rotierte, ich musste eine Lösung finden. Zur Polizei konnte ich nicht gehen, ich wurde schließlich gesucht, und die Geschichte von den illegal an Kindern ausgeführten Experimenten war ohne augenscheinliche Beweise viel zu konfus. Wer würde so einer Sache Glauben schenken?

Henk brachte mir das Telefon, ohne dass ich ihn darum gebeten hatte. «Sie kennen doch so viele Menschen, beim Fernsehen und beim Radio und was weiß ich wo. Fällt Ihnen denn keiner ein, den Sie anrufen könnten, damit er uns hilft?» Als er mir den Hörer in die Hand drückte, glänzten seine hellen Augen voller Überzeugung, dass ich genau wusste, was ich tat.

Er hatte ja keine Ahnung, wie schrecklich ich mich in diesem Moment fühlte und dass sich die Leute von Fernsehen und Radio wie die Geier auf diesen Skandal stürzen würden, ohne Rücksicht auf die Kinder zu nehmen. Ich lächelte schwach. «Ich kenne jemanden, du hast Recht. Er ist zwar nur bei der Zeitung, aber dafür können wir ihm ganz sicher trauen.»

Gott sei Dank, nach nur zwei Freizeichen meldete sich die heiser-hitzige Stimme meines Vaters, er schien auf dem Sprung zu sein, wie immer schon halb mit dem Fuß aus der Tür.

«Papa, ich bin es», sagte ich leise und überlegte nach Worten, die mein Verhalten von heute Morgen entschuldigen könnten. Doch er ließ es gar nicht so weit kommen. Erst dachte ich, er sei mir noch immer böse und wolle mir sagen, dass ich bloß nicht glauben sollte, dass er mir irgendetwas verzeihen würde, doch dann hörte ich die Angst in der Stimme meines Vaters.

«Um Himmels willen, bin ich froh, dass du dich meldest.» Jedes Wort schien zu vibrieren. «Wo steckst du? Sie suchen dich, hörst du? Nicht nur diese Dr. Schewe mit ihrem Gefolge hat bei mir vor der Tür gestanden, sondern auch ein paar Leute von der Polizei. Die sagten etwas von Kindesentführung im Krankenhaus und sie hatten ein Fahndungsbild dabei, auf dem du abgebildet warst. Eindeutig du. Und morgen wird das Phantombild im *Kurier* erscheinen. Weißt du, was das bedeutet?» Er holte tief Luft und ich nutzte die Gelegenheit, ihn mit ruhiger Stimme zu unterbrechen.

«Ja, ich werde mich wohl ab morgen früh nicht mehr in Norden und Umgebung blicken lassen können, wenn ich nicht direkt abgeführt werden möchte. Aber du weißt, dass ich mit Sicherheit kein Kind entführt habe, und die Polizei wird es früher oder später auch herausfinden. Wir müssen nur irgendwie Beweise gegen Liekedeler an die Öffentlichkeit bringen, dann haben wir nichts mehr zu befürchten.»

«Aber sie haben bei mir angerufen. Das heißt, dieses Mädchen hat bei mir angerufen, vor einer halben Stunde etwa, diese Gesa. Sie klang schaurig. Mein Gott, was ist nur passiert?»

Ich spürte, wie sich die Angst von einer Sekunde auf die andere in mir ausbreitete. «Was hat sie gesagt?»

«Sie hat nicht aus eigenen Stücken angerufen, sie sollte eine Botschaft überbringen. Eine Botschaft, die ich dir ausrichten soll, Okka. Dem Kind wird etwas zustoßen, wenn du nicht vorsichtig bist, hörst du?»

Das kleine bisschen Optimismus, ich würde die Sache schon irgendwie in den Griff bekommen, war nur ein trügerisches Gefühl gewesen. Ich hatte vergessen, dass ich Gegner hatte, wirkliche Gegner. Menschen, die mit der Intelligenz spielten und Herren und Meister über die Köpfe zahlreicher Menschen waren. Gesa war ihr Trumpf, ihre Sicherheit.

«Verdammt, Papa, was soll ich nur tun? Mein Gott, alles liegt in meinen Händen, ich pack das nicht!» Ich versuchte, die Panik zu bekämpfen. Es hatte keinen Zweck, wenn ich jetzt aufgab, ich musste dranbleiben!

«Du allein vielleicht nicht, aber wir zusammen packen das», sagte mein Vater, und dies waren die einzigen Worte, die ich in diesem Moment brauchte. Sie stärkten mich. Er hielt zu mir, ich war nicht allein und ich konnte mich auf ihn verlassen. Gott sei Dank!
«Pass auf, Okka, es gibt noch eine Menge, was du wissen solltest. Ben hat inzwischen schon ein paar Mal angerufen, er hat eine Menge herausgefunden, was diese ‹inPharm AG› angeht. Das Zeug, an dem sie gerade herumbasteln, heißt Rytephamol-B, es scheint ein Teufelszeug zu sein, das Einfluss auf die Leistungsfähigkeit kindlicher Gehirne nimmt. Mein Gott, wenn das stimmt, dann haben wir es hier mit verdammt viel Geld und verdammt viel Skrupellosigkeit zu tun. Wir müssen uns unbedingt treffen, am besten sofort. Wo steckst du überhaupt?»
«Ich bin auf Juist.»
«Auf Juist? Was machst du denn um Himmels willen auf einer Insel? Ein ungeschickteres Versteck hättest du dir wirklich nicht ...»
«Reg dich ab, Papa, ich bin hier bei Freunden», ich zwinkerte Henk und Malin zu, obwohl ich noch immer ganz benommen war vor Angst. «Hier wird mich keiner vermuten. Und außer dir und den beiden hier weiß niemand, wo ich stecke.»
Er atmete hektisch in den Hörer. «Aber morgen kommst du rüber, hast du gehört! Ich werde dich vom Hafen abholen, oder warte, nein, wer weiß, ob sie mich nicht beschatten ...»
«Beschatten? Mein Gott, Papa, meinst du wirklich, die gehen so weit und ...»
«Was glaubst du denn? Dass wir uns hier mit ein paar Taschendieben eingelassen haben? O nein, dahinter steckt ein Riesenhaufen skrupelloser Saftärsche, wenn du mich fragst. Ich werde dir ein Taxi rufen oder mich sonst wie darum kümmern, dass

du abgeholt wirst. Dann treffen wir uns irgendwo, wenn ich sicher bin, dass mir keiner gefolgt ist, und dann werden wir den Verbrechern eine Lektion erteilen, du und ich. Mir fällt schon was ein, Okka, verlass dich auf mich!»
So machen wir es, dachte ich. Wir hatten weiß Gott nicht viele Möglichkeiten, etwas zu unternehmen, Dr. Schewe, Prof. Isken und die Leute hinter ihnen hatten Gesa und damit hatten sie uns in der Hand. Doch es war wichtig, dass Henk zu einem Arzt kam. Und es war wichtig, dass endlich etwas passierte.
«Papa?», sagte ich kurz. «Danke!» Dann legte ich auf.
Malin und Henk saßen neben mir auf der schmalen Holzbank und wir begannen, den morgigen Tag generalstabsmäßig zu planen, als ginge es um eine Flucht. Mir fielen dabei die Augen zu und ich konnte mich kaum noch bewegen, es war klar, mein Körper war an seine Grenzen gestoßen. Doch ich konnte nicht, ich durfte jetzt nicht schlafen. Es durfte nichts schief gehen morgen, es ging nicht nur um mich.
Es ging um verdammt viel und ich war bereit, dafür meine Grenzen zu überschreiten.

Eine halbe Stunde nachdem es in Peter Leverenz' Telefonleitung geklickt hatte, klingelte es an Dr. Veronika Schewes Privatwohnungstür. Sie war nackt und Birger Isken lag in ihrem breiten Messingbett, eine reine Gewohnheitssache, immer wenn er über Nacht in Norden blieb, landete er in ihren Laken. Sie streifte sich den roten Seidenkimono über und lief barfuß über den Parkettboden bis zur Sprechanlage, Birger blickte ihr träge hinterher.
«Ja?»
«Wir haben eine interessante Aufnahme für Sie!», rauschte die junge Stimme des Technikers aus dem Lautsprecher. Veronika

Schewe drückte den Türöffner, band sich den Morgenmantel fester um die nackte, immer noch straffe Haut und schaute durch den Türspalt, bis sie den Mann mit einer Minidisc in der Hand die Treppe im Flur hinaufkommen sah. Sie öffnete die Tür weiter.

Oben angekommen, blickte er sie erstaunt an, so als könne er gar nicht glauben, dass sie auch ein Privatleben hatte und nachts die strengen, unbequemen Kostüme ablegte. «Es tut mir Leid, dass ich Sie so spät am Abend störe, aber das hier», er hielt die viereckige Plastikhülle hoch, «das hier sollten Sie sich unbedingt sofort anhören.»

Bemüht geduldig griff sie nach der CD und sagte: «Ich danke Ihnen.»

Der Kerl nickte zufrieden und blieb noch einen Moment vor der Tür stehen. Sie überlegte kurz, ihn hereinzulassen, er sah so frisch aus, obwohl er bereits seit dem frühen Nachmittag ununterbrochen den Telefongesprächen aus dem Haus in der Westerstraße gelauscht hatte. Veronika Schewe mochte Männer dieser Art, sein jungenhaftes Auftreten erinnerte sie ein wenig an Sjard. Doch dann erinnerte sie sich an den Mann in ihrem Bett, dessen Körper sie schon seit Jahren kannte. Sie schloss die Tür, ohne noch ein Wort zu sagen, hörte den Techniker nach kurzem Zögern die Treppenstufen hinunterhüpfen.

«Was ist denn los?», rief Birger aus dem Schlafzimmer.

«Nichts!», log sie, denn sie wollte lieber allein sein. Es war besser, wenn sie zuerst wusste, worum es ging. Birger war unerträglich ungeduldig und aufbrausend. Als sie an der offenen Schlafzimmertür vorbeiging, sah sie ihn schläfrig in ihren Kissen liegen. Erleichtert ging sie leise in den kleinen Wintergarten, in dem sie ihr privates Büro eingerichtet hatte. Ein Blick auf den alten Norder Hafen, wo auf spiegelglattem Wasser ru-

hig die kleinen Holzschiffe lagen, das Glas kaltes Mineralwasser in der Hand, dann stellte sie den CD-Player an.
Ja! Okka hatte ihren Vater angerufen, sie war also nicht umsonst gewesen, diese aufwendige Abhöraktion. Okka Leverenz war auf Juist. An alles hatte Veronika Schewe gedacht, nur die Idee, dass Okka zu Malin Andreesen hätte fliehen können, war ihr nie gekommen.
Das Gespräch war befriedigend, Okka Leverenz hatte Angst, dass war nicht zu überhören, und sie war auch naiv genug, um am Telefon mit ihrem Vater darüber zu plaudern. Es zeigte, dass diese Person keine wirkliche Vorstellung hatte, auf wen sie sich einließ. Eine Lektion wollten sie ihnen erteilen?
Nur zu! Dann legten sie sich mit einer Firma an, für die bei diesem Projekt alles auf dem Spiel stand. Ruhm oder Pleite sozusagen. Und das galt nicht nur für sie und Birger, allein an der direkten Produktion und Forschung waren mehr als dreißig hoch dotierte Wissenschaftler beteiligt. Ganz zu schweigen von den vielen Ärzten, Psychologen und Pädagogen, die das Experiment schon seit Jahren verfolgten. Es ging wirklich um alles.
Und alles hätte so reibungslos verlaufen können, bislang hatte niemand etwas herausgefunden. Und nun, kurz bevor es ihnen gelingen sollte, mit Rytephamol-B einen durchschlagenden Erfolg im Bereich der Gehirnforschung zu erlangen, kurz bevor es endlich jedem Menschen möglich sein sollte, das Beste aus seinem Kopf herauszuholen, kurz bevor es endlich gelingen könnte, den Intelligenzquotienten eines Kindes gezielt zu manipulieren, nun kommt eine viel zu gute, viel zu naive Okka Leverenz daher und bringt die jahrelange Arbeit von so vielen beteiligten Kindern und Erwachsenen in Gefahr.
Veronika Schewe wusste, dass Birger toben würde, wenn er von dem Gespräch erfuhr. Er hatte sich verändert, manchmal

glaubte Veronika Schewe, dass er immer aufbrausender wurde, je näher er seinem Ziel kam. Seine Drohung am Nachmittag, als er sagte, sie müssten alle weg, Veronika Schewe wusste, dass diese Drohung nicht nur im Eifer des Gefechts ausgesprochen worden war. Professor Birger Isken war bereit, für seine Vision über Leichen zu gehen. Im wahrsten Sinne des Wortes.

Es musste ihr gelingen, hier und jetzt eine Lösung zu finden, die sie ihm dann präsentieren konnte. Schließlich hatte sie selbst es vermasselt. An dem Tag, an dem sie bei Familie Leverenz anrief und ihrem Vater mitteilte, dass man sich für Okka entschieden hatte, da hatte sie es vermasselt.

Es gab noch eine Möglichkeit, ja, als ihr dieser Gedanke beinahe beiläufig in den Sinn kam, schreckte Veronika Schewe kurz hoch und verfolgte die angefangene Idee: Okka Leverenz meinte zu wissen, mit wem sie es zu tun hatte.

Doch es gab jemanden, zu dem sie mit Sicherheit Vertrauen fassen könnte. Jemand, der ihr, Veronika Schewe, noch einen Gefallen schuldig war. Jemand, der Okka Leverenz genau dorthin bringen konnte, wo sie hingehörte. Damit endlich Schluss war mit diesem Spiel, welches schon längst viel zu ernst geworden war.

Sie griff zum Hörer. Sie war erleichtert, denn sie hatte die Lösung gefunden. Es konnte sein, dass Okka Leverenz diese Sache nicht heil überstehen würde. Aber sie selbst, Veronika Schewe, musste sich die Hände nicht schmutzig machen.

«Hallo? Entschuldigen Sie die späte Störung, hier ist Dr. Schewe von der Liekedeler-Stiftung. Könnte ich Ihren Chef sprechen? Es ist wichtig, sagen Sie ihm, es geht um Henk Andreesen, dann weiß er Bescheid.»

10.

Schade, dachte ich noch, als ich die Insel hinter den weißen Schaumkronen, die das Fährschiff im Meer hinterließ, verschwinden sah. Schade um ein Stück Frieden. Was jetzt kommt, wird nicht friedlich sein, dachte ich.

Malin Andreesen hatte sich nicht umstimmen lassen. Sie bestand darauf, dass es besser wäre, zur Polizei zu gehen. Und sie wollte nicht, dass Henk in die Sache hineingezogen wurde.

«Aber ich stecke doch schon mittendrin, Mama», hatte Henk trotzig entgegnet.

Ich fand, sie beide hatten Recht. Ich konnte Malins Angst verstehen, sehr gut sogar, ich selbst hatte ebenso Panik vor dem, was kam. Doch es war genau, wie Henk es formulierte, auch ich steckte schon viel zu tief drin, als dass ich auf Juist hätte bleiben können, mit hochgelegten Beinen und einer Tasse Tee in der Hand. Ich bin nicht so. Bis vor kurzem dachte ich, dass ich ein bisschen feige sei und in keinem Fall in der Lage, auch nur eine einzige Sache vernünftig zu Ende zu bringen.

Doch jetzt standen wir hier an Bord des Schiffes und fuhren einem Haufen Ärger entgegen. Malin mit verkniffenem Gesicht, weil Henk sich von ihr nicht hatte sagen lassen, was er tun sollte. Und so sah er aus: stolz und unbeirrbar wie ein Kapitän, der sein Ziel kennt.

Der Norddeicher Hafen lag nun vor uns und sein Anblick schien ganz plötzlich unsere Ruhe zu verschlucken. Ich hielt Ausschau nach meinem Vater, doch ich konnte weder die vertraute Gestalt noch das verrostete Auto am Hafen ausmachen. Aber er hatte ja gesagt, dass er nicht selbst kommen wollte. Ich schaute mich um.

Als wir von Bord gingen, schob Henk die eine Hand in meine, mit der anderen hielt er einen Zipfel von dem weiten Gewand seiner Mutter. Er war ein kleiner Junge, blickte in dem Gedränge von ankommenden und abreisenden Passagieren nur gegen Bauchnäbel, Hosengürtel und über die Schulter geworfene Tragetaschen. Doch er schaute sich mit weit geöffneten Augen um, fast mit Begeisterung, schien mir.
«Schau, Mama, da ist der Papa von Dirk! Den kenne ich!»
Mein Blick folgte seinem und ich erkannte Herrn van Looden, der in einem hellen Anzug neben der geöffneten Tür eines teuren Autos stand. Ich kannte ihn nur flüchtig, er hatte am Abend des Kartoffelfeuers drei Kisten Limonade vorbeigebracht und war einen kurzen Moment geblieben, um mit Sjard zu reden.
«Kommt, wir müssen zu meinem Vater, vielleicht wartet er weiter hinten», sagte ich und zog ein wenig an Henks Arm, da fiel mein Blick auf Malin Andreesen, die beunruhigt und blass stehen blieb und zu dem Mann neben dem exklusiven Sportwagen schaute.
«Was ist los?», fragte ich und wurde ein wenig langsamer. Sofort wurden wir von hinten angestoßen, ein älteres Ehepaar schimpfte, sie müssten den Zug nach Köln noch erreichen und ob es denn nicht schneller ginge.
Malin ging weiter. Sie schaute nun auf den Boden. «Nichts ist.»
Henk rüttelte an meinem Arm. «Schau mal, der Papa von Dirk winkt uns zu, der will was von uns!»
«Wir wollen aber nichts von ihm», fauchte Malin barsch und ging weiter. Sie war plötzlich nervös, aber Henk blieb stehen. Als sich das Kleid seiner Mutter nicht mehr festhalten ließ, öffnete er die Hand, auch die meine schüttelte er los, dann ging er auf Herrn van Looden zu.
«Komme gleich, ich will nur sehen, was er von uns will.»

Ich war für einen kurzen Moment orientierungslos, sollte ich Henk folgen oder seine Mutter aufhalten, die unbeirrt weiterging? Unschlüssig blieb ich stehen, beobachtete, wie der vornehme Herr mit einer freundlichen, fast vertrauten Geste über Henks wirren Haarschopf strich und sich mit ihm unterhielt.
Henk drehte sich um und gab mir zu verstehen, ich solle zu ihnen kommen. Ein Blick in die andere Richtung zeigte mir, dass Malin bereits von der zum Bahnsteig strömenden Menschenmenge verschluckt worden war, also ging ich zu Henk.
Herr van Looden kam mir ein paar Schritte entgegen. Er sah nicht so aus wie auf den zahlreichen Zeitungsbildern neben den regelmäßig in der Lokalpresse erscheinenden Artikeln über sein erfolgreiches Familienunternehmen. Er sah netter aus. Die Hand, die er mir entgegenstreckte, sah mehr nach einem Arbeiter aus als nach einem Geschäftsmann, und das machte ihn mir sympathisch. «Es freut mich, Sie kennen zu lernen, Frau Leverenz. Mein Sohn Dirk hat mir von Ihnen erzählt, er mag Sie.» Er lächelte mich an. «Wie Sie sich denken können, bin ich nicht ganz zufällig hier.»
Nein, das hatte ich mir nicht denken können. Ich wich instinktiv einen Schritt zurück und fasste Henk bei der Hand.
«O nein, jetzt habe ich Sie erschreckt, natürlich!» Er zuckte entschuldigend mit den Schultern. «Ich, nun, wie soll ich es sagen, ich mache mir seit längerem Sorgen um meinen Dirk. Er hat sich verändert, seit er bei Liekedeler ist. Sie wissen, wovon ich spreche?»
«Nein, ich habe keine Ahnung», entgegnete ich. «Entschuldigen Sie, ich möchte nicht unhöflich sein, aber wir werden hier am Hafen erwartet und ich lasse ungern jemanden warten. Besuchen Sie mich doch nächste Woche in meinem Büro.»
Ich schaute mich um, der Menschenknoten hatte sich gelöst

und ich hatte endlich ein wenig Übersicht über den Hafen. Es standen nur noch wenige Taxen bereit. Wenn ich mich nicht beeilte, dann würde der Fahrer, der mich abholen sollte, davonfahren.

«Ach ja, Ihr Vater. Ich soll Sie von ihm grüßen, wissen Sie? Wir haben heute Morgen miteinander telefoniert. Er hat mich gebeten, Sie heute abzuholen.»

«Er hat Sie gebeten?»

«Nun, Sie wissen doch, sein Termin in Spitzbergen. Er hatte es eilig, sein Flug geht heute Abend ab Hamburg, also hat er mich gefragt, da ich ohnehin mit Ihnen reden wollte. Es macht Ihnen doch hoffentlich nichts aus?»

Ein altbekanntes Gefühl von Trotz machte sich in mir breit. Wenn es wirklich so war, wenn mein Vater mal wieder in die Welt hineinreiste und mich allein ließ, gerade jetzt, gerade heute, o ja, dann tat es weh. Doch es passte. Es passte leider zu gut. Ich konnte nicht umhin, van Looden jedes Wort zu glauben, denn es sprach viel zu viel dafür, dass mich mein Vater wieder einmal im Stich gelassen hatte.

«Es ist schon in Ordnung», log ich. Kurz überlegte ich, mir dennoch lieber ein Taxi zu nehmen. Sicherheitshalber. Ich war auf der Hut. Das war ich wirklich, doch die lange Taxi-Reihe von vorhin hatte sich in der Zwischenzeit auf einen Mietwagen reduziert, und vor dem stand eine alte Frau mit Gehhilfe. Ich müsste ewig warten, bis ein anderes Taxi käme. Und die Zeit hatte ich nicht.

«Also, was ist?», fragte van Looden und hielt die Tür seines Wagens einladend geöffnet.

«Henk, wo ist deine Mutter? Sie ist uns im Gewühl davongelaufen.»

Henk schaute nur kurz, dann hatte er die in kräftigem Blau eingehüllte Gestalt entdeckt und zeigte auf sie. Malin Andreesen stand mit dem Rücken am Fahrkartenhaus und starrte wütend zu uns herüber.

«Was ist los mit ihr?», fragte ich und winkte ihr zu. Doch sie blieb regungslos stehen.

«Sie wird sich schwer tun, zu mir in den Wagen zu steigen, schätze ich», sagte van Looden etwas resigniert.

«Ach ja, sie hat mir erzählt, dass sie mal bei Ihnen gearbeitet hat und dass es nicht gerade ihr Traumjob war, in Ihrem Vorzimmer zu sitzen. Ist das der Grund? Ist doch schon ewig her, oder nicht?»

«Wartet, ich hole sie», sagte Henk und rannte los.

«Vielleicht sollten Sie wissen, dass Malin Andreesen einen ziemlich guten Grund hat, nicht zu mir in den Wagen steigen zu wollen», sagte van Looden ruhig. «Ich bin Henks Vater.»

Ich starrte ihn an, ganz unverblümt. Van Looden war also der verheiratete Kindsvater, der sich mit Geld aus der Verantwortung gezogen hatte! Doch ich sagte nur: «Aha.»

«Und vielleicht verstehen Sie jetzt auch, weshalb ich so besorgt bin. Es geht mir nicht nur um Dirk, sondern auch um Henk. Ich habe zwei Söhne bei Liekedeler. Und deshalb sollten wir uns mal unterhalten. Das bin ich meinen beiden Jungs schuldig.»

«Vor allem Henk», sagte ich.

«Ja, vor allem Henk.»

Manchmal war Gesa sich hundertprozentig sicher, dass Sjard Dieken im Raum war. Sein Duft tanzte leise zwischen dem Gestank kalt gewordenen Essens und ihrem eigenen Körpergeruch, vielleicht war es Angstschweiß.

Doch dann wiederum war ihr klar, dass der Stille, der nie ein

Wort sagte, jemand anderes sein musste. Sjard Dieken würde sie niemals gefangen halten, er würde ihr nie die Augen verbinden und sie zwingen, immer auf einer harten Pritsche zu liegen. Nur wenn sie aufs Klo musste, durfte sie aufstehen, und dann pinkelte sie in einen Plastikeimer, dessen harter Rand ihr scharf in den Hintern schnitt. So etwas würde Sjard Dieken ihr nicht antun, da war sie sich sicher.

Obwohl, sie hatte sich auch in Okka Leverenz getäuscht. Und das war der Anfang vom Ende gewesen.

Sie kannte das Gefühl, gefangen zu sein. Sie war quasi damit aufgewachsen, dass das Leben aus eingeschränkter Freiheit bestand. Doch die letzten Stunden, Tage oder wie lang auch immer sie bislang hier ausgehalten hatte, übertrafen alles. Es war nicht zu vergleichen mit ihrer Kindheit, als sie unter dem Reetdach ihres Elternhauses vor sich hin lebte und aus Langeweile die Steine der Scheunenwand gezählt hatte. Es war nicht zu vergleichen. Damals hatte sie noch gar nicht gewusst, wie schön das Leben sein konnte. Da war es ihr egal, ob etwas danebenging oder so. Nun war es anders, sie wusste, dass es noch unendlich viel für sie zu entdecken gab, nun wollte sie leben. Mit allen Mitteln.

«Du wirst gleich Besuch bekommen», sagte der eine. Sie hatte schon die ganze Zeit versucht, ihn zu erkennen, doch die Stimme war ihr fremd und auch die Geräusche seiner Bewegungen. Sie beschloss, gar nicht erst auf seinen Satz zu reagieren. Sie bekam Besuch? Von wem, um Himmels willen? Aber es war besser, sich die Aufregung nicht anmerken zu lassen, sondern so zu tun, als sei ihr alles egal.

«Willst du gar nicht wissen, wer gleich kommt?», bohrte der eine nach.

Gesa schüttelte den Kopf. Ihr Plan schien zu klappen.

«Nun hör mir mal zu, Kleine. Du brauchst keine Angst zu haben, wirklich nicht. Vielleicht klingt es ein wenig unglaubwürdig, weil wir dich ja schließlich gefesselt haben und du eine Augenbinde tragen musst ...»
«Ist mir doch egal», warf sie trotzig ein.
«Es ist bald vorbei, Gesa. Nur noch ein paar Minuten. Es geschieht nur zu deiner eigenen Sicherheit, dass wir dich so behandeln müssen.»
Gesa wurde sehr wütend, von wegen «eigene Sicherheit»! Ihre Armgelenke schmerzten höllisch, weil sie die Hände in einem unnatürlichen Winkel halten musste. Außerdem hatte sie einfach Angst, wollte sie aber nicht zeigen. «Wer denkt sich einen solchen Schwachsinn aus? Alles zu meiner eigenen Sicherheit? Soll ich mich totlachen oder was?» Mühsam drehte sie sich auf die andere Seite, von der sie vermutete, dass dort die Wand war. Sie sollten nicht sehen, dass sie schon wieder weinen musste.
«Ich kann dich verstehen», sagte eine Stimme. Es war der andere. Der, der bislang kein Wort gesagt hatte. Gesa kannte diese Stimme, ganz genau kannte sie sie, sie klang vertraut, angenehm warm. «Du bist intelligenter, als wir denken, und du hast Angst, dass wir dich töten müssen, damit du uns nicht verrätst. Ist es das?»
«Jetzt weiß ich, wer Sie sind, Herr Doktor!», antwortete Gesa. Es war nicht Sjard, den sie gerochen hatte. Aber es war ein Mann, den sie nur im Beisein von Sjard besucht hatte, daher die Verknüpfung in ihrem Kopf. Es war ihr Kinderpsychologe. Sie hatte ihn nicht mehr getroffen, seitdem Henk Andreesen ins Haus gekommen war. Doch sie hatte ihn immer gemocht. Was hatte er in aller Welt davon, sie zu entführen?
«Siehst du, nun weißt du auch, wer ich bin. Dann brauchst du

dir ja keine Gedanken mehr zu machen, du kennst mich doch, nicht wahr? Du weißt, dass ich ein guter Mensch bin, der keinem Kind etwas antun könnte.»
«Wenn Sie meinen, dass ich so intelligent bin, warum reden Sie dann mit mir wie mit einem Kindergartenkind, hmm?»
Auf einmal spürte sie, wie warme, sichere Hände ihr das Tuch von den Augen schoben. Sie konnte die Lider nicht gleich öffnen, sie waren verklebt vom vielen Weinen und zudem stach das Tageslicht in ihre Pupillen.
«Du hast ja Recht, Gesa Boomgarden. Wir können mit dir sprechen wie mit einem erwachsenen Menschen. Und das ist auch gut so. Ich denke nämlich, dass ein normales zwölfjähriges Mädchen nichts von dem verstehen würde, was ich dir jetzt erzählen möchte.»
Gesa drehte sich um und blinzelte in den Raum. Sie hatte sich getäuscht, es war kein Bauwagen, kein Container, in dem sie sich befand. Es war eine Art Labor, ein winziges Zimmer, in dem verschiedene Messgeräte standen, einige kannte Gesa aus dem Physikunterricht, einige waren ihr fremd und flößten ihr ein wenig Angst ein. Breitbeinig saß der Kinderpsychologe auf einem Hocker und hatte die Ellenbogen auf die Knie gestemmt. Er blickte sie an und lächelte. Die dunklen Bartstoppeln machten sein Gesicht noch breiter, als es ohnehin schon war. Ja, wirklich, er lächelte. Was für ein Schwein.
«Siehst du, jetzt hast du mich auch noch gesehen. Und der andere hier», er zeigte auf einen schlaksigen Kerl, der mit verschränkten Armen in der Ecke bei der Tür stand, «der ist eine Art Assistent von mir. Er heißt Armin. Aber es ist nicht so wichtig, dass du dir seinen Namen merkst. Du wirst ihn sowieso bald vergessen haben.»
«Weil Sie mich bald töten werden, stimmt es?»

«Nein, eigentlich haben wir das nicht vor. Gesa, kennst du dich mit Computern aus?»
Was sollte das denn jetzt? Gesa schloss wieder die Augen. «Natürlich kenne ich mich damit aus. Nun erzählen Sie mir nicht, dass Sie nicht genau wissen, dass wir bei Liekedeler mit Computern arbeiten.» Sie war es leid. Der Kopf tat mit geöffneten Augen genauso weh wie mit geschlossenen. Und er tat höllisch weh.
«Dann weißt du ja, was eine Festplatte ist.»
Gesa nickte, nicht zu heftig, denn die Bewegung im Nacken strömte wie ein elektrischer Schlag in ihre Stirn.
«Du weißt, dass man bei einem Computer alle Daten löschen kann. Wenn alles durcheinander läuft und man ständig Fehlermeldungen auf dem Bildschirm findet, dass ein Pfad nicht gefunden wurde oder eine Datei beschädigt ist oder ein Virus ...»
«Sie sprechen von mir, nicht wahr?», unterbrach Gesa seine Rede und versuchte sich aufzusetzen. Der Schlaksige eilte zu ihr und half ihr ein wenig, bis sie endlich saß.
Der Psychologe blickte sie an, zum ersten Mal ohne dieses sonderbare Lächeln im Gesicht. Zum ersten Mal blickte er sie ernst und vielleicht auch ehrlich an. «Ja, ich rede von dir.»
«Sie wollen meine Festplatte löschen, stimmt's?»
Der Mann nickte.
«Weil ich nicht mehr richtig funktioniere und zu viel gesehen habe. Sie glauben, ich habe zu viele Daten gespeichert, die Sie lieber gelöscht hätten. Ist es so?»
«Ja», sagte er nur. Dann schwiegen sie ein paar Sekunden, nur der Schlaksige räusperte sich hilflos. «Wir brauchen dich nicht zu töten, Gesa. Wir wollen dich auch nicht töten. Verstehst du? Wie beim Computer: Die Hardware bleibt unberührt, nur die Software wird vernichtet.»

Gesa verstand genau, was er meinte. Sie schob die Gedanken in ihrem Kopf hin und her, soweit sich nicht diese heftigen Schmerzen in den Weg stellten. Sie brauchte nicht lange, um an diesem Plan Gefallen zu finden. «Was ist mit der Zeit, als ich noch ganz klein war?»
«Alles weg!», sagte der Psychologe nur.
«Und alles, was ich gelernt habe? Nur das Einfachste, zum Beispiel Lesen und Schreiben und Rechnen und so?»
«Das wirst du neu lernen müssen, Gesa. Aber es wird leichter sein als beim ersten Mal, denn die Verbindungen in deinem Gehirn, wir Fachleute nennen es Synapsen, die sind ja schon gelegt. Die Wege, die sich das Wissen in deinem Kopf neu suchen muss, sind sozusagen schon geebnet. Es wird nicht lange dauern und du kannst alles genau wie vorher. Wie bei einem ...»
«... Computer. Ja, das hatten Sie bereits gesagt.» Keine Erinnerung mehr, keine Wut mehr auf die verlorenen Tage auf dem Hof und darüber, dass sie so viele Dinge verpasst hatte. Vielleicht war das gar nicht schlecht! Dieser Arzt, oder was auch immer er war, wusste gar nicht, dass er ihr sogar einen Gefallen tun würde. «Was ist mit den Schmerzen?»
«Der Eingriff wird nicht wehtun, das verspreche ich dir!»
«Nein, diese Schmerzen meine ich nicht. Ich meine diese verdammten Kopfschmerzen. Gehen die weg? Für immer?»
Der Mann stand auf und sie konnte ihm ansehen, dass er sich quälte. Er zog die Stirn in Falten und rieb sich mit der Hand fest durch den Bart. «Gesa, lass mich ehrlich sein: Ich kann es dir nicht versprechen. Du warst eines der ersten Liekedeler-Kinder und wir haben dir ein paar, nun, wie soll ich es sagen, ein paar medizinische Lernhilfen gegeben, die dir das ewige Pauken ein wenig leichter machen sollten.»
«Sie haben mir Pillen gegeben. Aha!», sagte Gesa nur kurz. Es

interessierte sie nicht wirklich. Sie wollte nur wissen, ob dieser Mann ihr die Schmerzen aus dem Gehirn kratzen konnte. Das war das Einzige, was sie interessierte.
«Ja, nun ja, wir sind ein großes pharmazeutisches Institut, in dem Medikamente entwickelt werden, die eine Auswirkung auf die Gehirnfunktionen haben. Und unser Ziel ist es, ein Mittel zu finden, das allen Kindern die gleichen Chancen gibt, sich in der Welt zurechtzufinden. Nehmen wir dich als Beispiel, Gesa: Du bist kein dummes Kind, das bist du nie gewesen.»
«Ich weiß!»
«Aber deine Eltern haben dich nicht gefördert. Dein voll funktionstüchtiges Gehirn hat jahrelang keine wirkliche Nahrung erhalten, mit der es sich optimal hätte entwickeln können. Und aus diesem Grund standen die Chancen auf ein erfolgreiches, normales Leben für dich ziemlich schlecht. Und du hattest keine Schuld daran. Überhaupt nicht!»
«Meine Eltern haben Schuld, meine Eltern und meine Geschwister, das weiß ich schon lange.»
Er setzte sich neben sie und legte den Arm um ihre Schultern. Es war nicht schlimm, dass er sie berührte. Er war der Mann, der sie von den Schmerzen befreien konnte. Er durfte sie berühren.
«Du warst als eine der Ersten an unserem Projekt beteiligt.»
«Moment, ich *war* nicht beteiligt, ich *wurde* daran beteiligt, das ist ein Unterschied!»
«Da hast du Recht, Gesa, aber damals, als ich dich das erste Mal bei mir in der Praxis hatte, da wärest du auf einen solchen spitzfindigen Gedanken niemals gekommen. Damals warst du noch gar nicht in der Lage dazu. Das hast du alles Rytephamol-B zu verdanken, dass dein Kopf so schnell und richtig denkt.»
Er drückte sie ein wenig, so als wäre er ein Vater, der stolz auf

seine Tochter war. «Die Sache mit den Schmerzen ist leider nicht ganz so erfreulich. Gott sei Dank haben wir dieses Problem mit den neuesten Testreihen in den Griff bekommen. Doch wie gesagt: Du warst eine unserer ersten Probanden und hast nun mit den Nebenwirkungen zu kämpfen. Deine Adern im Kopf sind wahrscheinlich zu dünn geworden. Du musst es dir so vorstellen, dass die Blutbahnen wie Gummibänder gedehnt werden müssen, um all die neuen Nervenverbindungen mit Sauerstoff zu versorgen. Es ist ein bisschen einfach erklärt, in Wirklichkeit ist das Problem natürlich wesentlich komplizierter, doch du weißt, wenn ein Gummiband zu weit gedehnt wird, dann wird es dünn und brüchig und …»
«… irgendwann platzt es!», sagte Gesa. Merkwürdig. Es tat gut, diesen Satz zu vollenden. Es war eine Erleichterung, nun endlich zu wissen, was in ihrem Schädel stattfand.
«So ist es. Wir können dich operieren, Gesa. Wir werden alle unser Bestes geben, damit wir den Schaden wieder gutmachen, den wir am Anfang unseres Experimentes verbrochen haben. Doch du wirst danach leer sein. Dich an nichts erinnern. Wir können dir einen neuen Namen geben und eine neue Familie. Für uns ist das nicht so schwer, wir haben genug Menschen, die uns unterstützen und die sich gern um ein hübsches, intelligentes Mädchen wie dich kümmern möchten. Du wirst diejenige sein, die am meisten zu leiden hat. Denn natürlich wirst du deine Familie, deine Freunde, alle Menschen, die du kanntest, nicht wiedersehen. Du wirst dich aber auch nicht an sie erinnern.»
Gesa schwieg. Sie ließ die Beine über den Rand der Pritsche baumeln und schwieg. Sie dachte an das Liekedeler-Haus und an ihr Versteck, ihr wunderbares Versteck, welches nun von Jochen Redenius entdeckt worden war. Was machte es schon,

wenn sie gelöscht werden würde. Eine neue Familie? Vielleicht eine Mutter, die so aussah und so wunderbar nach nichts roch wie Dr. Schewe? Sie schwieg noch ein wenig. Der Schlaksige zog in der Zwischenzeit eine Spritze auf.
«Wer kommt denn nun zu Besuch?», fragte sie und lächelte schief.
«Er heißt Professor Birger Isken und ist der beste Arzt, den du dir wünschen kannst. Er wird dir helfen, Gesa, ganz bestimmt!»
Gesa Boomgarden drehte ihre Hände, als ihr endlich die Klebestreifen von den Armen entfernt wurden. Sie schaute auf ihre Finger herunter, machte kurz eine Faust, erkannte noch ein wenig Erde aus ihrem Versteck unter den Fingernägeln. Das sind meine Hände, dachte sie, meine Hände!
Dann hielt sie den rechten Arm steif und bereitwillig der Spritze entgegen.

Als wir die Auffahrt zum altfriesischen Herrenhaus entlangfuhren, hatte ich immer noch Zweifel, ob ich richtig gehandelt hatte. Van Looden war freundlich, ich beobachtete ihn mehrmals dabei, wie er Henk durch den Rückspiegel zuzwinkerte und Grimassen schnitt und dieser, nicht ahnend, dass er mit seinem leiblichen Vater herumkasperte, ein wenig kichern musste. Malin Andreesen sagte noch immer nichts. Doch, einmal, beim Einsteigen, da hatte sie mir etwas zugeraunt. «Wenn wir da nicht einen gewaltigen Fehler machen ...»
Doch was hätten wir anderes machen sollen? Wir hätten auf eine Taxe warten können, wir hätten mit dem Bus fahren können, wir hätten zu Fuß laufen können. Wir hätten viele Dinge machen können, statt zu einem uns eigentlich völlig Unbekannten in den Wagen zu steigen. Doch er war schließlich der

Vater von Dirk und Henk, er wollte sicher nichts Schlechtes für seine Söhne. Gab es jemanden, dem man mehr trauen konnte als einem betroffenen Vater?

Nun ja, meinem Vater konnte man allem Anschein nach nicht trauen, aber das war ein anderes Kapitel. Ein trauriges Kapitel, welches mir immer noch zu schaffen machte, als wir bereits die weitläufige Steintreppe zu van Loodens Herrenhaus emporstiegen.

«Es ist super hier», sagte Henk, als wir den ersten Blick in die hohe Eingangshalle gewagt hatten. Er hatte Recht: eine unerreichbar hohe, holzgetäfelte Decke; ein blank polierter, blauweiß karierter Fliesenboden; an der einen Seite ein mächtiger Kachelofen, in dem tatsächlich ein Feuer brannte, obwohl die Augusthitze sich bis in diese Halle vorgewagt hatte; an der anderen Seite ein paar Ölgemälde an den Wänden, die eine Ahnenreihe zeigten. Ein wenig kitschig, dachte ich noch, denn die Ahnenreihe war noch nicht besonders lang, im Grunde hingen nur zwei Porträts an der Wand: ein Rencke van Looden mit Frau Wilhelmine, gemalt in den sechziger Jahren, doch mit abgedunkelten Farben auf alt getrimmt. Daneben ein etwas moderneres Gemälde, welches den van Looden zeigte, den ich seit wenigen Minuten kannte: Ulfert van Looden mit Frau Sieglinde. Ein dritter Goldrahmen ein paar Meter weiter war leer. Das war mir entschieden zu affektiert.

Van Looden folgte meinem Blick und nickte. «Sie fragen sich, auf welches Bild dieser Rahmen wartet, nicht wahr?»

«Nein, ich denke, dass hier einmal der Nachfolger Ihres Familienunternehmens abgebildet sein wird. Ihr Sohn wahrscheinlich.» Ich sagte es möglichst freundlich, um ihn vielleicht aus seiner Deckung zu locken.

«Wow, dann wird Dirk hier mal hängen», staunte Henk und ich

fing einen viel sagenden Blick auf, der für eine Sekunde zwischen Malin Andreesen und Ulfert van Looden aufflackerte.
«Sehen Sie, dass ist das Problem, das ich meinte. Mein Sohn Dirk ist, nun, wie soll ich sagen, ein wenig ...» Er seufzte. «Gehen wir beide doch in mein Büro.» Van Looden führte mich zu einer Tür, die zwischen den Gemälden lag, und wir betraten einen Raum, der ebenso imposant war wie die Eingangshalle. Dunkle Möbel aus altem, edlem Holz, ein Kronleuchter an der Decke und Fenster, die bis auf den Boden reichten. Im vorderen Bereich stand eine Sitzgruppe, die ebenso in einem Museum für ostfriesische Wohnkultur hätte stehen können, und als wir uns setzten, kam eine Frau in weißer Schürze herein und brachte uns Tee. Ich fühlte mich wie auf einem dieser Plakatwände, die ich bei meiner vorherigen Firma konzipiert hatte.
Van Looden setzte sich in einen riesigen, mit rotem Samtstoff bezogenen Sessel und schlug die Beine übereinander. «Sehen Sie sich um», sagte er und hielt eine kleine Tasse in seinen kräftigen Händen. «Frau Leverenz, ich liebe mein Haus, ich liebe meine Firma und vor allem liebe ich meine Familie. Verstehen Sie, was ich meine? Diese Dinge sind mir wichtig.» Er schaute sich um, für meinen Geschmack etwas zu großtuerisch. «Es geht nicht ums Geld, es geht nicht um Macht. Ich bin nur stolz, wirklich stolz, auf das Erbe meines Vaters und es ist mein allergrößter Wunsch, dass ich all dies an meinen Sohn weitergeben kann.»
«Ich kann Sie verstehen», sagte ich, obwohl mir nicht ganz klar war, worauf er hinauswollte.
«Dirk besucht jetzt seit mehr als zwei Jahren die Stiftung. Er ist ein guter Junge, ich habe ihn wirklich ...», er zögerte, «... wirklich gern. Doch er schlägt ein wenig aus der Art. Ich hatte gehofft, dass ihm die Ausbildung bei Liekedeler gut tut, dass er vielleicht ein wenig ehrgeiziger wird, ein wenig cleverer. Gut, er

bringt ordentliche Noten mit nach Hause und ist der Beste in seiner Klasse, aber das ist es nicht, was ich mir für meinen Sohn wünsche.»
«Warum erzählen Sie mir das? Ich bin keine Pädagogin, wie Sie sicher wissen.»
Ich rutschte nervös auf die vordere Kante des Sofas. Irgendwie gefiel mir die Situation nicht. Ich kann noch nicht einmal genau sagen, wodurch sich dieses ungute Gefühl eingeschlichen hatte, doch mir wurde mit einem Mal bewusst, dass ich allein war. Henk und seine Mutter standen vor der Tür, zumindest hoffte ich das, und ich saß hier mit Ulfert van Looden und bekam es nun richtig mit der Angst, dass ich einen Fehler gemacht haben könnte, als ich in sein Auto gestiegen war.
«Dirk kommt ganz nach seiner Mutter. Er ist verträumt und gutmütig, er kann sich sehr gut Gesichter und Namen merken, wirklich, er hat ein phantastisches Gedächtnis, Sie sollten mal Memory mit ihm spielen …»
«Worauf wollen Sie eigentlich hinaus?», fragte ich ungeduldig. Hier war etwas falsch, ganz und gar falsch.
Van Looden beugte sich vor. «Worauf ich hinauswill?» Er legte seine Hände flach aneinander wie bei einem Gebet und legte seine Zeigefinger an die Lippen. «Ich bin mir ziemlich sicher, dass Dirk nicht in der Lage sein wird, diese Firma hier zu leiten. Obwohl ich alles Erdenkliche dafür getan habe, er ist eben ein anderer Mensch. Und ich danke Gott, dass er mir einen zweiten Sohn geschenkt hat. Henk trägt zwar nicht meinen Namen und weiß bislang nicht, dass ich sein Vater bin, doch er ist der Richtige für dies alles hier!»
«Henk soll die Firma übernehmen? Das ist schön, wirklich, er ist ein fabelhafter …», ich stutzte. Hatte Malin Andreesen mir nicht in unserem Streitgespräch an den Kopf geworfen, dass

Liekedeler sich um Henk regelrecht bemüht hatte? «Moment, soll das heißen, dass Henk aus diesem Grund bei Liekedeler gelandet ist?»
Er nickte zufrieden.
«Und dieses ganze Aufsehen um den Jungen, diese Bevorzugung, war es alles nur wegen Ihnen?» Mein Herz klopfte bis zum Hals. «Musste es deshalb immer nur Henk sein, der in der Fernsehsendung porträtiert werden sollte? Ich kann es nicht glauben!»
Er schlug seine Beine übereinander und nippte an seinem Tee.
«Warum regen Sie sich so auf, Frau Leverenz? Henk kann froh sein, dass ich ihm diese Chance ermöglicht habe. Entschuldigen Sie, Sie kennen doch seine Mutter, oder nicht? Wussten Sie, dass Henk um ein Haar quasi vor den Augen seiner Mutter ertrunken wäre, wenn ich nicht zufällig an diesem Tag Sjard Dieken auf die Insel geschickt hätte?»
Ich brachte kein Wort heraus, starrte diesen Mann an, wie er selbstgefällig einen Biskuit in den Tee tunkte. Mir wurde übel bei dem Gedanken, dass ich hier festsaß.
«Liekedeler hat einen ganzen Batzen Geld von mir bekommen, ohne meine Hilfe stünde das alte Haus wahrscheinlich immer noch leer und verfallen in der Wildnis. Ich hatte von der ‹in-Pharm AG› gehört und ein befreundeter Arzt hat mir etwas über dieses hochinteressante Forschungsprojekt erzählt. Ich verfolgte die Entwicklung der Kinder, besonders diese Gesa Boomgarden behielt ich im Auge, und als ich die Erfolge sah, habe ich Dirk ein Jahr später auch auf die Schule gegeben. Doch bei ihm war es hoffnungslos, wissen Sie? Rytephamol-B macht vielleicht intelligenter, aber es verändert nicht den Charakter eines Menschen. Und wie gesagt, Dirk ist eher wie seine Mutter ...»

«Aber Henk?»
«Henk ist wie ich und mein Herz jubelt, wenn Dr. Schewe mir von seinen phantastischen Fortschritten erzählt. Er wird einmal ein ganz Großer werden, mein Sohn. Ich hoffe, er wird irgendwann einmal meinen Namen übernehmen und dann bleibt ‹LoodenBau› in Familienhand. Sie können gar nicht ahnen, was das für mich bedeutet!»
«O doch, das kann ich!», sagte ich langsam. «Wenn Sie für eine solche Wahnsinnsidee bewusst die Gesundheit Ihrer Kinder aufs Spiel setzen, dann muss Ihnen dieser Familienschwachsinn sehr viel bedeuten!» Hastig erhob ich mich. «Ich denke, wir brauchen uns nicht eine Sekunde länger unterhalten, Herr van Looden!» Ich wollte hier raus, mein Gott, ich war direkt in die Höhle des Löwen gerannt.
Als ich meinen ersten Schritt in Richtung Tür tat, sprang er auf und packte mich am Arm. «Ich denke, Sie sollten mir noch bis zum Ende zuhören, Frau Leverenz.»
«Das denke ich nicht», entgegnete ich und wollte mich aus seinem starken Griff befreien.
Doch er hielt mich fest. «Sie haben ein Problem mit Liekedeler, gut! Sie meinen, sich ein Urteil über die Arbeit von hoch qualifizierten Wissenschaftlern bilden zu können, gut! Aber ich werde es auf keinen Fall zulassen, dass Sie all meine Hoffnungen zerstören, indem Sie das Projekt in Gefahr bringen. Auf gar keinen Fall!»
«Mir sind Ihre Hoffnungen scheißegal, wenn Sie mich fragen. Es geht mir um die Kinder, auch um Ihre Kinder, falls es Sie interessiert. Und jetzt lassen Sie mich bitte gehen!»
Er ließ mich unvermittelt los und ich stolperte ein Stück nach hinten. «Bleiben Sie verdammt nochmal hier! Wenn Sie es sich überlegen und einfach nur Ihren Mund halten, einfach nur die

ganze Sache vergessen, dann könnte ich Ihnen einen Bombenjob anbieten, der wie für Sie gemacht ist, das Doppelte an Gehalt und eine Wohnung, in der Sie Ihre jetzige gleich dreimal verstecken können! Was wollen Sie? Modebranche in Berlin? Medien in Köln oder Hamburg? Ich habe ziemlich gute Kontakte!»
Er setzte alle Hebel in Bewegung. Wie konnte ein Mensch nur so verbissen sein?
«Bestechung?», ich warf einen verächtlichen Blick auf sein aufgeregtes Gesicht. «Ich will mit Kindern arbeiten, mit gesunden Kindern. Stecken Sie sich Ihren Bombenjob sonst wohin.»
Ich hörte ihn wütend schnauben, als ich zur Tür hastete. Es war mir egal, ich drehte mich nicht um, ich wollte nur raus, raus aus diesem Haus. Ich hoffte, dass Malin und Henk noch immer in der Eingangshalle standen und auf mich warteten. Wenn nicht, dann …
«Dann gehen Sie doch. Sobald Sie durch diese Tür gehen, sind Sie am Ende! Ich werde höchstpersönlich dafür sorgen, dass Sie diese Entscheidung bereuen. Unterschätzen Sie mich nicht, Frau Leverenz, ich hasse es, wenn ich unterschätzt werde.»
Seine Drohungen hielten mich nicht ab, ich stieß die schwere Tür auf und wollte gerade losrennen, da wurde ich festgehalten. Es waren vier Männerhände, die mich brutal packten, mir die Arme nach hinten rissen, sodass meine Füße den Halt verloren. Ich fiel nach hinten, doch die beiden fremden Kerle hielten mich fest, pressten meinen Oberkörper wieder gerade und fixierten mein Genick, indem sie meinen Kopf von vorn und hinten mit ihren groben Händen umfassten. Einer quetschte meine Beine zwischen seine Knie, es war, als spannte er mich in eine Schraubzwinge ein. Ich wollte schreien, doch sie klemmten mir den Kiefer nach oben, das Einzige, was ich jetzt noch

bewegen konnte, waren meine Augen, und ich rollte sie hin und her, um zu sehen, ob ich Henk oder Malin entdecken konnten. Ich hoffte nur, dass sie die Falle eher erkannt hatten als ich und dass wenigstens ihnen die Flucht geglückt war.

«Sie hätten das Angebot annehmen sollen, Okka Leverenz.» Die Stimme hinter mir ließ mich zusammenzucken. «Ich hatte Sie für schlauer gehalten, wenn ich ehrlich bin. Aber ich habe mich ja von Anfang an in Ihnen getäuscht.»

Veronika Schewe trat vor mich und kam so dicht an mein Gesicht, dass ich den Geruch ihres Atems wahrnehmen konnte. Kaffee. Bewegungsunfähig musste ich ihr falsches Lächeln ansehen.

«Hat Ihnen Ihr Vater nicht ausgerichtet, dass es besser wäre, die Klappe zu halten? Die arme Gesa, wirklich, die arme, arme Gesa.»

Van Looden steckte also wirklich mit den Entführern unter einer Decke. Wie hatte ich nur so dumm sein können. Jeder Muskel in meinem Körper war gespannt und ich fühlte nassen Schweiß auf meiner Stirn.

«Nein, keine Sorge, Gesa ist in guten Händen. Professor Isken hat sich ihrer höchstpersönlich angenommen. Die Operation wird noch ein paar Stunden dauern, und er freut sich schon darauf, danach Ihren hübschen Schädel von innen zu begucken.»

Ich wollte schreien, aber sie hielten mir immer noch ihre Hände unter den Kiefer. Speichel sammelte sich zwischen meinen Zähnen. Ich brüllte erstickte Hilferufe und versuchte, mich zu drehen, doch die Männer schoben mit ihren riesigen Pranken meinen Kopf ins Genick. Die Spucke rann langsam und beißend in meine Kehle und ich würgte und hustete gleichzeitig, sodass mir die Tränen in die Augen stiegen und wässeriger Rotz

aus der Nase über die fremden, festen Finger auf meinen Lippen lief.
Nur kurz lüftete der Kerl seine Hand, wischte sie irgendwo ab, und als er sie mir wieder ins Gesicht legen wollte, biss ich zu. Im selben Moment, in dem er erschreckt aufschrie, fluchte und zuckte, in diesem winzigen Bruchteil eines Augenblicks nutzte ich meine Chance und befreite mein Bein aus der Umklammerung. Mein Knie fuhr instinktiv mit einem heftigen Ruck nach oben, traf den einen der Gorillas zwischen den Beinen, er jaulte auf, ich trat wieder zu, diesmal traf ich den anderen an der Hüfte. Ich war stark vor Angst, weil ich nicht sterben wollte. Doch hatte es einen Sinn? Jeder dieser Männer hatte doppelt so viel Kraft wie ich. Ich machte aber weiter, boxte, kratzte und biss, heulte vor Wut, bis mich die beiden Muskelpakete wieder fest in ihrer Gewalt hatten, sie warfen mich auf die Erde und drückten mich zu Boden, hielten mich noch brutaler als vor meinem missglückten Versuch, so fest, dass es schmerzte. Das Hemd, das Malin mir geliehen hatte, war am Ärmel aufgerissen, aber ihre Jeanshose hatte meinen Knien ein wenig Schutz geboten.
«Eine richtig wilde Dame, die Sie uns da anvertraut haben, Chef!», sagte der eine grinsend und drehte meinen Arm so weit nach hinten, dass ich jede Sehne mit einem Stechen spürte.
Durch mein Toben war Dr. Schewe alarmiert, ich konnte an ihrem Gesicht sehen, dass sie sich sehr erschreckt hatte. Sie wagte sich nicht wieder in meine Nähe, obwohl ich doch kampfunfähig auf dem Boden lag, sie hatte Angst vor mir. Und das war so etwas wie ein kleiner, hoffnungsvoller Sieg.
«Danke, Herr van Looden, Sie haben es wirklich versucht.» Sie reichte ihm ihre blasse Hand.
«Mein Gott, sie ist wirklich widerspenstig. Wie gut, dass wir diese Frau unter Kontrolle gebracht haben, bevor sie alles zu-

nichte machen konnte.» Van Looden und Dr. Schewe gingen an mir vorbei und ich merkte, dass sie mit ihren hohen Schuhen einen kaum merklichen Bogen um mich machte. «Was werden Sie jetzt mit ihr anstellen?», fragte van Looden, als sie schon aus der Tür waren.
«Was weiß ich. Ich dachte wirklich, wir kriegen sie auf die sanfte Art und Weise. Ich denke, den Rest werde ich jetzt Professor Isken überlassen.»

11.

Ich saß da. Allein. Auf einem unbequemen Hocker im Liekedeler-Keller. Es war dieser unbekannte Raum, dessen Metalltür ich bei meinem heimlichen Besuch des Archivs entdeckt hatte. Von dem ich zu gern gewusst hätte, was sich darin verbarg.
Nun wusste ich es. Es standen Regale an den Wänden, dünne, unstabile Blechregale, voll gepackt mit Medikamenten. Wie in einer Apotheke, dachte ich, nur dass es keine große Auswahl an Pillen gab. Schmerzmittel, Tropfen gegen Brechreiz, ich kannte mich nicht gut aus in solchen Dingen, doch es schienen nur Medikamente zu sein, die in jedem gut sortierten Arzneischränkchen zu finden waren. Und Rytephamol-B, kiloweise. Es waren unauffällige, hellgelbe Tabletten, nicht größer als eine Reißzwecke, aufbewahrt in kleinen, braunen Glasflaschen. Doch einige lagen schon sortiert auf einem Tablett, bereit für das Abendessen, jede Pille in einem kleinen Kästchen, auf das ein Namensschild geklebt war. Dirk, Ingo, Henk, Gesa und all die anderen Namen. Ich sah sogar in der Ecke ein einsames Kästchen stehen, auf dem Jolanda stand, und mein Herz zog sich zusammen.
Sie hatten mich mit zusammengebundenen Gliedern auf die Ladefläche eines «LoodenBau»-Lieferwagens gepackt und waren mit mir hierhin gefahren. Niemand hatte uns gesehen, heute war der Tag, wo die Kinder auf Exkursion im Auricher Moor waren, und das Liekedeler-Haus war wie ausgestorben.
Es schien mir eine Ewigkeit her zu sein, seit einer der beiden Kerle die Tür vor mir zugeschlossen hatte.
Ich hatte Angst, es war Folter. Eingesperrt sein, mit den Füßen an einen wackeligen Hocker gefesselt, das festgezurrte Klebe-

band schnitt mir in die Haut, kein Tageslicht im Raum, nur eine unregelmäßig flackernde Neonröhre an der Decke. Suchte irgendwer nach mir?

Malin und Henk waren nicht mehr aufgetaucht. Wurden auch sie gewaltsam festgehalten? Falls sie frei waren, würden sie mir helfen können? Malin dachte zuerst an Henk, sie würde ihn nie in Gefahr bringen. Eltern stellen sich immer schützend vor ihre Kinder.

Nur mein Vater nicht. Er war fortgefahren, hatte mich im Stich gelassen. Oder vielleicht doch nicht? Hatten Dr. Schewe und van Looden dafür gesorgt, dass er nicht zum Hafen kommen konnte? Doch woher wussten sie von seiner Reise nach Spitzbergen? Ich konnte es drehen und wenden, wie ich wollte, es ließ sich kein bequemer Schuh daraus machen: Nur mein Vater wusste, dass ich auf Juist war und mit der Fähre heute Mittag zurückkommen würde. Er war der Einzige, der es ihnen erzählt haben konnte. Und das hätte er nicht tun dürfen. Er hatte mich in diese grässliche Lage gebracht. Von ihm konnte ich keine Hilfe erwarten. Ich war allein.

Wären meine Hände nicht hinter dem Rücken gefesselt gewesen, dann hätte ich mich am ganzen Körper gejuckt wie eine Wahnsinnige, damit dieses Angstkribbeln auf der Haut wegging, das mich so quälte.

Keine Ahnung, was mich erwartete. Keine Ahnung, wie lange ich schon hier saß. Ich konnte nur warten.

«Und?», fragte Dr. Veronika Schewe den Mann, der sich die Gummihandschuhe von den Fingern streifte und den Mundschutz unter seinen eckigen Unterkiefer schob. «Was ist mit Gesa?»

Er sagte nichts, wusch sich die Hände ausgiebig unter heißem

Wasser. Die Flüssigseife quoll zwischen seinen langen Fingern hindurch.

«Wie ist die Operation verlaufen?», fragte sie wieder und konnte ihre ängstliche Ungeduld nicht verbergen.

Birger Isken schüttelte den Kopf.

«Wie? Was soll das bedeuten?», schrie sie ihn an und lehnte ihre Hand gegen die grauen Fliesen an der Wand, um sich ein wenig festzuhalten.

«Es soll bedeuten, dass sie es nicht geschafft hat», sagte Birger ruhig und sah sich dabei selbst im Spiegel an, der über dem Waschbecken hing.

Veronika Schewe stürzte auf ihn zu und rüttelte an seinem Arm. «Das kann nicht sein! Du hast gesagt, dass es keine große Sache wäre, dass sie es auf jeden Fall überleben würde, Birger, das hast du mir gesagt!»

«Da wusste ich auch noch nicht, wie schlimm es um sie stand.»

Sie hasste ihn für die Gelassenheit, mit der er sprach. Sie wollte ihn schlagen, mit den Fäusten auf den Arm, auf die Brust. Wie konnte er so kalt und teilnahmslos erzählen, dass Gesa gestorben war. «Sag, dass es nicht wahr ist!», schrie sie.

«Veronika, dieses Mädchen wäre sowieso gestorben, vielleicht hätte sie noch zwei, drei Monate ...»

Und jetzt gehorchten ihre Arme nicht mehr, sie krallte ihre langen Fingernägel in sein grünes Operationshemd und riss ihn herum, sodass er ihr in die Augen schauen musste. «Mein Gott, du hast es doch geahnt, du musst es doch gewusst haben, dass sie keine Chance hatte. Und bei dieser Jolanda hast du auch nicht so ein Aufhebens gemacht.»

«Für mich ist es schon ein Unterschied, ob ein Kind direkt auf unserem Operationstisch stirbt. Wir haben sie getötet.»

Er umfasste ihre Handgelenke und schob sie von sich. «Werde

bitte nicht hysterisch, Veronika. Du und ich, wir haben beide gewusst, dass so etwas passieren könnte. Also hör bitte auf zu heulen. Für die Öffentlichkeit wird der Entführungsfall Gesa Boomgarden für immer ungeklärt bleiben. Und die Leiche lassen wir über das Forschungslabor verschwinden.» Er wandte sich von ihr ab. «Wir haben jetzt ein ganz anderes Problem, mit dem wir fertig werden müssen.» Er schnappte sich ein Handtuch und trocknete seine rot gewaschenen Hände gründlich ab. «Wir haben einen Haufen Leute, die wir irgendwie unter Kontrolle kriegen müssen. An erster Stelle kümmern wir uns um diese Okka Leverenz, sie muss dringend kaltgestellt werden. Ich hatte da an Insulin gedacht.» Er lächelte leicht.
Veronika Schewe blieb stumm. Ihre Lippen klebten aufeinander, weil ihr Mund ganz trocken geworden war. Kurz blickte sie in den Spiegel an der Wand, um Himmels willen, war sie blass, sie sah alt aus, hässlich und alt. Der Anblick war nicht zu ertragen, also schaute sie weg, folgte Birger mit den Blicken, wie er sein Hemd auszog und sich dann mit den Händen durch die Haare fuhr.
«Und was machen wir mit den anderen? Mit dem Vater zum Beispiel?» Da war sie wieder, ihre Stimme. Brüchig und leise, doch sie konnte wieder reden. Es brachte nichts, zu schweigen. Irgendwie musste es weitergehen, zum Umkehren war es schon viel zu spät.
«Ihr Vater wird noch so lange unter uns weilen, bis er verraten hat, wer dieser ominöse Ben ist und woher dieser die Informationen über unser Projekt hat.»
«Und dann haben wir auch noch Henk und seine Mutter, sie warten schon seit Stunden in van Loodens Haus. Was willst du mit ihnen unternehmen?»
Birger knöpfte sich die Manschettenknöpfe zu und kam mit

zufriedenem Gesicht auf sie zu. «Na also, du bist wieder ganz die Alte. Dein messerscharfer Verstand ist es, der dich so attraktiv macht.» Er küsste sie beiläufig auf den Mund. «Ich weiß, ein totes Kind tut weh, Veronika, ich kann dich auch irgendwie verstehen. Ich hoffe, du verkraftest es, wenn es noch mehr Opfer geben wird.» Er strich ihr fast väterlich über die Wange. «Ich kann mich doch auf dich verlassen, oder?»

Irgendwann bekam ich Angst, dass ich verrückt werden würde. Dieses winzige Zimmer, das Flackern der Neonröhre und die Stille, diese verdammte Stille. Ich hielt es nicht mehr aus.
Der wirbelnde Gedankenstrudel hatte aufgehört, in mir zu rotieren. Mein Vater, Henk, diese gewalttätigen Männer und das überhebliche Gesicht von Veronika Schewe, irgendwann waren sie alle verschwunden und auch in meinem Kopf war es still.
Mein Gott, war ich müde, ich konnte mich nicht mehr halten auf diesem verdammten Hocker. Meine Wirbelsäule knickte Stück für Stück zusammen, ich war zu schwach, um mich noch gerade zu halten. Manchmal überfiel mich ein sekundenlanger Schlaf, aus dem ich sofort wieder aufschreckte, wenn das Genick von der Schwere meines Kopfes überdehnt wurde.
Irgendwie schaffte ich es, meine Zehen nach unten zu spreizen, mich damit vom Kellerboden abzustoßen und so Stück für Stück fortzubewegen. Ich wollte mich anlehnen, nicht mehr mitten im Raum sitzen und mich vom Gewicht meines Körpers nach unten ziehen lassen. Wenn ich es bis zum Regal schaffte, dann könnte ich meinen Kopf auf ein Metallfach legen. Ich schob mich ruckartig weiter, schwitzte trotz der Kälte, hatte es aber endlich geschafft. Die glatte Regalfläche an meinen Wangen fühlte sich gut an. Ich schloss die Augen und dach-

te stolz, dass ich bis hierhin gekommen war. Gut, es waren nur knapp anderthalb Meter gewesen, die ich mich weitergekämpft hatte, doch ich hatte es geschafft. Vielleicht war doch noch nicht alles am Ende, vielleicht hatte ich noch genügend Kraft irgendwo versteckt, von der ich selbst gar keine Ahnung hatte. Es ging mir besser.

Ich konnte mit den Zähnen dieses Tablett erreichen, auf dem die nächste Ration Rytephamol-B bereitlag. Ich biss mich daran fest, schleuderte meinen Kopf herum, bis es vom Regal rutschte und mit einem lauten Scheppern auf den Boden fiel. Das Geräusch machte mir Mut. Einige Tabletten kullerten bis vor meine Füße und ich zertrat sie mit meinen ungelenken Bewegungen, bis nur noch ein staubiger Pulverhaufen von ihnen übrig war. Es war ein gutes Gefühl, ich wollte mehr davon haben, es hielt mich davon ab, hilflos dem Flackern der Neonröhre ausgesetzt zu sein oder einzuschlafen, das konnte ich mir nicht erlauben. Es gab mir das Gefühl, nicht ganz die Kontrolle zu verlieren.

Ich rückte mit dem Hocker noch näher an das Regal, wieder schwitzte ich, doch diesmal störten mich die salzigen Tropfen auf meinem Kopf kaum. Es gelang mir, den hinteren Fuß des Stuhles mit dem Regal zu verkeilen, ich stand auf den Zehenspitzen und lenkte alle Kraft in die Beine, mit geschlossenen Augen und angehaltenem Atem rüttelte ich an den Metallstreben. Erst passierte nichts, ich war zu schwach, ich konnte nichts ausrichten. Gerade als ich mich mutlos zurücksetzen wollte, hörte ich das feine Klirren von aneinander stoßendem Glas. Wieder riss ich mich zusammen, drückte meine gefesselten Beine gerade, spannte meinen Rücken an und stieß gegen das Regal, wieder und wieder. Eine Flasche wurde durch die Erschütterung an den Rand geschoben, ich holte tief Luft und stieß noch einmal zu, dann kippte das Glas langsam, wie in Zeitlupe, über den Rand und zerschellte am Boden.

Ich konnte meinen Erfolg kaum fassen, trat wie von Sinnen auf den vielen gelben Pillen herum, war wütend und euphorisch zugleich, bis sich endlich mein Verstand einschaltete und ich die scharfen Scherben sah, die zwischen den Tabletten lagen. Kleine Messer, dachte ich. Okka, kleine, dunkelbraune Messer aus Glas!

Doch wie sollte ich mit meinen zusammengebundenen Händen zum Boden gelangen?

Es gab nur eine Möglichkeit: Ich musste mich fallen lassen. Ich musste den Hocker zum Kippen bringen und mich dann fallen lassen. Ohne irgendetwas, das mich aufhielt, würde ich auf den mit Scherben übersäten Kellerboden knallen und mir vielleicht einige Knochen brechen und Schnittwunden holen. Doch dann hätte ich meine Chance, und das war schon verdammt viel. Vor einer Viertelstunde hatte ich noch geglaubt, ich müsste verrückt werden.

Wenn ich das Gleichgewicht verlieren wollte, dann musste ich mich mit dem Oberkörper zur einen Seite krümmen und den Fuß Stück für Stück am Regal heraufschieben. Es war nicht möglich, ich konnte mich noch so verrenken, wenn ich kurz vor dem heiklen Punkt war, rutschte der Hocker nach hinten und mein Fuß fiel schmerzhaft gegen das Stuhlbein. Vielleicht gelang es mir, wenn ich mich um hundertachtzig Grad drehte? Es dauerte eine halbe Ewigkeit, bis ich in die entgegengesetzte Richtung schaute, dann wieder das Schieben, das Dehnen, die Schmerzen in den Sehnen und die Angst vor dem Sturz.

Es ging schnell. Und es tat verdammt weh. Als mein Kinn mit voller Wucht auf eine hochstehende Scherbe prallte und nur einen Moment später mein Arm vor Schmerz zu explodieren drohte, da lachte ich trotzdem und war stolz auf mich, denn ich bekam eine große Scherbe zu fassen, mit der ich mühsam an den Klebestreifen gelangte, mit dem ich gefesselt war.

Sie überlegte während der Fahrt, ob es ihr etwas ausmachen würde, Okka Leverenz zu töten. Veronika fand, dass sie es besser «sterben lassen» nennen sollte, es war nicht viel mehr, was sie tun würde. Birger hatte die Spritze schließlich bereits aufgezogen, fünfzig Einheiten, bei einer kleinen Person wie Okka Leverenz würde diese Menge Insulin mit Sicherheit ausreichen, um ein kurzes Koma und einen schmerzlosen Tod herbeizuführen. Dann brauchten sie nur einen halben Tag zu warten, bis das Hormon sich im toten Körper abgebaut hatte, und schließlich würde man bei der Obduktion in Hannover lediglich einen natürlichen Tod feststellen können. Der Bootsunfall, die Anstrengung, die Aufregung wegen des toten Geliebten, dies alles könnte bei Okka Leverenz zu einem lebensgefährlichen Zuckermangel geführt haben. Zumindest ihre Leute in Hannover könnten diese Geschichte plausibel zu Papier bringen.
Nein, es würde ihr nichts ausmachen. Sie musste ja nur in den Medikamentenraum gehen, der fixierten Frau die Nadel in den Oberschenkel rammen, dann wäre ihr Job erledigt. Die Entsorgung der Leiche sollten die anderen übernehmen. Doch es musste schnell gehen und deshalb hatte Veronika Schewe selbst die Sache übernommen, ihnen blieb nicht viel Zeit für Okka, in zwei Stunden kämen die Kinder nach Hause, dann würde Veronika am Abendbrottisch sitzen, lächeln und so tun, als wenn nichts geschehen wäre.
Als sie auf das Grundstück fuhr, schaute sie sich gründlich um. Niemand durfte sehen, dass sie hier war. Sie würde in einer

Stunde noch einmal die Auffahrt hinauffahren, als wäre nichts geschehen. Nichts war zu sehen, kein Kinderfahrrad, kein Auto, die Fenster des Hauses waren geschlossen und als sie aus dem Wagen stieg, hörte sie kein Geräusch, das ihr verdächtig vorkam. Sie war allein hier, na ja, fast allein. Silvia Mühring war zur Sicherheit bei Peter Leverenz im Büro geblieben. Er war zwar ruhig gestellt und fixiert worden, doch im Arbeitszimmer gab es Fenster, durch die man hineinschauen konnte, und eine Tür ohne Sicherheitsschloss. Ihr Büro war nicht so sicher wie der Raum, in dem Okka saß.

Schnell hastete sie zur Eingangstür, schloss auf und lauschte. Hinter der Bürotür war es noch immer still, bis auf das monotone Klappern von Silvia Mührings Computertastatur. Ihre Assistentin war eine treue Seele, obwohl sie sicher ahnte, dass die Situation in diesem Moment zu eskalieren drohte, tippte sie brav und gleichmütig ihre Berichte herunter und gaukelte sich selbst und allen anderen Alltäglichkeit vor. Veronika Schewe wollte sie nicht unterbrechen, sie nicht beunruhigen, also ging sie direkt in den Keller.

Doch, es machte ihr schon etwas aus. Sie zögerte, als sie den Schlüssel zum Archivraum in der Hand hielt. Sie würde gleich einen Mord begehen. Zum Teufel, sie zitterte ein wenig. Dabei brauchte sie eine sichere Hand, wenn sie die Spritze ins Fleisch drückte. Was sollte schon passieren? Es gab keinen sichereren Mord als diesen, medizinisch korrekt, jede Menge Komplizen in der Pathologie, ein einwandfreies Alibi von Familie van Looden, nichts konnte geschehen. Okka Leverenz musste sterben, daran ging kein Weg vorbei. Sie war es Birger schuldig. Sie hatte Okka Leverenz ins Spiel gebracht, sie musste auch für ihren Abgang sorgen.

Einmal einatmen, einmal ausatmen, das Zittern verging, der

Schlüssel ging leicht, der nächste auch. Okka Leverenz saß in der Mitte des Raumes und starrte sie mit angsterfüllten Augen an.

Ich hatte mit allem gerechnet, aber nicht damit, dass ausgerechnet Dr. Veronika Schewe in der Tür auftauchen würde, um mich zu töten. Die brutalen Kerle, Professor Isken oder vielleicht sogar Ulfert van Looden, sie hatte ich erwartet, aber nicht Schewe.
Es war mir gelungen, die Scherben und zertretenen Pillen unter das Regal zu schieben, sodass man auf den allerersten flüchtigen Blick nicht ahnte, welchen Kampf ich in den letzten Stunden in diesem engen Gefängnis ausgestanden hatte. Mein Hocker stand wieder in der Mitte des Raumes, ich hielt meine Hände auf dem Rücken und hatte meine Beine mit Klebeband umwickelt, sodass es aussah, als wäre ich noch immer gefesselt.
«Was Sie jetzt vorhaben, ist noch viel weiter unter Ihrem Niveau, als in diesem Haus die Wände zu tapezieren», sagte ich statt einer Begrüßung.
«Es wäre mir lieber, wenn Sie mal einen Moment die Klappe halten würden», entgegnete Dr. Schewe schroff und trat einen Schritt auf mich zu.
Gut, ich hatte sie aus dem Konzept gebracht, zumindest hatte sie nicht daran gedacht, die Tür hinter sich zu verschließen.
«Mein Gott, Veronika. In diesem Moment fällt es mir gar nicht schwer, dich zu duzen. Wir haben schon viel miteinander …»
«Du sollst die Klappe halten. Versuch es nicht mit diesen Tricks aus dem Fernsehen, Intimität zum Angreifer herstellen und so weiter. Ich weiß genau, was ich tue.» Und dann sah ich die Spritze in ihrer Hand. Sie machte sich keine Mühe, das Ding zu verstecken.

«Was ist das?»
«Insulin, keine Angst, Isken und ich haben uns für eine sanfte Methode entschieden, du wirst erst ins Koma fallen und dann …»
«… dann seid ihr mich los. Mit so einem billigen Zeug. In die Kinder habt ihr mehr investiert. Ihr müsst ein verdammt großes Team sein, wenn es euch gelungen ist, die Pillen ins Essen zu mischen.»
«Nicht jede Frau, die eine weiße Haube trägt, ist eine Köchin.»
Ich sah, dass ihre Hände zitterten. Doch dann machte sie einen Schritt, den letzten Schritt bis zu mir, sie biss sich dabei auf die Lippen, doch die Spritze war erhoben und ihr Daumen schob sich auf den Kolben. Es war so weit.
Ruhig und präzise senkte sie den Arm. Ich ergriff ihre Hand, kurz bevor sie meinen Oberschenkel erreicht hatte. Erschrocken wich sie zurück, ich nutzte den Moment und trat mit dem Fuß gegen ihren Ellenbogen. Die Spritze fiel ihr aus der Hand und schleuderte im hohen Bogen gegen die Wand. Sie war nicht darauf gefasst, als ich aufsprang und ihr meinen Arm gewaltsam von hinten um den Hals legte. Meine freie Hand fuhr in ihre Haare, krallte sich fest und rückte ihren Kopf nach hinten, sodass ihre Augenbrauen grimassenhaft nach oben gezogen wurden.
Ihre Hände fuchtelten wild um ihren Körper, bekamen mein Shirt zu fassen, und ich verstärkte die Gewalt, mit der ich an ihren Haaren riss, bis sie damit aufhörte, ihre langen Fingernägel in meine Seite zu graben.
«Hast du wirklich geglaubt, ich wäre so dämlich, darauf zu warten, dass ihr mich hier umbringen könnt?» Ich blickte ihr von oben in die ängstliche Fratze. «Was ist mit Gesa?», fragte ich eindringlich.

Sie begann zu treten, schaffte es, ihren spitzen Schuh in mein Schienbein zu hämmern, verdammt, das tat weh. Ich hob mein Knie, schlug es hart zwischen ihre Beine, bis sie aufhörte, sich zu wehren.

«Was ist mit Gesa?», wiederholte ich.

«Sie ist tot. Wir konnten nichts mehr für sie tun!»

Ich erstarrte. Bitte nicht. Gesa. Oder spielte Veronika mir etwas vor?

Sie schien meine Überraschung zu spüren, diesen kleinen Moment der Unaufmerksamkeit. Mit einem heftigen Ruck riss sie sich los, drehte sich um, blickte mir jetzt in die Augen und griff mit beiden Händen fest um meine Kehle und drückte zu. Ich versuchte, Luft zu holen, ich röchelte panisch, doch sie würgte mich fester, sodass ich fühlte, wie das Blut in meinen zugedrückten Adern wütend pulsierte. Noch einmal, bitte, flehte ich benommen, dann nahm ich alle meine Kraft zusammen und schleuderte sie gegen das wackelige Regal, und als sie mich losließ, weil sich die Metallbretter schmerzhaft in ihren Rücken bohrten, griff ich nach dem Träger und zog daran, bis sich das Gestell nach vorn neigte. Die Medikamentengläser rutschten nach vorn, dann kippte das Regal, und ich machte einen Sprung nach hinten, um nicht zu Boden gerissen zu werden.

Veronika Schewe wurde von einem Regalbrett am Kopf getroffen und sank kraftlos zu Boden, wo sie inmitten der Metallstreben, der Gläser und Pillen liegen blieb.

Ich hastete in die Ecke, wo die Spritze auf dem Boden lag, griff die seltsame Waffe, erst dann drehte ich mich zu meiner Gegnerin um. Sie blutete am Hinterkopf und lag verdreht auf der Erde. Ihr Ächzen war grauenhaft.

«Wo ist er?», fragte ich, ohne auch nur einen Finger zu rühren, um ihr zu helfen.

«Dein Vater? Er ist in meinem Büro!», jammerte sie.

Ich stutzte. Ich hatte nicht meinen Vater gemeint, sondern Henk. Doch wenn er in ihrem Büro war, dann war er doch nicht nach Spitzbergen … «Ich will wissen, ob ihr Henk Andreesen und seine Mutter in eurer Gewalt habt. Ihr werdet sie nicht umbringen, nicht so wie Gesa, hörst du?»

Sie stöhnte laut. «Bitte, hilf mir doch. Dann werde ich dir sagen, wo die beiden sind.»

Ich lachte bitter. «Glaubst du immer noch, dass ich so naiv bin? Ich werde dir helfen, Veronika. Aber bestimmt nicht jetzt.» Ich ging zur Tür. Sie jammerte mir hinterher, doch ich blickte mich nicht um. Es ging jetzt um meinen Vater, um Henk und Malin. Drei Menschen schwebten in Lebensgefahr, weil sie mir zur Seite stehen wollten. Und diese Menschen waren wichtiger als Veronika Schewe. Der Schlüssel steckte noch, ich drehte ihn um und ließ ihn in meine Hosentasche fallen.

Mit der Spritze im Anschlag humpelte ich die Kellertreppe hinauf und ging zum Büro, aus dem ich Tastaturgeklappere hörte. Silvia Mühring schien da zu sein, ich verlor keine Sekunde, sondern stürzte in das Zimmer, packte sie im Nacken und hielt ihr die Spritze an den Oberarm. «Mein Vater ist hier. Ich will zu ihm, sofort!»

Sie schnappte nach Luft, ich zog sie aus ihrem Stuhl heraus und bugsierte sie zur Tür, die in Veronika Schewes Zimmer führte. «Aufschließen!», befahl ich.

«Kein Problem», wisperte sie und öffnete die Tür.

Mein Vater saß auf einem Stuhl, sie hatten ihn gefesselt und er blickte mich benommen an, sagen konnte er nichts, weil sie auch seinen Mund verklebt hatten, doch ich war mir sicher, dass er versuchte zu lächeln.

«Binden Sie ihn los!» Silvia Mühring gehorchte, ich hielt die

Spritze noch immer dicht an ihrer Schulter und sie wagte noch nicht einmal, mich anzusehen. Sie holte aus der Schreibtischschublade einen Brieföffner und zerschnitt die Fesseln mit bebenden Fingern. Fast war er frei, nur noch die Hände waren aneinander gebunden, da schreckte ich hoch, weil ich hinter mir ein Geräusch gehört hatte.
«Was um Himmels willen ist hier los?»
Ich fuhr herum. Jochen Redenius stand in der Tür, versperrte den Weg, und seine hellen Augen fixierten mich geschockt und verständnislos. «Was machen Sie mit Silvia?»
Er kam schnell auf mich zu, viel zu schnell, als dass ich hätte reagieren können, dann drehte er meinen Arm nach hinten und nahm die Spritze aus meiner Hand.
«Sie hat mich überfallen, Sie und dieser verrückte Kerl hier», heulte Silvia Mühring gekonnt hysterisch.
«Das ist Unsinn, Redenius, und Sie wissen es», sagte ich und versuchte, möglichst ruhig zu bleiben. Was sollte ich tun? Nun waren sie zu zweit. Bestimmt war Redenius von Professor Isken als Verstärkung angeheuert worden. Aber warum sollte Silvia ihm dann ein Theater vorspielen? Verdammt, woher sollte ich wissen, auf welcher Seite Redenius stand? Ich beobachtete ihn, wie er seinen Blick von mir zu Silvia Mühring und dann zu meinem Vater schickte, verständnislos. Zu verständnislos, als dass er geschauspielert hätte. Vielleicht hatte ich noch eine Chance.
«Redenius, hören Sie, es ist viel zu kompliziert, als dass ich Ihnen in diesem Moment alles erklären könnte. Aber ich denke, Sie wissen, dass es mir um die Kinder geht. Sie wissen es doch, Sie haben es mir oft genug vorgeworfen.» Ich spürte, dass er zögerte. Er hätte mich schon längst außer Gefecht setzen können, wenn er gewollt hätte, seine Arme waren verdammt stark. «Oder gehören Sie doch zu denen?»

«Zu wem soll ich gehören, um Himmels willen?», schrie er mir von hinten ins Ohr und ich konnte die Unsicherheit in seiner Stimme hören. «Was ist hier eigentlich los? Wen meinen Sie überhaupt?»
«Sagt Ihnen ‹inPharm› etwas oder Professor Isken? Wissen Sie etwas von einem Medikament, dass an den Kindern getestet wird? Hier in unserem Haus?»
«Was sagen Sie da? Das kann doch nicht wahr sein! Das glaube ich nicht!»
«Es ist wahr, Redenius.» Ich heulte. Mein Gott, er wusste wirklich nichts. «Jolanda ist tot. Und Gesa ist tot, verstehen Sie? Umgebracht!» Er lockerte den Griff und ich konnte ihm direkt in die Augen sehen. Er musste mir glauben. «Und nun ist Henk in allergrößter Gefahr!» Ich drehte mich zu Silvia Mühring, die jammernd vor meinem Vater stand.
«Silvia, sagen Sie uns, wo Henk Andreesen und seine Mutter stecken!»
Sie schüttelte den Kopf. «O Gott, ich habe gar keine Ahnung, wovon Sie überhaupt reden.» Hilfe suchend schaute sie zu Redenius.
Doch der schritt auf sie zu und packte sie an der Schulter. «Meine Güte, Silvia, hörst du nicht? Wo sind die beiden? Wenn ihnen etwas passiert, dann …»
Sie knickte ein, ließ den Kopf hängen. Das «Bei van Looden im Haus» konnte man kaum noch verstehen.

Mein Vater und Redenius setzten sich sofort ins Auto und fuhren zu van Loodens, soweit ich weiß, trafen sie dort zeitgleich mit der Polizei ein, die ich zwischenzeitlich verständigt hatte. Ich blieb, wo ich war. Silvia Mühring heulte an den Stuhl gefesselt vor sich hin, doch ich hörte sie kaum. Ich war müde und traurig. Gesa war tot. Es gab nichts, was ich für sie hätte tun können. Sie war so ein wunderbares Mädchen gewesen. Ich dachte an den Abend, als sie in meinem Arm eingeschlafen war, und an das Lächeln in ihrem Gesicht. Hätte ich es verhindern können?

Dieser Gedanke quälte mich, ich wurde ihn nicht los. Erst als das Telefon ging und mein Vater mir mitteilte, dass Henk und seine Mutter in Sicherheit waren und ihnen nichts zugestoßen sei, erst da war ich in der Lage zu weinen.

Epilog

Das Schlimmste ist das Warten.
Wenn die Wochen vergehen und schreckliche Ereignisse immer weiter in die Vergangenheit gleiten, dann bleibt nicht viel. Nur die Erinnerung, die einen noch viel zu oft von hinten überfällt und einen davon abhalten will, weiterzumachen. Ich kann nicht an Gesa denken, ohne dass sich mein Körper anfühlt, als würde er von einem gewaltigen Magneten nach unten gezogen. Ich kann nur hoffen, dass ich, sollte sich so etwas Unbegreifliches wiederholen, es in irgendeiner Weise verhindern können werde.
Mein Vater schreibt und schreibt. Es wird ein ganzes Buch werden, obwohl er eigentlich nur einen Bericht darüber verfassen wollte, was in diesem Haus geschehen war. Er befürchtet, dass Dinge dieser Art nicht nur hier geschehen. Wer weiß, wie viele Wissenschaftler noch dazu bereit sind, die Grenzen des Fassbaren niederzutreten, um ein Kind, einen Menschen über sich selbst hinauswachsen zu lassen? Ich vermute, es sind viel zu viele.
Doch am schlimmsten ist, wenn sich der Zweifel mir immer und immer wieder in den Weg stellt und mich davon abhält, in so etwas wie einen Alltag zurückzufinden.
Vor ein paar Stunden wurde auf Helgoland eine männliche Leiche angeschwemmt. Zehn Wochen ist der Bootsunfall nun her. Sjards Schwester, mit der ich zwischenzeitlich Kontakt aufgenommen hatte, rief mich an und hat mich darüber informiert, dass es einige Stunden bis zur Identifizierung des Toten dauern würde.
Nun sitze ich hier und warte. Ich höre die Kinder draußen spie-

len. Sie sind so froh, dass das Haus seit zwei Tagen wieder geöffnet ist. Es war für uns alle eine schwere Zeit. Die Zeitungen schrieben, das Fernsehen sendete, die Öffentlichkeit empörte sich über die Machenschaften von Dr. Schewe und der «inPharm AG». Doch als der Skandal etwas abgeklungen war und feststand, das nur die Norder Liekedeler-Filiale betroffen war, gelang es uns, die Stiftung zu retten. Robert Lindkrug hatte es am meisten getroffen, von Veronika Schewe jahrelang hintergangen und benutzt worden zu sein. Trotzdem hatten er und alle anderen sich entschlossen weiterzumachen.
Verdammt, wann klingelt endlich das Telefon.
Ich hoffe, es ist Sjard. Ich hoffe, dass er bei dem Versuch, mich zu retten, ums Leben gekommen ist. Auch wenn es grausam ist, dass er sterben musste und ich am Leben bin, doch der Gedanke ist besser zu ertragen als die Möglichkeit, dass er mich im Stich gelassen und das Unglück für sich genutzt hat. Er wollte aussteigen bei Liekedeler. Das hatte Dr. Veronika Schewe in einem Verhör zu Protokoll gegeben. Er hätte also gut davonschwimmen und abhauen können. Es war eine gute, eine viel zu gute Gelegenheit, sich aus der Verantwortung zu ziehen, vor allem, weil er ahnte, dass ich hinter die Sache mit dem Rytephamol-B kommen würde. Doch hätte er dafür mein Leben aufs Spiel gesetzt. Was kann ich besser ertragen?
Dass der Mann, in den ich mich verliebt hatte, tot ist? Oder dass er mich im Stich gelassen hat, um seine eigene Haut zu retten?
Ich weiß es nicht.
Ich weiß nur, dass die beiden E-Mails nicht von Sjard stammten.
Irgendwie hatte ich die ganze Zeit fest daran geglaubt, ich würde morgens in meinem Bett im Liekedeler-Haus aufwachen und er würde an meinem Bett stehen, lächeln und etwas sagen

wie: «Siehst du, ich behalte dich im Auge.» Ein schöner Gedanke, den ich manchmal auskostete wie einen Bonbon, den man auf der Zunge zerfließen ließ und dessen Süße man nur nach und nach hinunterschluckte.

Doch dann kam ich eines Morgens die Treppe herunter. Ich war ein wenig früher auf den Beinen als sonst, denn wir hatten viel zu erledigen, der Neuaufbau der Schule musste vorangetrieben werden, und da ertappte ich Jochen Redenius, wie er aus meinem Büro geschlichen kam.

Das altbekannte Misstrauen gegen ihn ließ mich wütend auf ihn zurennen, ich packte ihn am Ärmel und sah ihm direkt in die hellgrünen Augen. «Jochen, was zum Teufel suchst du in meinem Büro? Nur weil du jetzt die Leitung der Stiftung übernommen hast, brauchst du deinen Mitarbeitern nicht hinterherspionieren. Klar?»

Er sah mich traurig an und ließ die Schultern hängen, im selben Moment tat er mir Leid. Ich hatte überreagiert. Schließlich wusste ich doch nun, dass er einer derjenigen war, die an die gute Idee hinter Liekedeler glaubten – ohne Pillen. Ich hätte es schon eher wissen müssen, schließlich war er es gewesen, der Gesa Boomgarden gefunden und ins Krankenhaus gebracht hatte. Und auch als er mir an dem Morgen, als ich aus der Klinik kam, von Gesa Boomgardens Entführung erzählt hatte. Als er neben Dr. Veronika Schewe gestanden hatte, mir nicht in die Augen schauen konnte und den dezenten Hinweis gab, dass die Polizei im Anmarsch war und ich mich lieber aus dem Staub machen sollte. Da hätte ich es ahnen können. Ja, Jochen Redenius war ein anständiger Kerl. Ich mochte ihn trotzdem nicht. Doch er hatte es nicht verdient, dass ich ihn hier auf dem Flur so aggressiv anfuhr, nur weil er in meinem Büro gewesen war.

«Okka», sagte er leise. Und dann öffnete er meine Bürotür, die

Klinke hatte er immer noch in der Hand gehabt. Ich schaute hinein und auf meinem Schreibtisch lag eine Rose. Es war keine kerzengerade rote Rose aus dem Blumengeschäft, und gerade das gefiel mir so an ihr. Sie war schon ein wenig welk an den gelben Blütenblättern und ihr Stiel war krumm und schief. Sie war eindeutig aus dem Garten hinterm Haus. Ich ging hinein und nahm die Blume in die Hand, sodass ich den darunter liegenden Brief lesen konnte.

Es tut mir Leid, wenn meine Nachrichten in dir die Hoffnung geweckt haben, Sjard könne noch am Leben sein. Das war nicht meine Absicht. Meine Absicht ist eine ganz andere. Vielleicht gelingt es mir jetzt endlich, dir so zu begegnen, wie ich es von Anfang an hätte tun sollen. Leider tritt das Verliebtsein bei mir auf sehr unglückliche Art und Weise zutage, ich werde fies, ich beiße und kratze, ich lasse niemanden an mich heran. Ich bin kein Mann, der seine Gefühle in einem Lachen, einem Kompliment, einer liebevollen Geste offenbaren kann. Manchmal wünschte ich, ich wäre wie Sjard. Doch leider bin ich es nicht. Tut mir Leid!

Ich blickte mich um, wollte Jochen Redenius wenigstens einen verständnisvollen Blick zuwerfen. Doch er war bereits gegangen.
Als Vase für die Rose diente ein Kaffeebecher, den ich auf die Fensterbank stellte. Und jedes Mal, wenn ich die Rose in den nächsten Tagen dort stehen sah, war ich traurig und gerührt zugleich. Ich habe mit Jochen Redenius noch nicht wieder darüber gesprochen.
Er hat mir mit diesem Geständnis ein kleines Stück Hoffnung genommen, dass Sjard vielleicht doch eines Tages wieder bei mir sein könnte.

Deshalb sind die Stunden, bis man die Wasserleiche auf Helgoland identifiziert hat, kaum zu ertragen. Wenn ein kleines Stück Hoffnung schon so wehtut, wie schmerzhaft muss dann erst eine grausame Gewissheit sein?

Nach fünf Stunden, die ich nun beinahe regungslos in meinem Büro sitze, klingelt endlich das Telefon.

Er war es nicht.

Der Helgoländer Tote ist erst wenige Tage im Wasser gewesen und zudem laut Autopsie mindestens zwanzig Jahre älter als Sjard.

Er ist es nicht.

Kurz schließe ich die Augen, er lebt. Danke. Er lebt. Dann stelle ich die mittlerweile vertrocknete Rose ein Stück zur Seite, öffne das Fenster und lasse ein wenig frische Herbstluft in mein Zimmer.

«Kinder, kommt ihr abendessen? Henk, lass bitte Ingo in Ruhe! Hast du nicht gehört? Und sagt auch Dirk Bescheid: Hände waschen und ab an den Tisch. Es gibt Milchreis mit roter Grütze!»

Ich sehe den Kindern zu, wie sie eifrig jubelnd auf das Seeräuberhaus zulaufen.

Petra Oelker

«Petra Oelker hat lustvoll in Hamburgs Vergangenheit gestöbert – ein amüsantes, stimmungsvolles Sittengemälde aus vergangener Zeit ...» Der Spiegel

Petra Oelker arbeitete als freie Journalistin und veröffentlichte Jugend- und Sachbücher. Dem Erfolg von «Tod am Zollhaus» folgten bislang fünf weitere Romane über Hamburg im 18. Jahrhundert.

Tod am Zollhaus
Ein historischer Kriminalroman
3-499-22116-0

Der Sommer des Kometen
Ein historischer Kriminalroman
3-499-22256-6
Hamburg im Juni des Jahres 1766: Drückende Schwüle liegt über der Stadt, in den engen Gassen steht die modrige Luft. Auf dem Gänsemarkt warnt ein mysteriöser Kometenbeschwörer vor nahendem Unheil.

Lorettas letzter Vorhang
Ein historischer Kriminalroman
3-499-22444-5
Komödiantin Rosina und Großkaufmann Herrmanns auf Mörderjagd zwischen Theater und Börse, Kaffeehaus, Hafen, Spelunken und feinen Bürgersalons.

Die zerbrochene Uhr
Ein historischer Kriminalroman
3-499-22667-7

Die englische Episode
Ein historischer Kriminalroman
3-499-23289-8

3-499-22668-5

Foto: Carsten Minkwitz

Eiskalte Morde:
Die ganze Welt der skandinavischen Kriminalliteratur bei rororo

Liza Marklund
Studio 6
Roman 3-499-22875-0
Auf einem Friedhof hat man eine Frauenleiche gefunden. Das Opfer war eine Tänzerin im Stripteaseclub «Studio 6». Die Journalistin Annika Bengtzon stellt wieder eigenmächtig Nachforschungen an ...
«Schweden hat einen neuen Export-Schlager: Liza Marklund.» Brigitte

Liza Marklund
Olympisches Feuer
Roman 3-499-22733-9

Karin Alvtegen
Die Flüchtige
Roman 3-499-23251-0
Mit ihrem ersten Roman «Schuld» (rororo 22946) rückte die Großnichte Astrid Lindgrens in die Top-Riege schwedischer Krimiautoren.

Willy Josefsson
Denn ihrer ist das Himmelreich
Roman 3-499-23320-7
Josefssons neuer Erfolgsroman mit neuer Heldin: Eva Ström – der erste Fall der Pastorin von Ängelholm.

Leena Lehtolainen
Alle singen im Chor
Roman 3-499-23090-9
Maria Kallio muss sich bewähren. Ein heikler Fall für die finnische Ermittlerin.

Leena Lehtolainen
Zeit zu sterben
Roman

3-499-23100-X

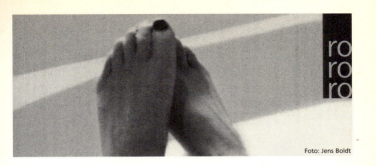

Foto: Jens Boldt

Die weibliche Problemzone heißt Mann!

Kathrin Tsainis
Dreißig Kilo in drei Tagen
Roman
3-499-22925-0

Vicky ist nicht dick, aber sie fühlt sich fett. Sie hätte gern wilden Sex mit ihrem neuen Schwarm, traut sich jedoch nicht, ihn anzumachen. Und eines weiß Vicky ganz genau: Ihr Leben sähe anders aus, wenn ihr Bauch flacher wäre, ihre Beine straffer und ihr Hintern kleiner. Abnehmen ist angesagt. Egal wie. Hauptsache, schnell fünf Kilo runter. Denn dann kommt das Glück von ganz allein. Oder nicht?

Tagediebe
Roman
3-499-23302-9

Christine Eichel
Wenn Frauen zu viel heiraten
Roman
3-499-23369-X

Ildikó von Kürthy
Mondscheintarif
Roman
3-499-22637-5

«Ich musste eine Schlaftablette nehmen, weil Lachzwang mich am Einschlafen hinderte.» (Wolfgang Joop)

3-499-23287-1

B 19/1